新滿清十三皇朝
二
王者盛世
許嘯天 著

目錄

第廿三回　肅清政敵

卻說多爾袞正在那裏看想他的姪兒媳婦，忽然宮女傳進來說：「外面有何洛會求見。」多爾袞知道有機密事，忙出去在西書房中傳見。何洛會一見了攝政王，便把豪格如何如何謀刺攝政王的話和盤托出。多爾袞聽了，又驚又恨；立刻打發何洛會帶著宮中兵士，悄悄的趕到肅王府中去，把在場的幾位親王貝勒大臣統統捉住，押解進宮來。其中祇有多鐸早已走脫。

攝政王見了豪格，想起從前他在太宗皇帝跟前說自己的壞話，恨不得把他一口咬死。當時便會同鄭親王，陞坐篤恭殿審問；何洛會做見證，豪格見無可抵賴，便拿惡言頂撞。攝政王大怒，便吩咐把肅王廢爲庶人，永遠監禁在高牆裏，又把王府抄沒。卻悄悄的把姪兒媳婦娶進自己府去，偷空回府去，便和姪兒媳婦尋樂。

當時又把阿達禮碩託和吳丹等大臣，定了死罪；大學士剛林也監禁起來。同時犯罪殺頭的大臣也不知有多少；抄沒的家產女眷，統統送進睿親王府去。

自從豪格被監禁以後，多爾袞便拔去了眼中之釘，天天和太后放縱取樂，便也毫無顧忌。世祖皇帝年紀小，又住在別宮，如何能知道他們的事情。倒是范文程，打聽得外面人心不服。這時明朝李自成、張獻忠造反，帶領陝西的饑民和裁去的驛卒，共有二十萬人馬，佔據陝西、河南、湖北、四川各省；那頭目有老狪狪、曹操、華裏眼、左金王、改世王、射塌天、橫天王、混十萬、過天星、九條龍、順天王；分十三家七十二營，到處橫衝直撞。明朝官兵投降他的也很多。

原是李自成的舅父高迎祥為頭的，那高迎祥原是馬賊出身，後來和饑民頭目稱大梁王的延安府張獻忠聯合到一塊兒，自稱「闖王」；張獻忠自稱「八大王」。高迎祥被官兵殺死以後，李自成便襲了闖王的名號，向西安進發；張獻忠向四川進發，明朝萬曆皇帝的兒子福王常洵，被李自成殺死，把他的血和酒吃，名叫福祿酒。王世子由松赤身露體，逃到荒山裏。

後來李自成打進西安，佔據了明朝親王秦王的王宮，殺死了秦王；自己便立大順國，改年號稱永昌。他一面又帶兵攻破太原、大名、真定各處城池；明朝崇禎皇帝得了這消息，十分害怕；忙下詔徵各處勤王兵，保護京城。無奈這時奸臣魏忠賢專權，皇帝萬分窮苦，滿朝也不見一個忠臣。

這個消息傳到范文程耳朵裏，便對多爾袞說道：「機會不可失，王爺趁此去收服明朝，立了大功，誰敢不服。」

攝政王聽了，說這主意不錯，忙去對太后說明；太后心中雖捨不得離開叔叔，但爲國家大事，又爲多爾袞前程起見，便也答應。一面吩咐她兒子世祖皇帝，揀個吉日，陞坐篤恭殿，拜多爾袞爲大將軍；統領滿洲蒙古兵三分之二，和漢軍恭順等三王，續順公的兵隊，不下十萬人馬。

皇帝又賞多爾袞黃繖一柄，大纛二面、黑狐帽、貂袍、貂褂、貂坐褥、涼帽、蟒袍、蟒褂、蟒坐褥、雕鞍、駿馬等許多東西。多爾袞進宮去辭別了太后，奏明：「倘然奪得中原，接太后進關去，共享中國的繁華。」午時三刻，城外炮聲震天，大將軍跨鞍上馬；前面豎起八面大纛旗，浩浩蕩蕩，殺奔山海關來。

出了邊牆，多爾袞分派多鐸、阿濟格、孔有德、耿仲明、尙可善和朝鮮王子李湁，各帶大兵向前進行；自己統領牙兵，在廣寧附近翁後地方駐紮，聽候前軍消息。正在遣兵調將的時候，忽然由前軍阿濟格送進一個明朝的差官來；見了多爾袞，趕忙跪倒，口稱明朝平西伯吳三桂有公文，特差副將葉禹鏡送上大將軍親看。當即有侍衛官接過公文去；多爾袞看時，見公文上面說：崇禎皇帝吊死在煤山，李自成攻破北京城，求大將軍發兵救中國的大難。

多爾袞看了上面的說話，不覺發怔；說道：「好厲害的李自成！不多幾天，便鬧出這樣的大事來！」又問葉禹鏡：「崇禎皇帝是怎樣吊死的？」

那葉副將不曾說話，先淌下眼淚來。說道：「可憐好好一位皇帝，枉送了一條性命！滿朝文武，都是奸臣；李賊兵臨城下，北京百姓還不曾知道。直到三月十七早朝，皇帝問：『外間賊勢如何？』文武百官聽了，祇有掉眼淚的本領。」

過了一會，午門外報進來說：「李自成兵隊環打九門！」大臣們聽了，也顧不得皇帝，一個個溜出殿去。崇禎皇帝看了，嘆了一口氣，退朝回宮，對皇后痛哭一場。這時有一個總管衛太監，見皇帝哭得淒涼，便不覺動了忠義之氣；當下招呼了宮裏的太監，共有六百多人，各自拿了兵器出去，把守皇城。

到了十八這一天，外面攻打得十分危急，便有一個太監，名叫杜勳的，偷偷逃出城去投降李自成；把宮裏的情形，統統告訴給賊人知道。李自成便打發杜勳，連夜用繩子掛進城來，見了崇禎皇帝，請皇帝讓位給李賊。皇帝大怒，把杜勳監禁起來；直到十八日傍晚時候，太監曹化淳偷偷的去開了彰儀門。那賊兵一轟進城，逢人便殺，逢屋便燒；京城裏一片火光，人聲鼎沸。崇禎皇帝忙吩咐把內城緊閉。

可憐皇帝一個人走出宮門，走到萬歲山上，望見烽火連天，嘆一口氣說道：「這白白害了一班好百姓啊！」說著掉下幾點眼淚來。回到乾清宮裏，拿起硃筆來，寫一道上諭：「著成國公朱純臣，提督內外諸軍事，輔助東宮。」寫完了上諭，便吩咐請皇后出來。

一霎時，皇帝跟前站著許多宮女，皇后和袁貴妃也坐在一旁；皇帝吩咐擺上酒席，連喝了三大杯，覺得醉醺醺地，便回過頭來，對皇后說道：「大勢去矣！」

皇帝才說得一句，祇聽得那班宮女們嗚嗚咽咽的痛哭起來，皇后也抹著眼淚說道：「臣妾事奉陛下十八年工夫，每有勸諫，總不肯聽，至有今日！」

皇帝也不和她多說，便把太子永王、定王喚出來，拉住了兩人的手，祇說得一句：「逃性命去罷！」便吩咐太監，把兩位太子送出宮去，寄養在外戚周家、田家。

不一會，宮女報說：「皇后吊死了！」崇禎皇帝急急進去看時，皇后已是斷氣了。皇帝祇說得一個好字；忽見那公主在一旁哭著。

這位公主年紀十五歲，長得有沉魚落雁的容貌，皇帝覷她不防備的時候，便拔下佩刀來，把袍袖遮住臉兒，一刀殺過去，斬斷了公主右面的臂膊。

公主倒在血泊裏，輾轉呼號；皇帝一面抹淚，一面說道：「誰叫妳生在我們帝王家裏呢？」說著，回過頭來，見袁貴妃也在一旁哭泣；便問道：「妳爲什麼還不死呢？」

袁貴妃聽了，便對皇帝拜了幾拜，解下腰帶來，要在皇帝跟前上吊；才把身子吊上，那帶子忽然斷了，袁貴妃又醒過來。皇帝便拿起刀來，在貴妃肩上狠命的砍了幾刀才死去。

皇帝收了佩刀，慌慌張張的夾在幾十個太監裏面，擠到東華門口，被兵士們攔阻住；又折到齊化門

朱純臣家裏，又被看門的攔住，不放進去。急轉身走到安定門，那城門關得如鐵桶似，也不得出去。皇帝嘆了一口氣，又折回宮來。

這時皇帝身上穿著藍袍，在街道上走來走去，也沒有人認識他。到十九日一清早，內城也被賊兵攻破了；破城的時候，崇禎皇帝獨自一人陞殿，眼前一個太監也不見；皇帝便下殿來，自己打鐘，打了半天，也不見一個大臣到來。皇帝悄悄的一個人走上煤山去，在壽皇亭裏坐下。一陣陣喊殺聲音，傳到皇帝耳朵裏；皇帝連連嘆了幾口氣，便拿起案頭硃筆，在衣襟上寫了幾個字，解下袍帶，吊死在亭子裏。

待到李自成打進宮來，有一個太監名叫王承恩的，在宮裏四處找尋皇帝；找到壽皇亭裏，見皇帝高高吊死在窗檻上，散著頭髮，赤著左腳，右腳穿著朱屨。再看那衣襟上寫道：

> 朕自登極十有七年，逆賊直逼京師；朕雖薄德匪躬，上干天咎，然皆諸臣之誤朕也！朕死無面目見祖宗於地下，可去朕之冠冕，以髮覆面，任賊分裂朕屍，勿傷百姓一人！

那王承恩讀過皇帝衣襟上的遺詔，不禁嚎啕大哭。對皇帝的屍身拜了八拜，說道：「萬歲在陰間慢走，奴才來了！」說著，也在腰間解下一條帶子來，吊死在皇帝腳下。

後來李自成進宮，坐在金鑾殿上，打起鐘鼓來，便有成國公朱純臣領了全朝文武大臣，上殿來拜倒在地，口稱：「新皇帝萬歲！」

李自成查問時，祇有范景文、倪元璐幾個大臣盡忠的。又查問崇禎皇帝的下落，大臣們都不知道；後來在煤山上尋得皇帝的屍身，問那看管壽皇亭的小太監時，那小太監把皇帝臨死時候的情形和王承恩殉難的情形一一說出來。李自成便吩咐卸下一扇宮門去，把皇帝的屍身抬來，用柳木棺草草收殮，丟在東華門外的篷廠裏，每天祇有三四個老太監看守著。李自成住在宮裏，每天自有文武百官去上朝，卻沒有一個人去拜皇帝棺木的。

那時陳演、魏藻德、張若麒、梁兆陽、楊觀光、周奎，一班明朝的奸臣，都因趨奉李自成得了大官；還有吳三桂的父親都指揮吳襄，也投降了李自成，吳三桂有一個愛妾，名陳圓圓的，原是外戚田畹家的歌姬；長得如出水芙蓉一般，吳三桂在田畹家吃酒，一見傾心，向田畹要來。十分寵愛，天天摟在懷裏，噙在嘴裏。

祇因受了皇上的旨意，帶兵往山海關駐紮；怕陳圓圓嬌嫩的皮膚受不住關外風沙，便把她寄在京城父親家裏。待到李自成攻打北京，吳三桂封平西伯帶兵回京，才走到豐潤地方，便得到京城陷落的消息；又打聽得他父親吳襄也投降了賊人，連他的愛妾陳圓圓，也被賊將劉宗敏擄去，轉獻納李自成享

受。這怎麼能叫吳三桂不惱？他便一面帶領兵士，晝夜趲程，殺進京去；一面又打發副將葉禹鏡，到關外來討救兵。

當下多爾袞問明白了來蹤去跡，深中下懷，便立刻催動人馬；軍前豎一面大旗，上頭寫著「仁義之師」四個大字，耀武揚威的殺進北京城來。平西伯的兵隊領路，走在前面。李自成聽說滿清兵到，慌得他逃出武英殿，擄著明朝的太子和兩位王爺向西逃去；吳三桂追上前去，殺死他父親吳襄。問陳圓圓時，已被闖王李自成擄出城去；吳三桂又向前追趕，在驛亭裏遇到陳圓圓獨自一人坐著，吳三桂見了，真是悲喜交集；但吳三桂既得了他心上人兒，便也無心去追趕。

回進京城去，那多爾袞已是老實不客氣高坐在武英殿上，受百官的朝賀了。睿親王一面收拾宮殿，一面親自寫了一通奏摺，打發輔國公屯齊吧和托、固山額真、何洛會，到盛京去迎接兩宮進京；一面又派明朝降臣金之俊，修理從山海關直到北京的街道，沿路蓋造行宮。

睿親王在盛京的時候，和皇太后是天天見面親熱慣的；如今兩處離開，不由得他天天盼望，夜夜思量。直盼到九月二十，順治皇帝陪奉太后進北京城；多爾袞傳集了滿漢文武大臣，全身披掛，出城九里，恭接聖駕。祇聽得九聲炮響，前面金鼓儀仗，龍旗鑾輿，一對對的藍翎侍從，夾護著龍車；車子裏一個豐頤盛鬋的太后，懷中坐著一個七歲的天子，龍車由永定門進大清門，沿路家家擺設香案，人人都在窗戶內偷看。

御駕進了紫禁城，文武大臣一齊退出；祇有攝政王一人隨駕進宮。順治、太后進了慈寧宮，略略休息一會，便傳多爾袞進去；兩人久別重逢，自然有一番情意。直談到傍晚，才退出來回到私邸裏去。這時小玉妃和豪格的福晉，也跟著進京來；多爾袞回府去和小玉妃說笑一會，又和二十個侍妾周旋一回，便溜進姪兒媳婦房裏去了。

這小玉妃自從嫁了攝政王以後，因爲王爺心中念念不忘她的姊姊，和她便毫無恩情；小玉妃心中的怨恨，自不消說得。她幾次想趕到宮裏去，和她姊姊大鬧一場，又想她姊姊如今做了太后，自己勢力敵她不過，便也忍耐下去。那多爾袞因這幾天宮裏有事，便日夜在宮中伺候。

順治皇帝揀定十月初一日登基，從九月二十六日起，下諭朝內大小臣工，替崇禎皇帝掛孝三日；到了初一這一天，大家都換了吉服，皇帝陞坐武英殿，文武百官一齊拜倒在地，三呼萬歲，當下皇帝傳下三道上諭：第一道是把明朝改稱大清，大赦天下，蠲免全國賦稅一年；第二道是令天下臣民，限定在十日內，一律剃髮；第三道是封阿濟格爲靖遠大將軍，會同吳三桂、尚可喜等，由大同邊外會合蒙古兵士入榆林延安，攻陝西背後，去剿滅李自成一班賊寇，又封多鐸爲定國大將軍，會同孔有德一班降將，直下江南，去收伏明朝天下。單說這剃髮一道上諭，當時也不知死了多少忠臣義士。這且不去說他。

如今再說多爾袞分發各路兵馬已定，便天天在宮裏和太后飲酒取樂；那各親王的福晉，也天天輪著進宮去賀喜，祇有那小玉妃，因把她姊姊恨入骨髓，便也不進宮去；但是看看她丈夫一連幾天不出宮來，這口酸氣，心頭實在按捺不住。又挨過幾天，看看多爾袞還不回家來；她可再也耐不住了，頭也不梳，衣服也不換，坐著府裏的車子，直闖進慈寧宮去。

那把守宮門的太監和宮女們，見她來勢凶惡，便上前來把她攔住；小玉妃一肚子怨氣，無處發洩，見被眾人攔住，便在外院裏，指天畫地的大罵起來。口口聲聲喚著：「多爾袞出來，我和他評評理」。她罵到十分氣憤的時候，便把皇太后和多爾袞兩人的私情事，統統喊了出來；嚇得那班宮女太監們，掩著耳朵不敢聽她的話。便有幾個宮女上來說了許多好話，拉她到西書房去坐；一面又打發人到裏面去通報攝政王。

過了一會，宮女傳出話來，說：「請福晉先回，王爺今夜一定回府。」小玉妃聽了，也無可奈何，祇得上車回去。

到了傍晚時候，多爾袞果然回家來了。小玉妃見了王爺，把日間的氣惱一齊拋在九霄雲外；眉開眼笑的把王爺接進房去。多爾袞也並不提起白天的事情，用過了晚膳，便宿在小玉妃房裏；侍妾們看了這情形，十分詫異。

到了第二天一清早，大家到小玉妃房裏去侍候；祇見那小玉妃直挺挺的躺在床上，七孔流血，早已死了。這明明是被多爾袞謀害死的，大家也不敢聲張。多爾袞祇把差官傳來，吩咐他買辦衣衾棺槨，草草收殮；外面祇知道睿王福晉是害急病死的，照常開弔出喪。

事過以後，多爾袞依舊向宮裏一溜；十天八天不見他出來。他叔嫂兩人的事情，自從給小玉妃吵嚷過以後，鬧得宮裏宮外人人皆知；這個風聲傳到皇帝耳朵裏去，雖說皇帝年紀小，卻也覺得十分難受，肚子裏又羞又氣。

誰知道，那時有一位禮部尚書名叫錢謙益的，早已看出攝政王和皇帝的心病，便大膽上了一個奏章，說：「皇太后正在盛年，獨處深宮，必多傷感；攝政王功高位尊，又值斷絃。不如請太后下嫁攝政王，既足以解太后之孤寂，又借以酬皇叔之大功。」

這個奏章，原是多爾袞看的，他看了，不由得心花怒放。當即帶了奏章進宮去，和太后商量；太后到這時候卻害起羞來，溜了多爾袞一眼，笑說道：「我不知道！你和他們商量去！」

多爾袞回到府去，把錢謙益傳進府去，兩人商量了一夜；第二天錢謙益上朝，把這個意思奏明皇上。又說從此皇太后和攝政王定了名分，免得外人多說閒話。順治皇帝當即准奏，第二天發下一道上諭來，家家傳誦。那上諭說道：

朕以沖齡踐祚，定鼎燕京；表正萬方，廓清四海。藐躬涼德，曷克臻斯？幸內稟聖母皇太后訓迪之賢，外仗皇叔攝政王匡扶之力；一心一德，期能奠此丕基。顧念皇太后自皇考賓天之後，攀龍髯而望帝，未免傷心；和態膽以教兒，難開笑口。幸以攝政王託股肱之任，寄心腹之司；寵沐慈恩，優承懿眷。功成逐鹿，抒赤膽以推誠；望重揚鷹，掬丹心而輔翼。金縢靖亂，立姬公負扆之勳；鐵券酬庸，乏邱嫂繚羹之怨。借此覲臚萱室，用紓別鵠之悲；從教喜溢椒宮，免唱離鸞之曲。與使守經執禮，如何通變行權？既全夫夫婦婦之倫，益慰長長親親之念。

嗚呼！禮經具在，不廢再醮之文；家法相沿，詎有重婚之律？聖人何妨達節？大孝尤貴順親。朕之苦衷，當為天下臣民所共諒。其大婚儀典，著禮部核議奏聞，候朕施行。欽此。

第廿四回　太后下嫁

卻說禮部接了聖旨，便議定太后下嫁的禮節；派定和碩親王充欽派大婚正使，饒餘郡王充大婚副使。先揀定下聘吉日，正副使引導攝政王到午門外行納采禮。那禮單上寫著：文馬二十匹，甲冑二十副，緞二百疋，布四百疋，黃金四百兩，銀二萬兩，金茶行具兩副，銀茶具四副，銀盆四隻，間馬四十匹，駝甲四十副。禮物陳列在太和殿，在乾清宮賜攝政王筵宴；宴畢，到壽寧宮行三跪九叩首謝禮。

到了大婚這一天，五更時候，攝政王排齊全副執事；一對白象領隊，後面寶乘，樂隊，紅燈，冠軍使，整儀尉，引仗，柳仗，吾仗，立瓜，臥瓜，星，鉞，五色金龍小旗，翠華旗，金鼓旗，門旗，日月旗，五雲旗，五雷旗，八風旗，甘雨旗，列宿旗，五星旗，五獄旗，四瀆旗，神武旗，朱崔旗，白虎旗，青龍旗，天馬旗，天鹿旗，辟邪旗，犀牛旗，赤熊旗，黃熊旗，白澤旗，角端旗，游麟旗，彩獅旗，振鷺旗，鳴鳶旗，赤鳥旗，華蟲旗，黃鵠旗，白雉旗，雲鶴旗，孔雀旗，儀鳳旗，翔鸞旗，五色龍

纛，前鋒纛，護軍纛，饒騎旗，黃麾，儀鍠氅，金節，進善納言旌，敷文振文旌，褒功懷遠旌，行慶施惠旌，明刑弼教旌，教孝表節旌，龍頭旛，豹尾旛，絳引旛，信旛，鸞鳳赤方扇，雉尾扇，孔雀扇，單龍赤團扇，單龍黃團扇，雙龍赤團扇，雙龍黃團扇，壽字扇，赤方繖，紫方繖，五色花繖，五色九龍繖，黃九龍繖，紫芝蓋，翠華蓋，九龍黃蓋，戟，殳，豹尾槍，弓，矢，儀，刀，仗馬，金機，金交椅，金水瓶，金盥盤，金唾壺，金香盒，金爐，拂塵，黃蓋，提鑪；一對一對的過去。共用內監一千二百四十六人拿著，從大清門直接往壽寧宮門；沿路鋪著黃沙，站滿了執事。

攝政王多爾袞端坐在金輦裏，後面六百名御林軍，個個掮著豹尾槍，儀刀，弓，矢，騎在馬上，耀武揚威。最後面豎著一面黃龍大纛，慢慢的走進宮門去。宮裏面早有一班親王福晉、貝勒貝子夫人、內務大臣命婦、內管領命婦；都是按品大裝，在內院伺候。

到了吉時，皇太后穿著吉服，皇帝率領一班親王大臣，到內宮行三跪九叩首禮，跪請皇太后升輦，十六位女官領導太后下輦，三十二名內監負責出宮。陪送的福晉、夫人、命婦，各各坐著彤輿，跟在後面。攝政王的金輦在右面護行。到了王邸門口，儀仗站住，到儀門口大小官員站住；到了正院，金輦停下。女官上去，把太后從金輦中扶出來，進西院暫息。到了合巹吉者，把太后請出來，女官跪獻合巹酒，攝政王和皇太后行合巹禮，送進洞房。

第二天，順治皇帝登太和殿，百官上表慶賀；皇帝降諭，在東西兩偏殿賜群臣喜慶筵宴。從此以後，皇帝下旨，稱睿親王爲皇父攝政王；每日早朝，皇父攝政王坐在皇帝右面，同受百官跪拜。

太后自從嫁了攝政王以後，終日在新房裏尋歡作樂；忘了自己是快四十歲的人了，卻還是和二八新娘一般，朝朝連理，夜夜並頭。祇因太后生成嬌嫩皮膚，嫵媚容貌，望去好似二十許少婦！況且，如今和多爾袞定了名分，越發沒有顧忌了，終日把叔叔霸佔在房裏，那二十位侍妾和那姪兒媳婦，休想沾些微雨露。

這位攝政王終日伴著嫂嫂，新歡舊愛，這恩情自然覺得格外濃厚。待到滿月以後，他反覺得淡淡的起來。這是什麼緣故？從來有一句俗話說得好：「家花不及野花香。」他叔嫂兩人未定名分以前，暗地裏幽期密會，倍覺恩愛；爲今定了名分，毫無顧忌，反覺得平淡無奇。再加一個是半老徐娘，一個正在壯年，便漸漸的有點不對勁了。

他常常溜到姪兒媳婦房中去尋樂，給太后知道了，未免掀起醋海風波。這時有一位大學士洪承疇，原是太后的舊相識；太后常常把他召進府去，攝政王不在跟前的時候，便和他談談解解悶兒，後來給攝政王知道了，心裏十分不快。

這時候多鐸在江南，打平了南邊各省，享用繁華；他手下軍官凡擄得美貌婦女，便來獻與豫王。那

江南女子，細膩柔媚，另有一種風味；多鐸府中，粉白黛綠，養著四五十個，都是絕色佳人。其中有一位寡婦劉三秀，年已半老，卻長得玉肌花貌，嫵媚動人；豫王最是愛憐，封她做王妃，天天和她在一起遊玩。

這時正是端陽佳節，豫王帶著劉三秀，在江邊看龍舟之戲，想起太后在宮中，雖享盡榮華，卻不曾見過這水上的玩意兒；便定造了十隻龍船，選了二十個美貌女孩兒，連同船戶樂隊，一齊獻進京去孝敬太后。

太后便吩咐在三海裏開龍船大會，邀集了許多福晉夫人命婦，在水閣中看龍船。順治皇帝坐在正中，攝政王陪在一旁。那十條龍船打起十番鑼鼓，在水面上掠來掠去，做出許多花樣來；看看那十條龍船一齊駛近閣前來，便有二十個女孩子上前討皇太后皇上的賞。

皇太后看那班女孩子長得有趣，便吩咐一聲賞，那太監便把預備下的二十鑼碎銀、衣服、玩具、果品送上船去。大家正看女孩兒的時候，忽然一個大漢，從船頭上跳過閣來；手拿鋼刀，直向攝政王殺來。攝政王眼快，忙走避時，鋼刀也下去得快，斬死了一個小太監。

閣子裏頓時大亂起來，御林軍一擁上前，把這刺客捉住，發下刑部去審問。那刺客直認是有一位天下第一個大人物，叫他來行刺的；又問他這位大人物叫什麼名字？他又不肯說。第二天，再從牢裏提出來審問時，那刺客早已自刎死了。

攝政王知道了，十分動怒；吩咐把刑部尚書和許多承審官員一齊革職拿問。又想，那刺客是從江南來的，豫王原和自己有宿怨，說不定那刺客便是他指使來的。想到這裏，又十分生氣，便立刻和太后說明，下一道聖旨，把江南總督革職，派洪承疇去做江南總督，暗暗的吩咐他，多立兵隊，慢慢的收伏豫王的兵權。這一來，把洪承疇調開，在攝政王又拔去一個眼中釘。這都是何洛會的計策。

但是在攝政王和皇太后正式做了夫妻以後，恩情反不如從前；如今洪承疇雖不在眼前，攝政王心中卻醋念未消，再加有這刺客的事情，心中不免有幾分害怕。皇太后雖說下嫁，在攝政王府中祇住了一個月，滿月以後，仍回進慈寧宮去住著。攝政王宮中府中跑來跑去，怕遭人暗算，便也不常進宮去，祇在府中和姪兒媳婦尋歡作樂。日子久了，便覺得膩煩起來。

這時朝鮮派大臣金玉聲來進貢，住在客館裏，說起他國的兩位公主，長得如何美麗嬌嫩。這句話聽在何洛會耳朵裏，便悄悄的去告訴攝政王知道。攝政王在府中正住得乏味，聽了這個消息，忙吩咐何洛會如此如此去行事。何洛會得了命令，忙悄悄的去和朝鮮大臣商量；那大臣聽是攝政王的意思，如何敢違背。忙回國去，和國王李淏說知。

那李淏聽說攝政王要娶他的兩位公主去做妃子，他正要仰攀上國，如何不願意，便一口答應，一面

和女兒說知。還是這兩位公主有主意，她姊妹二人說：到大清國去做王妃，原是願意的，但是聽說，如今大清國皇太后下嫁攝政王，寵擅專房，我姊妹二人嫁過去，必得被她欺侮。倘然那攝政王必要娶我姊妹二人，便請攝政王到我國中來成親；替咱姊妹造一座高大的王府，咱姊妹永遠在府中住著，絕不肯離開親生父母的。

朝鮮王便打發人，把她姊妹的意思去對攝政王說了，攝政王也很願意避開皇太后的耳目；但是堂堂一位攝政王到屬國裏去做親，未免太不成體統。後來何洛會便出了一個主意，在朝鮮相近的地方喀喇城裏，造一座行宮；把兩位朝鮮公主，悄悄的接到行宮裏候著。

這裏攝政王便推說出關巡邊去，帶領八旗固山額真官兵，揀定吉日，在北京起程；皇太后雖不捨得離開攝政王，但國家大事又不好攔阻得。看看自己的兒子順治皇帝，年紀慢慢的長大起來，他的終身事情也十分要緊；從前攝政王做主，說定科爾沁部主吳克善的女兒做皇后。爲今攝政王要出京去，皇太后便和攝政王說定了，要給皇帝揀個吉日成親；攝政王這時一心祇在那兩個朝鮮公主身上，宮裏的事情，悉聽皇太后做主。自己急急趕出關來，到行宮裏和兩位公主成親。這時攝政王一箭雙鵰，左右逢源，自有許多樂處。

誰知天下的事，往往樂極生悲；攝政王住在喀爾城地方，天天和兩位公主尋樂。這喀爾城原是一個荒僻去處，兩位公主閒下來，無可消遣，便哄著攝政王出去打獵。有一天，攝政王帶了兩位公主，正在城外打獵，一班官兵正保護著公主追鷹兒到樹林深處。那林下忽然跳出一隻野豬來，見林子裏有人，急向林外逃去；攝政王一個人騎著馬，站在林子外面，那馬見豬兒衝來，嚇得牠拱著前蹄，像人一般的站了起來。攝政王騎在馬上，一個措手不及，直撞下鞍橋來；那野豬恰巧從攝政王身上跳過。可憐多爾袞，一霎時跌斷了左腿，又被豬蹄踏傷了面部，一時鮮血直迸，痛徹心脾。隨從武官急上來救時，已是來不及了。

看看攝政王暈絕過去，這時那兩位公主也得了信息，忙走出林子來看，哭著喚著，總不見他醒來；再細看時，那腦漿也迸裂了，人已經不中用了。急把攝政王的屍身抬回行宮，一面發喪成服，一面通報朝廷。這時攝政王年紀祇有三十九歲。消息傳到宮裏，第一個哭壞了皇太后；順治皇帝也十分傷心。一面特派大臣出關去盤柩，一面下諭臣民人等帶孝。那朝鮮公主不肯進關，待攝政王靈柩動身，便也動身回朝鮮國去。

皇父柩車到北京這一天，順治皇帝穿了孝服，帶同親王貝勒文武百官，出東直門五里外迎接；皇帝親自奠爵行禮，百官跪在路旁舉哀。從東直門直到玉河橋，四品以上各官都在路旁跪哭，直到王邸。公主福晉文武命婦，都穿著孝衣，在大門內跪哭。靈柩停在王府大堂，諸王貝勒通宵守喪，另有六十四個

喇嘛和尚誦經超薦。

這一場喪事，直鬧了四十九天；皇太后雖不便入府守孝，但寡鵠離鸞，宮闈冷落，也是十分傷心的。順治皇帝和太后到底是母子，關乎天性；見母親孤苦可憐，便把太后迎進宮去，母子兩人朝夜見面，十分親熱。這時順治皇帝也有十四歲了，便下詔親政，每天五更坐朝，查問國政，十分精細。文武大臣都見了他害怕。

到了十六歲時，皇太后做主，揀定吉日，皇帝大婚；那吳克善把女兒送進京來，這時豫王也回京了，便借住在豫王府裏。在順治皇帝心裏，原不願意要吳克善的格格博爾濟錦氏做皇后；祇是因皇太后做主，不好意思反抗，祇得勉強成親。皇后住在坤寧宮裏，新婚不上五天，皇帝便和皇后口角；從此夫妻之間，越發生疏了。

那蘇克薩哈、詹穆濟倫和鄭親王端重郡王、敬謹親王、巽親王一般親貴，原都是和攝政王有宿怨的，爲今攝政王已死，便趁此機會報仇，天天在皇帝跟前說攝政王的壞話，又說攝政王的事情，都是那何洛會一人鬧的鬼。順治皇帝原不樂意攝政王的，如今聽了許多親王大臣的話，便把舊案重翻；立刻下了一道聖旨，把何洛會正法，追奪多爾袞生前的一切封典爵位。多爾袞母子的封典，也一併奪去。

到第三年，皇帝心中因爲皇后是多爾袞做主給他要的，便下詔把皇后廢了，另立科爾沁國，鎮國公綽爾濟的格格爲皇后。這位新皇后，雖是皇帝自己做主娶來的，但是皇帝卻不曾見過；誰知娶進宮去一看，卻是又蠢又笨，皇帝心中又加了一層煩惱。

那皇太后見皇帝獨斷獨行，又因自己下嫁的事情，心裏總覺有幾分慚愧；因爲慚愧，母子之間便生出嫌隙。再加上那班宮女太監們從旁煽弄，皇太后心中竟十分怨恨皇帝。皇帝在宮廷之間，越發乏味。虧得不多幾天，那江南總督洪承疇回京來，叫他母子兩人心中都得了安慰，皇太后和洪承疇原是有舊情的，今日久別重逢，自然可以彼此安慰；那皇帝又是得了什麼安慰呢？

原來此番洪承疇從江南地方，帶了一位絕色美人進京來獻與皇帝，那皇帝看了滿心歡喜，便十分寵愛起來，天天和美人宴飲說笑，寸步不離，真好似唐明皇和楊貴妃一般。這位美人，名叫董小宛；她原是如臯才子冒巢民的寵姬。那時江南有四位公子，都是有財有勢，有學問，朋友又多，誰也不敢去驚動她。

洪承疇到了江南地方，打聽江南一班美人，什麼冠白門、馬湘蘭、李香君、顧橫波，一個個都是嫩柳嬌花，驚才絕艷；洪承疇滿心想拚著花去千金，買她一個回來。誰知到了江南地方，那班美人都一個個有了主人，洪承疇心裏十分懊喪。過了幾天，又打聽得有一個董小宛，是金粉魁首，仕女班頭；如今嫁與冒巢民作妾，跟著丈夫住在邗溝西城綠楊村地方。這地方山水清秀，花木繁茂，冒氏住的屋子，名

叫水繪園，風景又是絕勝。

洪總督自從知道了有這位美人兒，越想越是廢寢忘餐，長吁短嘆；他有一個心腹二爺姓佟，原是一個壞蛋，終日趨奉主人，很得主人的青眼。爲今見他主人好似有什麼心事，便在閒言閒語裏，套出主人的口氣來；知道主人是想那董小宛想得厲害。他便自告奮勇說道：「大人放心，這件事都包在小人身上；十天以內，總可以回大人的話。」佟二爺說了這句話，便不見了。

隔了八天，到第九天時，洪承疇正在書房裏看公文，忽然佟二爺笑嘻嘻的從外面跑進來；搶到洪總督身旁去請了一個安，說道：「恭喜大人！來了！」

洪承疇問：「什麼來了？」

那佟二爺說道：「董小宛來了！」

洪總督聽了，從椅子上直跳起來，說道：「敢是你去搶來的嗎？這還當了得！那冒公子是江南才子，在京城裏很通聲氣；被他去告一狀，把我的前程也丟了。這還了得！」

那佟二爺說道：「大人莫慌，聽小人慢慢的稟告：原來小人早已打聽得冒公子手下養著許多無賴，那無賴都和私鹽販子來往；小人便帶了本衙門全班馬快，連夜趕到綠楊村去，聲稱到冒公子家裏去捉強盜。稱有人告密，說冒巢民家裏窩藏私販，又強搶良家婦女。那鄰舍聽了小人的話，怕惹禍水，誰敢來管閒事；那冒公子也嚇得溜出後門去逃走。小人便打進門去，見董小宛扶著一個丫頭，正要逃走；便不問情由，上去拉著便走。又故意張揚著說：『這女子便是冒巢民強搶來的良家婦女，爲今送還她家去。』」

洪承疇聽到這裏，便問：「那女人呢？」

佟二爺回說：「連她丫頭都帶進衙門來了。」

洪承疇說：「快送來我看！」

停了一會，果然見一個丫頭扶著一個美人兒進來。看她一雙媚眼，哭得紅紅的，蹙緊了眉心，低垂粉頸，站在一旁。好似帶雨梨花，又好似捧心西子。

洪總督看了，又憐又愛，一時裏不知怎麼是好；便問她：「叫什麼名字？」

那丫頭答道：「婢子名叫扣扣。我主人冒巢民，是如皋地方第一才子，誰人不知道？這位是我主人第一位得寵的如夫人董氏；爲今被大人的手下錯捉了來，快放我主僕兩人回去。京城裏，自王爺起直到御史官，都是我主人的親戚朋友；倘然惱了我主人，他進京去告狀，怕連大人的功名也保不住了呢！」

洪承疇聽了扣扣的話，心下害怕，想要放她回去，看看這董小宛，心中實在捨不下；便將錯就錯，用好話安慰著說道：「妳們不用憂愁，祇因有人告妳主人窩藏匪類，強搶民女；我和妳主人原也是朋

友，所以吩咐他們，暗地裏把妳主人放走了。又怕地方上壞人到妳家裏來騷擾，嚇壞了這位美人兒，又吩咐他們讓這位美人兒接進衙門來暫避幾天，等風波過去，再放妳主婢二人回去。」

洪總督說著，挨近身去，臉上做出一副尷尬神氣來；董小宛看了，知道洪承疇不懷好意，便直跳起來，搶到柱子邊去，把頭向柱子上亂撞；頓時鮮血直流，雲鬢散亂。扣扣忙搶上前去抱住。

第廿五回　董小宛

卻說董小宛聽了洪承疇的話，一時氣急，要在柱子上一頭撞死；虧得她丫頭扣扣在身旁搶救得快，上前抱住，董小宛也痛得暈倒在扣扣懷裏。隔了不知道多少時候，清醒過來一看，見自己睡在一張繡床上，她丫頭扣扣陪在身旁。問時，原來是洪承疇的私第裏。

董小宛想起她丈夫，不禁嗚嗚噎噎的痛哭起來；扣扣在一旁再三勸慰，說：「爲今我們在這洪賊勢力之下，祇得耐心守候；主人在外面，總可以想法救我們出去的。」

董小宛也無可奈何，祇得耐心住下；看看那頭上的傷口，也慢慢的好了。

有一天，洪承疇吃了醉酒，想起董小宛來，便把她主婢二人喚來，對董小宛說道：「冒公子爲今已關在牢裏，過三五天便要解進京去殺頭；祇因我看妳可憐，暗地裏給妳一個信，妳倘然肯轉嫁給我，我便拚去了這前程，把冒公子暗地裏放走了，和妳丟官逃走。」

洪總督話不曾說完，董小宛坐在地下，指著洪總督亂罵亂哭；洪總督笑嘻嘻的上前親自去攙扶，被

董小宛一伸手，打了一下嘴巴去，打得又脆又響。洪承疇大怒，拍著桌子，混帳王八蛋的罵了一陣；吩咐：「拖去關起來！」便有兩個蠢女人上來，把她主婢兩人，橫拖豎拽的拉進一間小樓去，緊緊關住。

董小宛幾番要尋死，都被扣扣勸住，說：「主人萬分寵愛主母，主母倘然死了，給主人知道了，怕主人的性命也不保呢。」小宛聽了這話，怕丈夫爲她傷心，便也不敢死了。

那冒巢民逃出家門以後，外面風聲鶴唳，說冒巢民窩藏匪類，皇帝下旨查拿，滿門抄斬，有的說江南總督四處畫影圖形，單捉冒巢民一個人。冒公子聽了，嚇得他走投無路。

虧得他四處都有朋友，逃到歙縣一個朋友家裏；那朋友替他四處張羅，冒巢民自己也打發人到金陵總督衙門裏去打聽消息，才知道是洪承疇因爲要奪他的董小宛，所以造出許多罪名來。冒巢民氣憤極了，要親自趕到金陵去和洪承疇拚命。

這時有一個侍妾，名蔡女蘿的，跟著冒巢民一塊兒逃在外面，勸冒公子說：「爲今洪賊的勢力大，主人倘然到金陵去，正是自投羅網；給宛姊知道了，又叫她加添憂愁。爲今妾身有一計在此，不知主公生平可有心腹的僕人？」

冒巢民聽了，略略思索一會說道：「有了！有一個馮小五。他母親死了，是小宛替他買棺成殮的。自從小宛嫁到我家，這馮小五便在我家當一名僕人；他常常說起小宛的恩德，便是送了性命報德，也是願意的。」

蔡女蘿便對冒巢民說：「如此如此……一定可以把宛姊救回來。」

冒巢民聽了蔡女蘿的話，便連夜回水繪園去；那班舊時的奴僕和江湖好漢知道了，都悄悄的到水繪園來看望。冒巢民對著大眾，把蔡女蘿的計策說了，果然那馮小五跳起來，搶著拍著胸口說道：「水裏火裏，小的願去！」

當下便有幾個願跟馮小五一塊兒去行事的，又有幾個願幫貼盤纏的；冒巢民也拿出一千塊錢來，交給馮小五，說：「衙門要使用，多少我都肯，總要想法把你主母救回來才是。」這班人一齊答應了一聲，一溜煙去了。冒巢民仍回到歙縣去守候消息。

這馮小五原是江湖上人，那總督衙門裏的差役，他原都認識的：當時他到了金陵，擺了豐富的酒席，把衙門裏的弟兄一齊請到。酒吃到一半，馮小五給眾人磕了一個頭，說起他主人被洪總督虛構罪名，強搶寵姬的事；又說：「為今主人願出千金，求諸位弟兄幫忙，設法把我主母救回家去。」

眾差役聽了馮小五的話，正低著頭想法子時，忽然有一個公人慌慌張張地從外面進來，說道：「諸位哥哥快回去！大人接到京中上諭，催大人立刻進京。為今大人傳諭下來，立刻收拾行李，今夜九時便要動身。哥兒們快回去罷！」眾人聽了這話，你看看我，我看看你，發了一回怔；匆匆忙忙的散去。

其中有一個名叫李三的，也是一個熱心朋友，他和馮小五交情又最深。他臨走的時候，對小五說道：「老弟不用憂愁，今夜三更時分，請在秣陵關下守候著；我去打聽你主母坐的是第幾輛車子，通一個消息給你，你須多約幾個弟兄上去奪回來。」

小五依了他的話，到秣陵關下去候著；直候到天色微明，才聽得車聲隆隆，前面大隊人馬過去。洪總督的車子在前，後面跟著五六十輛大廠車，兩旁都有親兵保護著，跟著他出關去。車子後面，又跟著一隊騎兵，那李三也夾在兵隊裏；見了小五，忙把手掌擊了三回，又伸著兩個指兒。小五看了，知道董小宛在第十七輛車子上，他便遠遠的在後面跟著。

他們是騎馬的，小五祇有兩條腿，氣喘噓噓的跑著。幸而他們押著許多女眷們的車輛，常常要打尖停息；小五也不致落後。看看過了一站，又是一站；那兵士們防備很嚴，小五終不能下得手。

過幾天，車子走過邗溝地方，這裏離綠楊村很近，小五悄悄的去招呼幾個舊日冒巢民的奴僕，直追到清江浦地方，卻不見了李三。再打聽時，原來洪總督因要緊趕路，自己帶了李三一班親兵，晝夜趲程前進；丟下這許多女眷的車輛；吩咐兵隊押著，隨後慢慢的進京。這也是洪承疇要避人耳目的意思。

馮小五聽了十分歡喜，說是機會到了。當夜打聽得第十七輛車子和別的車子，都寄住在悅來客店裏，那女眷們依舊睡在車裏。到了四更時分，小五約了幾個同伴，悄悄的爬上屋頂；那兵士們因總督不在，多貪了幾杯酒，這時正好睡。小五跳進內院，認得第十七輛車子是粉紅色的車簾，便疾忙跳上車去，掀開車簾一看，在月光下，果然見那董小宛的丫頭扣扣睡在車門口。小五到這時也不及細看，搶著兩個被窩，打開店門拔腳飛奔；被窩裏的女人從夢中驚醒，哭喊起來。

小五一邊跑著，一邊拍著被窩說道：「莫嚷！莫嚷！我是來救妳回家去的。」

這時店小二和一班兵士們都從夢中驚醒，追出門去，小五已去遠了；看看第十七輛車子裏的一位女眷和丫頭都被劫去了。那兵士們一面報官訪拿，一面押著車子晝夜趕路；過了山東地界，不多幾天，便到了京裏。

那小五搶得他主母和扣扣，回到他伙伴家裏，打開被窩一看，那丫頭扣扣原是不錯，祇有那主母卻換了一個女眷。小五十分詫異，問時，扣扣說：「主母在路上感冒風寒，前幾天已換在後面浦草輪子的病車裏去了。」

小五又問：「這女眷是什麼人？」

那女人自己說：「我姓金，原也是好人家的女兒，遭洪總督手下的兵士搶進衙門去，逼著做一個侍妾；如今你既拿我錯認做你家主母搶了出來，是救了我性命，我也無家可歸，願跟著到你主人家裏去，服侍你主人一世。」

小五見不是主母，也無心和這金氏說話；便託他同伴，把金氏和扣扣帶回家去，自己轉身又趕進京去。打聽得董小宛雖住在洪承疇府裏，卻還不曾遭洪氏的毒手；但是府中院落重疊，兵衛森嚴，叫小五如何下手？

隔了幾天，接到他主人的來信，說：「京裏有一位曹御史，是我多年的至友，可以去求他幫忙。」小五依了信上的話，去求見曹御史；把他主人的話說了。

曹御史聽了，十分動怒，說：「這洪老賊！不上奏章參他一本，也不顯得我老曹的手段。」便吩咐小五：「趕快去補一分狀子來，我可以替你出首。」

小五回去，找了三天，才找到一個寫狀子的人。誰知道寫狀子的人，見他要告大學士洪承疇，心下不覺一跳；一面不動聲色的勉強替他寫好狀子，他原和大學士府的門丁胡老九認識的，便暗暗的到府去通報。

這個消息被洪承疇聽得了，一面吩咐拿一錠大元寶，賞了這寫狀子的人；一面和他手下的門客商量。門客裏面有一個名叫徐九如的，便替他想了一條計策，用迅雷不及掩耳的手段，把董小宛連夜送進宮去。

順治皇帝一見，果然十分寵愛；祇因董小宛心中念念不忘冒巢民，她見了皇帝，宮女叫她跪下，她祇是低著頭抹眼淚。皇帝看她哭得可憐，便吩咐宮女，帶她到別宮去好好看養。董小宛住在宮裏，享用十分優厚，皇帝也常常來看望她，用好言安慰她；董小宛任憑皇帝千言萬語，總是不答話。皇帝也不動怒，坐了一會便走了。

這樣子過了幾天，董小宛心想：這位皇上倒是好性兒，日子久了，便把自己的悲愁也慢慢的減輕下來。宮女看她肯說話了，便私地裏問她的來歷，董小宛告訴了她。

那宮女說道：「這樣說來，這洪承疇是妳的仇人呢！妳還想報仇嗎？」

董小宛咬著牙，恨恨的說道：「我過一百世也要報這個仇！」

宮女又說：「妳若想報仇，第一步便要順從皇帝，得了皇帝的寵愛，便可以借皇帝的勢力去報妳的私仇。」

一句話說得董小宛恍然大悟，心想：「身子既已進宮，休想再出宮去；我不如將計將計，替冒公子報了這個仇罷。」

不多幾天，順治皇帝果然封董小宛做淑妃，又怕外人說他娶漢女爲妃子，便把董小宛改姓董鄂氏，稱董鄂妃。皇帝得了董鄂妃以後，卿卿我我，一雙兩好，把從前的愁悶都已消去；便是這董鄂妃，也一心一意的伺候皇上，好似把冒公子忘了，暗地裏卻買通太后宮裏的太監宮女，打聽太后和洪學士的事情。

原來太后雖說紅顏已老，卻仍是顧影自憐；她自從多爾袞死去以後，春花秋月，宮闈獨宿。想起從前的伴侶，一個個都已死去，祇有這洪承疇遠隔在江南；便暗暗的下一道懿旨，把這位老朋友喚回京來，每到煩悶的時候，便把洪學士傳進宮去，談笑解憂。

這個消息被董鄂妃打聽得了，心想：我何妨趁此在皇帝跟前挑撥一下，送去這洪賊的性命，也出了我心頭的怨恨。她主意已定，隔了幾天，天氣十分蒸悶，董鄂妃正在涼床上睡午覺，忽然皇帝悄悄的到來；宮女們忙要去喚醒妃子前來接駕，皇帝搖著手，吩咐莫驚醒她。

說著，自己掀起軟簾，踅進房裏去。祇見妃子側著腰兒睡在榻上，那半邊粉腮兒，越覺紅潤得可愛；皇帝走上去，看她雙眼低合，香息微微，正好睡呢。又看她裙下弓鞋，尖瘦得如春筍一般。皇帝忍不住伸手過去，輕輕一握，再看她鞋底裏，繡著「周延儒進呈」五個楷字，皇帝點點頭，微微一笑。

這時紗窗外吹進一陣風來，掀起了妃子身上的羅衣，露出紅紅的襯衣角兒；那衣角上繡著一對小小的鴛鴦，顏色十分鮮豔。皇帝看了，不覺發起怔來。正靜悄悄的時候，董鄂妃清醒過來，睜眼看時，見皇帝笑吟吟的站在榻前；慌得董鄂妃忙下榻來，跪在地下接駕。

皇帝親自扶她起來，笑說道：「這樣熱的天氣，悶在屋子裏做什麼?朕和妳到十剎海採荷花去。」

董鄂妃笑著稱：「遵旨。」又說：「臣妾還不曾洗澡呢，萬歲暫請外屋子坐一回罷。」

皇帝聽了，把頸子一側，說道：「朕正要看愛卿洗澡呢！」

董鄂妃忙跪奏道：「臣妾不敢褻瀆萬歲，再者，給外臣們知道了，成什麼體統？」

皇帝搖著頭說道：「這怕什麼？外臣們也管不得這許多。妳若害羞，吩咐他們放下湘簾，朕在簾子外望著就是了。」

董鄂妃沒法，祇得吩咐宮女們預備香湯，放下湘簾，伺候洗浴。皇帝在簾外望著，四個宮女替她洗擦著，另外四個宮女站著，手裏捧著手巾、鏡子、胰子、浴衣等許多東西。不一會，妃子浴罷，重行梳粧；捲起湘簾，皇帝踱進來，笑說道：「長著這一身潔白的皮膚，直可稱得玉人兒了！」把個董鄂妃羞得粉腮兒上起了兩朵紅雲。

皇上坐在一旁，靜悄悄的看妃子梳粧成了，便握著妃子的手走出宮去；上了涼轎，太監抬著，走到十剎海地方，祇見萬頃蓮田，風吹著荷葉兒，翻來覆去，頓時覺得涼爽起來。荷花熱處，盪出一隻畫舫來；宮女們伺候皇帝和妃子上了畫舫，搖到水中央。

妃子親自採一朵白荷花，獻與皇帝，皇帝接在手中，一手攙著妃子的手，並肩兒靠在船窗裏，看許多宮女們坐著採蓮船在荷花堆裏攢進攢出，齊聲唱著採蓮曲兒。一陣陣嬌脆的歌聲傳在皇帝耳朵裏，皇帝連連稱妙。

過了一會，宮女們採了許多荷花獻上畫舫來，皇帝吩咐堆在妃子腳下。董鄂妃坐在艙中，四面荷花圍繞著；人面花光，一般嬌豔。皇帝嘆道：「愛卿真可以做得蓮花仙子！」從此以後，董鄂妃經皇帝讚嘆以後，宮女們都稱她「蓮花仙子」。

當時皇帝吩咐擺上酒來，和妃子對坐著，兩人傳杯遞盞；宮女們盤腿兒坐在艙板上。皇帝吩咐唱曲子，祇聽得一陣嬌音，夾著絃子聲唱道：

望平康，鳳城東，千門綠柳一路紫絲韁；引遊郎，誰家乳燕雙雙，隔春波，晴煙染窗？倚晴天，紅杏窺牆，一帶板橋長；閒指點，茶寮酒舫。聽聲聲賣花忙，穿過了條條深巷，插一枝帶露柳嬌黃。

一會兒到了西岸上，見岸上萬綠森森，濃蔭疊疊；皇帝說道：「好一個清涼世界！」便攜著妃子踱上岸去。吩咐宮女太監們祇在岸邊伺候著，不用一人跟隨。他兩人肩並肩兒，手拉手兒，慢慢的走到綠蔭深處的牌坊下面；皇帝心裏忽然一動，忙把董鄂妃的玉手拉住，親親熱熱的接了一個吻。笑說道：「朕和愛卿，好似民間的一對快樂恩愛夫妻。」

董鄂妃聽了，不覺撲簌簌的兩行熱淚從粉腮上滾下來。皇帝見了，越發憐愛她，忙把她摟在懷裏，低低的問時；那董鄂妃嗚咽著說道：「臣妾賤同小草，一時得依日光，享榮華，受富貴；轉眼秋風紈扇，拋入冷宮，到那時，不知要受盡多少悽涼呢！」

皇帝聽了，便說道：「愛卿儘可放心，朕得愛卿，如魚得水；不但此生願白頭偕老，又願世世生生結爲夫婦。真是唐明皇說的：『在天願做比翼鳥，在地願爲連理枝。』卿如不信，朕當天立誓。」說著，伸手按住董鄂妃的肩頭，雙雙跪倒在牌坊下。

皇帝說道：「皇天在上，我愛親覺羅福臨與妃子董鄂氏，願今世白頭偕老，世世結爲夫婦，永不厭棄；倘然中途有變，我願拋去天下，保全我倆的交情。」

董鄂妃聽了，忙磕頭謝恩，皇帝扶她起來；董鄂妃趁此奏明，被洪學士強擄進京，家中還有胞兄名巢民，不知生死如何，天天記念，求皇上天恩，把巢民宣召來宮，使兄妹得見一面，死也瞑目。皇帝當時答應，第二天便下旨給江南總督，宣召巢民進京。那冒巢民得了聖旨，立刻啓程。

那洪承疇獻董小宛進宮，原想董小宛生性貞烈，一定要死在宮裏的，也是借刀殺人的意思；不料她一進宮去十分得寵，皇帝依戀著妃子，連日罷朝。他明知道董小宛一得寵幸，便要報仇；便想了一條先發制人的計策，他覷便把皇帝私幸漢女、荒廢朝政的話，對太后說了。

太后聽了大怒，便立刻要去見皇帝，洪承疇攔住，說：「這事情須得慢慢的解勸，太后不如先下一道懿旨，禁止漢女進宮，他日搜查宮廷，便有所藉口。」

太后聽了，便依他的話，立刻下一道懿旨，禁止滿漢通婚；又不許選漢女當宮女。在神武門內，掛著一塊牌子，上面寫著：「有以纏足女子入宮者，斬！」一行字。皇帝看了，心中暗暗的替董鄂妃擔憂。

過了幾天，冒巢民到了京裏，董鄂妃在坤寧宮召見；兩下裏自有一番悲喜的形狀。祇因宮女站在跟前，祇好兄妹稱呼，皇帝也把巢民召去，問了幾句話；另在宮中賜宴，宴罷，又進宮去和小宛說話；說起從前的恩情和今後的分離，四行眼淚如潮水一般似淌下來。祇因宮中不能久坐，便得硬著頭皮告辭出來，臨走的時候，皇帝賞他黃金五百兩，又下旨給江南總督，替他在家鄉蓋造花園，隨時保護。

這裏，小宛自從巢民去了以後，勾起了萬斛愁腸，不覺害起病來；終日睡在床上，自有御醫調治，皇帝也不時來看望，用好言安慰。

小宛正病得昏沉的時侯，忽然聽得宮女報說：「太后來了！」慌得小宛出了一身冷汗，忙掙扎著起來梳洗；忽見進來四個宮女，不由分說，便把小宛橫拖豎拽的拉了出去。祇見太后氣憤憤的坐在屋子中間，宮女把小宛推上去，按著她跪在地下。

第廿六回　順治出家

卻說小宛正昏昏沉沉的時候，被宮女拉出去，跪在太后腳下；祇聽得太后喝一聲：「賤人！抬起頭來！」便有宮女上來，揪住小宛的雲髻，往腦脖子後面一拉，小宛的臉便抬了起來。太后冷笑了一聲，說道：「長得好狐媚的臉！替我掌嘴！」宮女便揚起手掌，向她兩面粉臉兒上打去；一連打了三四十下，打得小宛臉上紅腫，眼前金星亂迸。她心裏又氣又急，眼前一陣昏黑，不覺暈厥過去；宮女把一碗冷水在小宛臉上一潑，小宛驚醒過來。太后便吩咐宮女：「問這賤丫頭什麼地方來的？」小宛一面哽咽著，把自己的來歷，仔仔細細的說了；卻仍是瞞著，說自己是冒家的女兒。

正說時，皇帝踉踉蹌蹌的跑了進來。皇帝是一向怕太后的，見了這樣子，祇得低著脖子，恭恭敬敬的站在一旁，不敢說一句話。

祇聽太后問完了話，便吩咐宮女：「打死了罷！」霎時便上來了四個粗蠢的旗婦，手裏各拿著紅漆

棍，又拿著一個紅布袋，要把小宛裝進袋去；這是宮裏的刑罰，宮女犯了死罪，便裝在布袋裏，一頓亂棍打死。

皇帝到了這時候，便忍不住上去跪倒在地求著；說：「她原是好人家女兒，是洪學士送進宮來的。太后倘然要打死她，應當先辦洪學士的罪。」

太后聽皇帝說起洪學士，便觸動了私心，那口氣也便軟了下來；吩咐宮女道：「攆她出去罷！」皇帝又求道：「這漢女已經進宮多日，再攆她出宮，於皇家體面不好看。」太后想了一想，卻也不錯；便吩咐：「關到西山玉泉寺去。」

皇帝再要求時，太后拿手指著皇帝的臉，大聲說道：「你可看見神武門裏我的旨意麼？漢女進宮的，便砍腦袋；今天我還看在皇帝面上，饒了這賤人一條狗命呢！」說著，便逼著宮女把董小宛拉出宮去；坐一肩小轎，內監抬著，直送上西山玉泉寺去。

這玉泉寺，是供奉喇嘛的；清宮裡的規矩，宮人犯罪的，重則立時打死，輕則寄寺學佛。董小宛住在寺裏，倒也覺得清潔，天天念經拜佛；自己知道紅顏薄命，便也看破紅塵，一心修道。不多幾天，居然把各項經卷讀熟。

董小宛原是一個聰明女子，她參透經典的奧理，心中恩怨兩忘；什麼冒巢民，什麼順治皇帝，都不掛在她心頭。獨有那順治皇帝迷戀得厲害；他自從董小宛出宮以後，雖有別的妃嬪伺候著，但他一想起董小宛，便日夜悲啼。

過了幾天，皇帝實在忍耐不住，便花了許多銀錢，買通宮女太監們，瞞住了太后的耳目，悄悄的偷上西山去；在玉泉寺中見了小宛，兩人抱頭痛哭。董小宛把許多紅塵虛幻的話慰勸皇帝，皇帝總是依依不捨，在玉泉寺一連住了三天，還不肯回宮。後來給太后知道了，打發總管太監，抬著軟轎來接駕；又說：「皇上倘然不肯回宮，太后便要自己上山來了。」

小宛又再三勸著皇帝說：「陛下倘不忘臣妾，將來在五臺山上，還得一見。」

後來太后又打發內監來催逼，皇帝無可奈何，只有上轎回宮去。誰知皇帝回宮的第二天，忽然看管玉泉寺的內監去報說：「董鄂妃不見了！」皇帝聽了，萬分傷心；暗地裏打發許多太監，各處去找尋，也是毫無消息。

皇帝把伺候董小宛的宮女傳來，親自盤問。那宮女說道：「妃子怕是成仙去了。這幾天每當風清月白的夜裏，祇見妃子在寺後面的瑤臺上，走來走去望著月兒；內監們趕去看時，已是影蹤全無了。這不是成仙去，是什麼？」

皇帝聽了，反快活起來，拍著手說道：「我原說她是蓮花仙子呢！如今果然成了仙去！可是叫朕怎

麼樣呢？」說著，便呆笑起來。

這個消息傳在太后耳朵裏，怕從此把皇帝引瘋了；便暗暗的吩咐人到西山上去，連夜放一把火，把玉泉寺燒成一片焦土。可憐燒死了許多宮女、太監；其中有一個宮女的屍身，很像是董小宛的，太后便吩咐宮人，故意聲張起來，說董小宛被火燒死了。

皇帝聽了，也不悲傷；隔了幾天，忽然宮裏吵嚷起來，說：「皇帝走了！」又在皇帝書房裏，搜得皇帝遺下的手詔。上面寫著道：

太祖太宗，創垂基業，所關至重；元良儲嗣，不可久虛。朕子玄曄，佟佳氏所生，歧嶷穎慧，克承宗祧；玆立為皇太子，即皇帝位。特命內大臣索尼蘇克、薩哈過、必隆、鰲拜為輔臣，伊等皆勳舊重臣，朕以腹心寄託，其勉矢忠蓋，保翊嗣君，佐理政務。布告中外，咸使聞之。欽此。

當時太后看了這道手詔，怔了半天；便吩咐：「去把內臣鰲拜傳進宮來。」商量停妥，便傳諭出去，說：「皇帝急病身亡，遺詔立太子玄曄爲皇帝。」

這個消息一傳出去，文武百官都到大清門外來候旨；太后傳旨出去，所有滿漢臣工一概不許進宮。祇吩咐明天在太和殿朝見新皇帝。到第二天，那文武大臣貝勒親王，一齊在太和殿候駕；三下靜鞭，新皇帝登基。

這時玄曄年紀祇有八歲，坐在龍椅上受百官朝賀；鰲拜和洪承疇站在兩旁。皇帝下旨，改號稱康熙；一面在白虎殿裏，一般的替順治皇帝辦起喪事來。

順治皇帝自從偷出宮門以後，祇因換了平常衣服，路上也沒有人來盤問他；京城裏的路，他是不認識的。他信步向西走去，看看出了北京城；這時是深秋天氣，祇見眼前一片荒涼，順治皇帝心中想起從前和董小宛在樹林中密語，一番恩情，起了無限感慨，腳下一腳高一腳低，向麥田中走去。

正走時，前面田路旁，遠遠的來了一個癩頭和尚，手中拿了一軸破畫，嘴裏一聲高一聲低的不知唱些什麼；看看走近皇帝跟前，祇見他深深的打了一個問訊。說道：「阿彌陀佛！師父來了麼？」世祖聽了，心中不覺一怔。想道：「這和尚哪裏見過的？怎麼嗓音怪熟呢？」再看他時，見他渾身長著癩瘡，一隻左眼已瞎；身上袈裟千補百衲，赤著一雙腳。

便問他道：「你赤著腳，不怕冷麼？」

那和尚哈哈大笑道：「冷是什麼？什麼是冷？」

世祖聽了，不覺觸動禪機，心下恍然大悟。接著說道：「我是什麼？什麼是我？」

那和尚說道：「善哉善哉！」

世祖問他：「你手中拿的是什麼畫？」

那和尚見問，便放聲大哭起來；哭夠多時，才說道：「貧僧原是五臺山清涼寺裏的僧人，我師父道行很高，修煉到八十歲時，忽然對貧僧說道：『我明日要下山去了！』當時貧僧不忍離開師父，拉住他的衣裳，放聲大哭；師父看我哭得傷心，便說這是定數，哭也無用；我念你一片至誠，爲今給你一幅畫兒，畫上畫著一個沒有眉毛的人，你記著，二十年後，你帶著這幅畫兒下山進京去，自有人替你補畫上那畫中人兒的眉毛。」

世祖聽他說話離奇，便向他要那幅畫兒看；見上面果然畫著一個赤腳和尚，和尚臉上果然缺少兩條眉毛。世祖看了，便在腰上掛著的筆袋裏，掏出一支筆來，替他補畫上兩條眉毛。

那和尚見世祖替他畫了眉毛，便趴在地下連連磕頭，口中喊著師父。說道：「我師父叮囑我，『那補畫眉毛的人，便是我的後身。』我聽了師父的話，如今恰恰二十年，便下山來尋訪；在江湖上漂泊了多年，才找到了貴檀越。貴檀越不是我的師父是什麼？請師父快回山去。」

世祖便問他：「你的師父，如今到什麼地方去了？」

那和尚說道：「我師父自從給了我一幅畫以後，第二天便圓寂了。」

世祖聽了，低著頭半晌，忽然大笑道：「我跟你去罷！」

那和尚說道：「師父也該去了，山上的女菩薩也候著師父多日了。」

世祖問他：「什麼女菩薩？」

那和尚說道：「便是玉泉寺中的女菩薩。」

世祖聽了，拉著那和尚飛也似的跑去。後來，世祖和董鄂妃一塊兒在五臺山上清涼寺裏修道，吳梅村有一首「清涼山讚佛詩」，便是說世祖和董妃的事情。那詩道：

雙成明靚影徘徊，玉作屏風壁作臺；薤露彫殘千里草，清涼山下六龍來。

這個消息傳到太皇太后耳朵裏，懊悔從前不該攆走董鄂妃；如今自己親生的兒子，孤淒淒的出家在五臺山上。但這件事情又不好聲張出去，祇得推說禮佛，便帶著康熙皇帝巡幸到五臺山；太皇太后瞞著眾人，暗暗的到清涼寺去訪問。

祇見一個癩和尚，又聾又瞎；問他說話，十句倒有九句不曾聽得。太皇太后無可如何，對著寺門灑

了幾點眼淚，下山回宮去。到了第二年，太皇太后又到五臺山去，祇見那山門半圮，連那癲和尚也不在了。太皇太后便下旨重建清涼寺，算是太皇太后的私廟。以後太皇太后年紀也老了，行動不便，便也不曾到五臺山去，祇是心中常常記念著罷了。

倒是康熙皇帝，年紀漸漸大起來，長得人物漂亮，精明強幹；在順治手裏已經打敗明將史可法，滅去了明帝子孫福王、唐王、魯王，又趕走了永明王，打敗了鄭成功，收得臺灣海島。後來平西王吳三桂、平南王尚之信、靖南王耿精忠造反，也經八旗兵打平；到了康熙時候，地方上十分太平。

太皇太后替他請了兩位師傅：一位是河南人，名湯斌的；一位是魏裔介。這兩位學士，天天在瀛臺對皇帝講解經史，後來又請侍講學士高士奇講解宋學。皇帝也十分好學，天天和大臣們講論不倦。他回進宮去，對宮女們講解；那些宮女們聽了，都莫名其妙。

這時有一位太公主，是太宗皇帝的幼女，世祖皇帝的胞妹，康熙皇帝的姑母；祇因面貌長得美麗，年紀又小，祇大得康熙皇帝五歲；太皇太后不捨得她出宮去，把她留在宮裏，到二十二歲，還不曾招駙馬。

康熙皇帝和這位姑母又最好，自幼兒跟著姑母一床兒睡，許多乳母、保母、宮女們侍候他，他都不要。一進宮來，便找他姑母玩兒去。後來上了學，在上書房聽了講回宮來，也找他姑母講解去。這位太公主原也讀得滿肚子詩書，他姑姪兩人常常談著學問，娓娓不倦。

因此，康熙皇帝和他姑母的交情越發深厚；他兩人在沒人的時候，常常說些知心話，大家竟忘了姑姪的名分。這時康熙皇帝年紀已有十七歲了，天天和他姑母做著伴，這男女間的情竇早已開了；他姑母二十二歲，也正是女孩兒情意纏綿的時候。

誰知這時康熙皇帝，因讀書用功過度，便得了咯血的症候；太皇太后知道了，十分憂愁，忙請御醫服藥調治。御醫說：「須安心靜養。」太皇太后的意思，要把皇帝搬到寧壽宮去，親自照看他；佟佳太后要把皇帝搬進慈寧宮去住著。

皇帝都不願意，卻住在永樂宮裏，祇要姑母陪伴他，別的宮女保母一概不許進屋子來。太皇太后認做他是孩子氣，也便依他。那太公主終日陪伴著姪兒，在病榻上耳鬢廝磨，軟語溫存；康熙皇帝又長得俊俏動人，日子久了，兩人情不自禁，便做出風流事情來了。

皇帝償了心願，那病竟完全好了。女孩兒家到底膽怯，便悄悄的把這件事情去告訴母親；太皇太后聽了，嚇了一大跳，忙把皇帝喚來，暗地裏埋怨他，誰知康熙皇帝少年任性，定要把姑母封做妃子；又說：「倘不依我，便願不做皇帝。」

太皇太后怕鬧出事來，便也祇得聽他們胡鬧去。待到太皇太后逝世以後，康熙皇帝便索性下一道聖

旨，把姑母封做淑妃；滿朝文武看了十分詫異，便有御史官上奏章，勸皇帝收回聖旨，把太公主另嫁駙馬。

皇帝看了，十分生氣道：「姑母既不是朕的母親，又不是朕的女兒，也不是朕的同胞姊妹；封做妃子，免得出宮去吃苦，有什麼便不行？」

從此以後，皇帝便大了膽；揀那宮女中有姿色的，便隨處臨幸。有別的宮女撞見，他也不知害羞。那宮女被寵幸過的，便封她做妃子。不到一年，那宮裏的妃子已有四十六個；任你大臣如何勸諫，他總置之不理。

那時有一個太監，名小如意的，性情十分乖巧，在外面買了許多邪書，偷偷的帶進宮來獻與皇帝。皇帝平日祇見侍讀學士講些經史，從不曾看見這種有趣味的書；從此他便丟了經史的學問，沒日沒夜的看那些書。看到有味的時候，連飯也不想吃，覺也不要睡；終日拉著那班妃子，照書上的法兒大做起來。

有一天，皇帝坐在湖山石上看書，小如意站在一旁侍候著；遠遠的看見一個宮女走來，皇帝忽然異想天開，自己先在假山洞裏躲起來，吩咐小如意如此如此。看看那宮女走到跟前，小如意便上去，不由分說一把拉住，把她推進洞去。嚇得那宮女嬌啼宛轉，祇聽得山洞裏哭喊一陣子，那宮女吃了虧，踉踉蹌蹌的逃了出來；停了一會，又來了一個宮女，小如意如法炮製。皇帝這一天共鬧玩了四個宮女，心下十分快樂；可憐那宮女自吃了虧，都還不知是誰欺侮她呢。

小如意又哄著皇帝說：漢女如何如何嬌嫩，如何如何溫柔。皇帝聽了，記在肚子裏；又打聽得文華大學士張英家裏和那尚書姚江家裏，養著許多美人。張家和姚家原是親家，兩家都娶著七八個如夫人，個個長得姿色嬌艷，體態風流。北京人有幾句歌兒說道：

論美人，數姚張；你有西施女，我有貴妃楊；等閒不得見，一見魂飛揚。

這個歌兒，小如意傳進宮去，皇帝聽了，便夜夜思量。講到這兩家的美人，要算姚江的第四位小姐長得最得人意。張英知道了，便去求婚，配給自己的二子；那二公子官也做到京卿，自娶得姚家的女兒，歡喜得什麼似的，天天香花供養著，等閒不出房門一步。

有一天，是皇太后的萬壽，早幾天便有上諭下來，凡漢官命婦，隨著滿人，一律進宮去叩祝。這一天，凡是張姚兩家的女眷，因爲貪玩宮廷的風景，祇叫她丈夫在朝做官的，一個個按品大裝，進宮去拜壽；那張學士的二媳婦也在裏面。

到了宮裏，隨班叩祝過；太后傳諭，便在內廷賜宴。坐過了席，領著到上宛去遊玩，盡一日之歡，直到萬家燈火的時候，才一齊退出宮來，各自上轎回家。張家的女眷，一共坐了六肩轎子，回到家裡，大家走出轎來；一看，那二少太太已經換了一個別的女人。姚家的四小姐，不知到什麼地方去了。問那女人時，那女人也莫名其妙。

那京卿官跑來一看，見自己心愛的妻子給宮裏偷換去了，爲何不怒；便對著那女人吵嚷起來。張學士聽得了，忙走進來攔住說：「千萬莫聲張，給宮裏知道了，咱們全家人性命不保。」他兒子聽了，也祇得忍氣吞聲的把那陌生女人收下。

過了幾天，皇太后下了一道懿旨，說：「凡漢宮命婦，以後一律不准進宮。」百官們看了這道旨意，都莫名其妙；獨有張學士父子兩人，心中十分難受。

康熙皇帝玩過漢女之後，便把宮裏幾十個旗女一齊丟在腦後。過了幾天，他覺得悶在宮裏十分膩煩；便和小如意商量，打算悄悄的偷出宮去遊玩。小如意起初聽了不敢奉旨，無奈皇帝生性暴躁，說怎麼定要怎麼的。小如意也違拗不過，祇得改換了袍褂，兩人裝作主僕模樣，偷偷的出宮去，大街小巷的遊玩。

皇帝幾十年悶在宮裏，如今滿個京城亂跑，如何不樂；有時上館子去吃喝，有時到窯子裏遊玩。每遊到天色傍晚，便偷偷的回進宮去。誰知遊了幾天，卻遊出風流事情來了。

有一天，皇帝帶著小如意正在驢馬大街上走著，忽然迎面來了一輛驢車，車中端坐著一位美貌婦人；皇帝不覺看怔了，那車轅兒撞在他身上，他也不覺得。車廂裏的婦人，水盈盈的兩道眼光，原也注定在皇帝臉上；又看他呆得厲害，便不覺盈盈一笑。這一笑，卻把皇帝笑得越發呆了。

那驢車在前面走著，皇帝慌慌張張在後面跟著，一直跟出西直門一家門口停住，把個皇帝累得滿身是汗，氣喘吁吁。他便悄悄的叮囑小如意：「無論如何，今夜須把這婦人弄進宮來。」說著，自己先回宮去了。

第廿七回　康熙帝國

卻說小如意奉了皇帝的旨意，巡在這家門口候著。打聽得那婦人的丈夫姓衛，原在驢馬大街開著一爿布莊；今天這婦人回娘家來探望母親，她丈夫原是十分愛妻子，叮囑當晚須回家去的。小如意便買通了那趕車的，答應派他宮裏一個小差官；那趕車的十分歡喜。到了時候，那婦人辭別母親出門上車，小如意也僱了一輛車，偷偷的跟在後面。

兩輛車子一前一後，直趕進宮門去；在御苑後門下車。那婦人下車來，看這樣闊大的地方，不覺嚇了一跳；小如意上去說明緣故，又說倘得皇帝寵幸，妳丈夫也同享富貴。這婦人原也不十分貞節的；坐在車廂裏的時候，看見皇帝人品軒昂，便有幾分意思了；如今說是萬歲爺，她爲何不願意。

當時便跟著小如意走進御苑去，在絳雪齋拜見萬歲。皇帝見了這婦人，歡喜得忙上去伸手拉了起來；小如意忙避去，當夜便在絳雪齋留幸，一連十天不出齋門。聖旨下來，把這婦人封做衛妃；她丈夫衛光輝，也召進宮來，賞做御前侍衛官。她夫妻兩人瞞著皇帝，常常在暗地裏見面。

這位衛妃身上，有一種甜膩的香味，人聞了這香味，便不覺心動起來；衛妃走過的地方，那香味常常留著不散。她人不曾到跟前，便遠遠的聞得這一股香味。她穿過的裏衣，香味十分濃厚，便是洗也洗不去的。洗浴剩下來的水，一陣一陣發出香氣來，宮女們也捨不得倒去。因此皇帝格外寵愛，稱她做香美人。

誰知衛妃進宮來，不上七個月，便生下一個孩子來，長得肥頭胖耳；哭聲十分洪亮，皇帝十分寶愛。因和衛妃情意深厚，便有立他做太子的心；取名胤禛，便是後來的雍正皇帝。

這時宮女們得皇帝臨幸的很多，生的兒子也很多；康熙皇帝一共生了三十五個兒子。衛妃怕將來弟兄爭位，自己的兒子實在是前夫的種子；倘然給人查出，便不能做太子，因此常常在皇帝跟前求懇。皇帝嘴裏雖然答應，祇因胤禛年紀小，打算過幾年再說。

這幾年，康熙皇帝儘幹些風流事情，把朝廷大事盡託與幾個顧命大臣；諸位大臣中，有一名叫做鰲拜的，最是奸惡。他仗著是先皇的老臣，便當面吆喝著皇帝；皇帝倘然稍稍辯論，他便氣憤的說要辭職不幹了，私底下卻招權納賄，結黨營私。

有一天，鰲拜強逼著皇帝，要封他的祖宗做鎮國公；皇帝不肯，鰲拜便氣憤憤地說道：「臣受了顧命的重託，求一個封誥也做不到，還做什麼大臣呢！」說著，一摔手便出殿去了。

這時候有一個老臣，名叫瑪尼哈特的，在一旁冷笑著說道：「貴大臣開口顧命，閉口顧命，請問可有先帝的手詔嗎？」

鰲拜聽了，便反問他道：「貴大臣敢是得到先帝的手詔來？」那瑪尼哈特點點頭，不慌不忙的從袖管裏拿出一張手詔來；皇帝看時，果然是先帝的手筆，上面還蓋著御印。上面寫著顧命大臣祗有瑪尼哈特一個人的名字。皇帝大怒，喝令御前侍衛把鰲拜拿下，吩咐發交刑部，審問他冒充顧命、欺君罔上的罪；接著便有許多御史上奏章，說：「鰲拜犯有二十大罪。」皇帝聖旨下來，立刻綁到菜市口去正法。

皇帝因殺了鰲拜，便想起自己應該早立太子，免得日後受大臣的欺弄；因想起太子的事情，便也想起衛妃的話來。又想：自己共有三十五個皇子，倘然立四皇子胤禛，又怕眾皇子不服；依理胤礽年紀最大，自然該立為太子，祗因自己寵愛衛妃，不忍心違背她的意思。

皇帝一路想著，一路走著，不覺已到了翠華宮；衛妃出來接駕，走進內院去，見架子上有兩隻雕籠，籠裏面關著許多白色老鼠，每一籠約有二百頭。皇帝問時，衛妃奏稱：「是暹羅國進貢來的。」

皇帝見了這兩籠老鼠，想起方才的心事，便吩咐把二皇子和四皇子喚進宮來。停了一會，二皇子胤礽、四皇子胤禛奉召進宮；皇帝要看看他二人的心術，便把這兩籠鼠子賞給他二人。兩位皇子捧了籠子，謝恩出宮。

第二天，皇帝打發自己親信的內監，悄悄的到兩位皇子宮裏去打聽；那內監來回奏說：「二皇子回宮去，把一籠鼠子一齊放了；說是關在籠子裏多麼不自由，看看怪可憐的，不如放了牠的生命罷。四皇子回宮去，把二百頭鼠子分作三隊，教牠打仗；有不聽號令的便殺死。玩了一天，那二百頭鼠子，被皇子殺得一個不留。」

皇帝聽了，心下十分厭惡胤禎，便有立胤礽為太子的心；暗地裏把大學士明珠喚來，和他商量。那明珠原是胤礽的黨羽，當時便竭力慫恿立二皇子為太子；康熙皇帝心裏便打定主意。隔了幾天，一道上諭下去，說立二皇子胤礽為皇太子；一面把胤礽搬進東宮去住著，滿朝文武各各上奏章來祝賀，皇帝便在崇政殿中賜宴。

這裏東宮裏正十分熱鬧，那邊翠華宮的衛妃母子兩人，卻十分悽涼；暗暗的把衛侍衛官喚進宮來商量。

姓衛的說道：「咱夫妻倆好好的過著日子，自從妳被那昏君搶進宮來，我原想行刺的；祇因妳肚子裏已有五個月的胎兒，生下兒子來，倘然傳位給他，那時我的兒子做了皇帝，我便暗暗的做了皇父。如今我的兒子既做不成皇帝，我便另打主意，總叫他要做成皇帝才罷。」接著又商量了半天，衛妃便把胤禎喚出來，哄著他跟姓衛的出宮去玩耍。

這姓衛的把胤禎帶出宮去，住在自己家裏，暗暗的把宮裏的喇嘛和尚請來，傳授他練氣符咒的本領；又請了許多教師，在院子裏搬弄刀槍、比演弓箭；還有什麼外五行、內五行種種拳法。胤禎到底是孩子氣，只覺得好玩，便天天偷出宮來習練；又因胤礽做了太子，心不甘服，預備練成了本領，將來和哥哥搶奪皇位。他在宮裏，暗暗的把這個意思對他的弟兄胤禔等八個人說了；他們也滿肚子懷著怨恨，聽了胤禎的話，便個個磨拳擦掌，跟著胤禎練武藝去，準備將來好廝殺。

這個風聲傳到胤礽、胤禎耳朵裏，便也另立了一個機關；背地裏請著鏢局裏的鏢師傳授武功。這個風氣一開，那江湖上的好漢，便一齊投奔了來。胤禎仗著母親衛妃的照應，從大內裏拿出銀錢來；所以胤禎門下請的好漢獨多，有什麼獨臂金剛、鐵腿李、攪海蛟、瘋和尚，種種奇怪的名氏。

外面鬧得天翻地覆，那宮裏的康熙皇帝和胤礽太子，卻還矇在鼓裏。康熙這時從五臺山請來了一位妙覺和尚，他深通經典，善於說法；康熙皇帝請他住在瀛臺淨室裏，天天說妙法蓮華經，心中頗有領悟。這時太子胤礽，也跟著大學士明珠講究文學。

那明珠相國雖是皇帝內親，卻不通文墨的，祇因生性狡黠，從部曹微職直升到大學士官。知道皇帝和太子都注重文學，便暗地招納了許多文人，供養在家；做了許多文章，冒充是自己做的獻進宮去，皇

帝和太子十分稱讚。明珠便勸皇帝趁此做幾件文學上的事業，爲萬世留名之計。

當時便有文學大臣張英、魏裔介一班人，奏請開設修書館；明珠和這班文臣，原是通同一氣的，在皇帝前慫恿著。皇帝便下旨設修書館，召請四方文人編撰「康熙字典」、「子史精華」、「佩文韻府」這一類書。明珠的兒子納蘭容若，也常到修書館裡去；見有才學並茂的讀書人，便多送金銀請進府去，替他父親做槍手。

有一天，明珠陪著康熙帝在西書房閒說，說起「莊子」南華經裏一段故事；皇帝便喚內監取南華經來，那內監拿錯了道德經。皇帝踱著腳罵道：「蠢蟲！」又對明珠說道：「這班蠢物！真是討厭！從來說的『紅袖添香夜讀書』，多麼有趣？朕想那添香的女孩兒，絕不是這樣粗魯的；朕很想選幾個良家閨女懂得詩書的，進宮來做女官，專管朕書房的書務，豈不很好。」

明珠聽了這個話，回家去立刻打發家人到蘇杭一帶，去揀那小家女孩兒，面貌清秀，不曾纏足的；用重價買來，養在自己別墅裏，再請一位老先生教會詩書。那班女孩兒都是十三四歲，原很聰明的，不上三五年，詩詞歌曲、吹彈歌舞，樣樣都會。眼看那班女孩兒也有十七八歲了，一個個出落得體態苗條，舉止輕盈；其中有喬杏、新梅、蒨桃、麗鳳四人，長得越發清秀嬌艷，好似四支水蔥兒。

明珠看在眼中，打算把這四個女孩兒先送進宮去；不知什麼人討好，把這個消息傳在相國夫人耳中，說主人娶了三十六房侍妾，在西城外別墅中，日夜取樂。那位相國夫人，原是得寵的姨太太扶正的，醋勁最大；聽了這個消息如何耐得，便也不問仔細，立刻套車，趕到別墅裏去。

明珠不在別墅中，祇有一位老先生帶領三十六個女孩兒出來拜見。相國夫人看時，個個都長得如嬌花弱柳；便也不動聲色，吩咐老先生退去，喚著那班女孩兒，一個一個到跟前來問話。相國夫人留心看時，有十二個女孩兒長得最是惹眼，便吩咐把這十二個女孩兒留下，立刻擺上一桌筵席來，請她們吃酒。那些女孩兒都是天真爛漫的，知道些什麼，見夫人賞酒，便也說說笑笑的吃個飽。夫人看她們吃完了酒，便上車回府去了。

大家見夫人忽來忽去，也不怒罵，也不說笑，十分詫異。誰知到了第二天一早，那十二個吃酒的女孩兒，一個個直挺挺的躺在床上死了；新梅、麗鳳、嬌杏、蒨桃，四個人也不能逃這個劫數。相國知道了，也祇得嘆了一口氣，悄悄的去埋葬了事。把剩下的二十四個女孩兒，一齊放回家鄉去。從此相國和他的夫人情分愈惡，終日和門客們吃酒做詩，也不進內宅去。有時東宮召他進宮去談論文學，那時明珠和一班文人做伴，也懂得些風雅的家數；太子和他十分要好，便常常把他留住宮裏。

那時，有一位雲貴總督范承勛，進京來陛見；見皇帝和太子都成了兩個書呆子，便上了一本奏章，說本朝以馬上得天下，子孫不宜棄置武功。康熙帝原是敬重范承勛的，當下看了他的奏章，便立刻傳

旨，在暢春范柳堤練習騎射。

那時太子和胤禎、胤禔、胤礽、胤䄉、胤禟一班皇子，都站在父皇跟前候旨。皇帝下旨，命太子和皇子一一比射，又比各項兵器；其中要算胤禎本領最強，那太子胤礽卻十分文弱，刀槍固然不高明，連那三箭也是一箭都射不中。後來許多皇子在柳堤上賽馬，太子依然落後。皇帝看了十分生氣；把教太子武藝的師傅傳喚過來，當面訓責了一番。

那師傅十分羞慚，便是太子，也覺得臉上沒有光彩。回到東宮，許多師傅商議，其中有一個內監，打聽得胤禎、胤䄉在外面私立機關，練習拳棒的事情，來告訴太子，太子十分驚惶。便有一個師傅說：「不如把西山喇嘛請來，太子學著符咒秘法，再請天下勇士來傳授十八般武藝。」

太子聽了，十分合意，立刻在東宮裏收拾起密室和圍場來，天天跟著喇嘛僧和拳教師在裏面練習著；一面又打發人，到江湖上去探訪俠客武士，願多送金銀，把他請進宮來，早晚領教。因此北京地方，那好漢愈聚愈多，常常在大街上吃酒鬧事。地方官知道了，也不敢去管他。

正在這個當兒，忽然衛妃死了，康熙皇帝固然十分悲傷，便是那姓衛的也覺得悽涼；他便退出宮來，和胤禎早晚謀劃陷害太子的計策。康熙皇帝死了衛妃，住在宮裏十分乏味，雖仍有三宮六院的妃嬪陪伴著，但她們怎及那衛妃的萬一，便終日長吁短嘆，寢食不安。

他因想念衛妃，便又想起了父皇，這時衛妃的棺木正運到關外去埋葬，皇帝不忘舊情，便借進謁福陵的名義，送著衛妃的棺木到山海關去埋葬，親自督看監工。葬事既了，皇帝也不願回宮，便下旨南巡，聲稱問民疾苦；又下旨命太子胤礽監國，自己帶領文武大臣和王公貝勒，揀定康熙二十三年九月初一日起程出京。

當時有大學士張英、內大臣覺羅武默訥，率領滿朝文武，恭送御駕。此次巡遊，皇帝下旨，所過各處州縣照常辦事，勿辦供差，違旨的便革職問罪。因此皇帝坐了幾隻平常民船，悄悄的一直開到五臺山腳下，坐轎上山；到了清涼寺停下，把個清涼寺裏的住持，嚇得屁滾尿流，忙接駕進去，在方丈室坐下。

內監預備香燭，請皇帝拈香；皇帝拜過了佛，便問：「久聽寺裏有一位高僧，現在何處？」

那住持回說：「在最高峰茅舍裏打坐；所有往來檀越，他都不見。」

皇帝說道：「朕必要去見一見。」

便吩咐侍衛內監一概留在寺中，獨自一人，帶著一個小沙彌領路。山路左盤右旋，腳下七高八低，好不容易爬到山頂上，把個皇帝累得氣急流汗，在大樹下略站一回。見危崖上一座茅舍，皇帝便慢慢的蹚進屋子去；有一個僮兒出來問話，皇帝也不等他，便問小沙彌：「高僧住在裏間房屋？」

小沙彌便指著右面一間耳房，皇帝走進房去，祇見一個鬚眉皓白的和尚，垂著眼、盤著腿，坐在禪床上；皇帝對著他怔怔的看了半天，忍不住心中一動，搶上前去喚了一聲：「父皇！」雙膝跪倒。

那和尚睜開眼來一看，隨即闔上眼皮，不做一聲兒。接著皇帝低低的說了許多話，便告別出來；在半路上，皇帝再三叮囑小沙彌，不許傳揚出去。又吩咐他好好的看待那位高僧，將來自有好處，那小沙彌也十分聰明，當即連聲說：「遵旨。」

皇帝離了五臺山，便向濟南地方進發。祇因皇帝有旨，禁止地方官供張伺候，所以到了濟南行宮，那山東巡撫錢珏率領各省大小文武官員，照例來請過聖安以後，便各自回衙辦事；皇帝見官員們都去了，便改換衣帽，帶著一個親信侍衛，悄悄的溜出後門去，在勺突泉旁一家小茶館裏吃茶，打聽些民情風俗、官吏政績。

看看天晚，便又悄悄的溜回宮去；到了晚膳後，便和相國張玉書在燈下圍棋。兩人棋逢敵手，興味甚濃；直到夜半還不罷休。皇帝爲搶一個犄角兒，手裏拈著一粒子；正出神的時候，忽聽得圍牆外馬廝人喊的聲音，那內監侍衛們臉上一齊變了色。皇帝一面下子，一面吩咐內監出去查問。

不一刻兒工夫，內監進來回奏說：「後院萬歲乘坐的赤騏，被賊人盜去了。」

皇帝聽了，不覺大怒，對張玉書說道：「這赤騏是那年喀爾喀部進貢的，朕七八年來，未嘗一日離牠；不想到這裏來被人偷去。那賊人也太大膽了，不知老錢在那裏管什麼事！」

這幾句話傳到錢巡撫耳朵裏，慌得他第二天一早，自己摘去頂戴，在宮門外跪著候旨；一面託內監去轉求張相國，替他在皇帝跟前求情。誰知皇帝起來，已把昨夜的事情忘了；錢珏花了千兩銀子，買得一匹栗色馬，也是十分俊美，獻給皇帝；又花了三萬兩銀子，買囑內監侍衛們，求他們替他在皇帝跟前說好話。第三天皇帝起蹕，向江蘇省進發。

錢珏送皇帝出城以後，回到衙門裏，見大堂正中高高的寫著一行字，道：「盜御馬者，山東竇二敦也。」錢巡撫看了，不覺嚇了一跳；忙下令關起城門來，搜捉了十天，也不見竇二敦的影蹤。

這個竇二敦，原是山東有名的大盜；他起初在山東、直隸、河南一帶地方橫行不法，專愛強姦良家婦女。那女人睡到半夜裏，見竇二敦從屋面上跳下來，便喚道：「竇爺爺來了！」妳若好好的依順他，他便把那女人連被窩裏著，挾在脅下，跳出院子裏；回到自己家裏，給他姦污過以後，便依舊好好的送妳回家去。第二天，那女人的房門還好好的關著，女人也好好的睡在床上；真是人不知，鬼不覺的。遇到貞烈的女人，倘然當時和他倔強，便立刻被他殺死；不然也被他搶回家去，永遠不得回來。因此那班乖覺的女人，吃了他的虧，也祇好忍氣吞聲的受著。

有時，那些良家小戶，還暗暗的得他許多銀錢。他在濟南地方黨羽甚多，倘然有江湖賣技的人路過

省城，必要先去和他打過招呼，孝敬些見面錢，他才許你在他地界上做買賣；倘有半個不字，他便帶領弟兄，打得你落花流水，叫你站不住腳。

那一年，濟南城裏忽然來了一個白髮老頭兒，帶了兩個絕色的女孩兒，在泰嶽廟前賣藝；那兩個女孩兒，長著二寸寬的小腳，穿著紅裙綠襖，一來一往的搬弄武藝，把路上人看得魂靈兒也丟了。到要錢的時候，說也奇怪，那班看客不約而同的搖搖頭、擺擺手，四面散去了。

那老頭兒討了一個沒趣，正低頭納悶的時候，忽然來了一個大漢，搶到老頭兒跟前，伸著蒲扇一般的手掌，在老頭兒肩上一拍；大喝道：「老賤奴！你可認識山東竇二敦麼？」

那老頭兒聽了，慢吞吞的抬起頭來，在他身上上下的打量一番，看他敞著胸，橫著眼，一手叉著腰，一手捏著兩粒鐵彈子，忒楞楞的轉著。半晌，老頭兒冷冷的說道：「誰認識你竇二敦、竇三敦？況且我賣我的藝，也不定要認識你。」

幾句話說得竇二敦怪眼圓睜，青筋漲滿；也不待他說完，一拳劈胸就打過去。

第廿八回　帝位爭奪

卻說那老頭兒見竇二敦一拳打過來，也不回手，也不躲閃；竇二敦連打三拳，那老頭兒聞風不動。竇二敦身後，原站立著一班弟兄，看了也個個酥呆；竇二敦這時滿面羞慚，帶著弟兄們垂頭喪氣的回去。

那老頭兒也收拾圍場，回到客店裏安息去；直到半夜時分，那老頭兒正在好睡，祇見窗外跳進一個人來，拿起鋼刀，對著老頭兒的脖子上砍下去。誰知這老頭兒卻依舊鼾聲如雷，動也不動，直把那刺客嚇呆了。停了一會，老頭兒慢慢的醒來，睜眼看時，站在榻前的，便是竇二敦。

老頭兒說道：「什麼地方的小孩子擾人清夢。」

竇二敦這時不由得雙膝一軟，跪下地來，求他收做徒弟。老頭兒起初不答應，竇二敦再三懇求，老頭兒才帶他去。從此，濟南地方不見竇二敦的蹤跡。

隔了五年，竇二敦又來了，且娶得一個絕色的妻子。濟南地方人都認識這女子，便是那老頭兒帶的

女孩兒。原來那老頭兒姓石，原是明將張蒼水的部將；那個女子是他的外孫女。張將軍敗走了以後，他便帶著這兩個女子，借著賣藝的名兒物色英雄，爲明朝報仇；如今遇到這竇二敦，便把全副武藝傳授他，又把其中一個外孫女給他做妻子，勸他從此要做一個好人，回去招呼弟兄們，遇有機會，便替明朝報仇。

此次康熙南巡，路過濟南地方，他想機會到了，預先把妻子藏在深山裏，連夜闖進行宮去，打算行刺皇帝；後來看見後院裏養著一匹赤騏，竇二敦原是愛馬如命的，他識得是一匹好馬，便先偷了馬再說。那馬見有人來偷，便長嘶起來。侍衛們聽得了，急來看時，這馬跑得很快，早已走遠了。

竇二敦把馬去藏在深山裏，回轉身來趕到城裏，那皇帝已經啓程到蘇州去了，御舟過丹陽、常州、無錫，都不曾停泊，十月二十六日到蘇州滸墅關，江蘇巡撫湯斌帶領全境官員接駕，皇帝騎著馬走進閶門，那百姓們在大街兩旁站著閒看。皇帝吩咐百姓莫跪，見有年老年幼的，便親自下馬來問話，步行到接駕橋，在瑞光寺裏略坐一回。巡撫走在前面，領路送進織造局裏住下。

這時，有一個宋牧仲，也做過江蘇撫台，這時告老住在蘇州地方，皇帝忽然想起他，便把他喚進行宮來閒談解悶。第二天，又打發內監送活羊四隻，糟雞八隻，糟鹿尾八個，鹿肉乾二十四包，魚乾四包給宋牧仲；又傳旨煮豆腐的法子，准宋牧仲照法煮吃，給有年紀的人後半世的享用。

第三天，巡撫去請安，裏面傳諭出來，說聖躬不適，一切臣工免見；這原是推託的說話，其實皇帝早已帶了侍衛們，悄悄的僱了一條划船，到各處鄉鎮上遊玩去了。

有一天，船到華亭縣城裏，在七里橋下停下，皇帝走上岸來，見橋邊一家酒肆，一個小二官站在櫃身旁；皇帝踱進店去，店小二上來招呼，皇帝打了三角酒，獨自飲著。看看酒堂內十分清靜，皇帝便把小二喚來，和他閒談起來；皇帝問道：「你辛苦一天，有多少工錢？」

那小二說道：「我們的工錢是很微的，全靠賣酒下來分幾個小賬。講到每天的小賬，原也不少，無奈自從金大老爺到任以來，在各家店鋪收捐，把我們這一份小賬也捐去了。我們靠這個呆工錢，如何度日？」說著，不禁嘆了一口氣。

皇帝聽了，低著頭半晌不說話，忽然問道：「你們這縣城裏，可有別個比縣官大的官員？」

那小二說道：「這幾天因聽說萬歲爺要到這裏來，省城裏派了一位提督大人，帶兵在這裏來保護。」

皇帝聽了，便向小二要過紙筆來，寫上幾個字，蓋上一顆小印，外面加上封套，把小二喚進來說：「把這信送進提督衙門去，提督是我的好朋友，這封信送去，准把你們的鋪捐免了。」

小二聽了，如何敢去；後來還是掌櫃的替他送去，走到提督衙門口，有許多差役惡狠狠的站在那裏，見了那掌櫃的：「問他幹什麼來的？」

掌櫃的便把這封信拿出來；那差役們見是平常信，便向門房裏一丟。掌櫃說：「那客人吩咐要立候回信的。」

差役們不去理睬他；後來經那掌櫃的再三懇求，恰巧裏面有一個二爺出來，差役便把這封信，託他帶進去給大人。

停了一會，忽然裏面三聲炮響，開著正門，提督大人親自出來，把掌櫃的迎接進去，直把兩旁的差役看呆了。祇見那提督在大堂上點起香燭，把那一封信供在上面，對它行過三跪九叩首禮，轉身來向那掌櫃作了三個揖，慌得那掌櫃的跪下來還禮不迭。

過了一會，提督打發人去把華亭縣令喚來；那華亭縣令不知什麼事情，趕忙穿著頂帽，坐著轎子趕來。那提督一見了金知縣，立刻把臉色沉下來，喝一聲：跪下聽旨。慌得那知縣趴在地下，動也不敢動。

提督上去把那封信打開來，唸道：「華亭令金雨民倍克瀆職，民不堪命，著提臣鎖拏候旨嚴辦。」那縣官聽了，嚇得臉如土色；便有差役上去，替他除去頂戴，套上鎖鍊，推進牢監去關著。一面吩咐打轎，自己坐著官轎，那掌櫃的也坐著轎子，飛也似的趕到七里橋地方，走進酒店去一看，那皇帝早已下船，去得無影無蹤了。提督忙傳令各處砲船趕上，前去保護。但是皇帝坐的是小划船，那砲船在水面上找來找去，也不見皇帝的御舟，空擾亂了一陣罷了。

這裏皇帝回到蘇州，那蘇州官員才知道皇帝私行在外面，紛紛到行宮裏來請安。住了幾天，皇帝起蹕回京去；路過江寧地方，皇帝忽然想起江寧織造官曹寅，便傳諭曹寅接駕，曹寅把御駕接到織造衙門裏去住著。

曹寅是世代辦理皇差的，皇帝拿他當親臣世臣一般看待；他母親孫氏，年輕時候也進宮去過的。這時皇帝和曹寅說說笑笑，好似一家人一般，又召孫氏覲見；他媳婦、孫媳婦都出來見駕。皇帝賞賜很多，又寫「萱瑞堂」三字賞給曹寅。曹寅家裏花園很大，皇帝在花園裏盤桓了幾天，便起駕回北京去了。

這時，京裏由太子胤礽監國，倒也十分安靜。胤礽是一個書呆子，終日埋頭在書堆裏，朝廷的事情都聽那班大臣親王貝勒們料理；獨有那四皇子胤禛，見父皇不在京裏，越是無法無天。

這一日，太子偶然到南苑去打獵，忽見遠遠的一隊騎馬的侍衛從南面跑來，簇擁著一輛車兒；車子前面儀仗很多，還有許多喇嘛拿著法器在前面領路。太子錯認是皇帝回來了，忙搶上去迎接時，才發現原來車子裏坐的是四皇子胤禛。胤礽心下大不舒服，祇因礙於弟兄情面，便避在一旁，讓他的車馬過

去。

待到皇帝回來，太子見了父皇，第一件事，便奏稱四皇子冒用皇帝的儀仗，實是不法。康熙帝聽了十分生氣，派人把他的儀仗沒收，又把胤禛喚進宮來，當面訓斥了一場；因此胤禛心中越發憤恨，他回家去便收拾行李，帶了幾個拳師，步行走出京城，向西南走去。他和手下人說定，沿路祇許步行，不准坐車騎馬；一來借此熬練筋骨，二來，沿路也可以找尋英雄好漢。

他走到嵩山腳下，住在客店裏，天色已晚，手下一班侍衛、拳師，都趁著月色，在廊下坐著說閒話。胤禛一個人悶得慌，便悄悄的溜出店去。店東面有一座松林，月光照著分外陰沉。胤禛負著手，踱到林子下面去，耳中祇聽得呼呼的響；再繞過去看時，祇見林子東面一方空地上，有一個和尚，手裏拿著禪杖，對著月光上下舞動著。

胤禛看得手癢，便拔出腰刀，三腳兩步搶進圈子去，和他對舞起來。那和尚看看有人和他對打，手下的禪杖便舞得如靈蛇一般；胤禛打了半天，休想近得他身，看了自己的手法，慢慢的慌亂起來；那枝禪杖逼著自己，一步緊似一步。

胤禛心知這和尚不是等閒之輩，正想著，祇見那枝禪杖好似泰山壓頂一般，直劈下來，胤禛忙跪在地下，嘴裏喊著：「師父求饒！」

那和尚收住禪杖，哈哈大笑，轉身去松樹腳下拿了被包，拔步便走。胤禎看了，如何肯放，忙追上前去，攀住他的胳膊，求他帶回廟去，願拜他做師傅，求他傳授本領。那和尚聽了，向胤禎臉上看了一看，便點頭答應。胤禎轉身回進客店去，如此對眾人說了，吩咐他們去京城裏候著，自己則出來，跟著那和尚走去。

在路上曉行露宿，爬山過嶺，走了許多路程。胤禎生平從來沒有吃過這種苦楚，爲要學本領起見，祇得忍受著。走了多日，忽然迎面一座高山，他兩人爬上山去，走到山頂上，把個胤禎累得汗下如雨；看那和尚卻大腳闊步的走著。

走到一座山崗上，便見一座大廟，廟門上豎著一方匾額，上面寫著「少林寺」三個大字，胤禎這才明白過來。從此，他在少林寺裏跟著師父、師弟們，天天練習本領，和同伴們也十分和氣。大家問他什麼地方人，他推說是保定府人；他從來不把是皇子的話露出半個字來。祇因他食量甚大，大家便取笑他，說他和當年的師父一般。

原來他們的師父名叫正覺，初來少林寺的時候，原是一個燒火和尚，食量極大，每跟著眾和尚受齋，總嫌吃不飽，多吃又不好意思；他便把廚房裏每日剩下的殘羹冷飯，悄悄的偷來，去藏在後院廊下的一架古鐘下面，覷空便去吃著。那架古鐘和人一般高，擱在廊下多年，足有一千斤重，也沒有人能動得它。

正覺和尚有天生的奇力，提著鐘放上放下，好似弄小缽兒一般。後來那管香積廚的和尚見天天缺少飯食，便留心察看，知道是正覺和尚偷的，悄悄的跟著他到後園去看時，見他正提著那口大鐘，把飯食藏在裏面。這個消息頓時傳遍寺裏，人人詫異。住持把他喚去，勸他不可偷糧食，許他每餐飯儘量吃飽，又問他既然有這樣的神力，為什麼不去投軍效力？

正覺便答道：「我打聽得峨嵋山上有一位太師傅，精通拳術；他的百八神拳，天下無敵手；他專一傳授佛門子弟，但是沒有名剎住持的推薦，他是不肯收留的。如今祇求師父給我一封薦封，到峨嵋山去，學成本領回來，當不忘師傅的大德。」

那住持聽了他的話，便給他一封薦信。正覺和尚到了峨嵋山，去了八年才回山來；那住持已死了，大家便奉正覺和尚做住持。這正覺和尚拳法高強，天下聞名，常常有江湖上的好漢到山上來領教。不論在家人、出家人，到寺裏來學本領的，有一千多人。正覺和尚便細心一一傳授；胤禎也跟著大家用心習練。

看看過了一年多，那百八神拳早已領會得，胤禎便和師傅說明，要下山回家去。他師傅點點頭，便喚了一百零八個和尚來圍定他，和他比拳。胤禎卻一點也不害怕，一個一個比過去。那些個和尚越來越兇，胤禎竭力支架著，把這一百零八個和尚都已打退。

但是這少林寺裏進出，都有迎送的禮節：凡來寺學藝的，當門擺一石鐘，能夠把石鐘提開，走進門去的，便收留他；倘然提不起石鐘的，便不肯收留他。藝成出寺去的，必須經過三重門：第一重門，有八個和尚，手裏拿著刀候著，殺出了這一重門，便到第二重門；門外也有八個和尚，手裏拿著棍子候著，打出了這重門，便到第三重門；門外也有八個和尚，空著手候著，這八個和尚，個個本領高強，拳法精熟，最不容易對付。那出去的人，須從門檻下面爬出去。

胤禎既要下山去，不得不依寺裏的規矩，他便從第一重門爬出去，逃脫了眾人的刀下，趕到第二重門來，正要向門檻下爬時，忽然山門外來了許多侍衛和內監們，是胤禎去年臨分別的時候，約定他們來迎接的。到這時候，全寺僧人才知道胤禎是皇子；那住持慌喝退眾人，親自送他出山門。照胤禎的意思，仍舊要照寺裏的規矩，一重一重門打出去。那正覺和尚不許，說：「堂堂一位皇子，沒得太褻瀆了！」臨分別的時候，正覺和尚給他一枝鐵禪杖，說是留作他日的紀念；又說：「皇子的本領，可以橫行天下；但是若遇到女子，須得格外小心。」胤禎一一領命，告別下山回去。

走到山西地界，住在一家悅來客店裏；忽然聽得外面一片吵嚷的聲音，胤禎打發人出去問時，原來有一個大漢在外面打人，那人快要被打死了，許多人在一旁勸著。

那人大聲說道：「我是當今殿下的教師，鬧出人命來，自有殿下擔當。」

這句話惱了這位胤禎，便提著鐵杖走出來，看時，見一個人直挺挺的躺在地下，被打得頭破血流，早已死去；當地站著一個大漢，一手叉著腰，一手指著那死人，還是惡狠狠的叫罵。四下裏圍著許多人看熱鬧。

胤禎推開眾人，上去向那大漢問話；誰知那大漢昂著頭說道：「老爺愛打死誰，便打死誰，誰敢來問我?你敢是長著三頭六臂嗎?」

胤禎聽了，不覺無名火冒起了三丈，舉起手中鐵杖，便向那大漢腦殼子上打去；一聲響亮，那大漢腦殼子破了，倒在地上一般的也死去了。慌得那客店裏的掌櫃和地保，拉住了胤禎不肯放。胤禎便打發他手下一個侍衛，跟著那地保到縣衙門裏去了案。

胤禎離了山西地界，回到北京城裏，便有許多劍客和喇嘛僧在府中替他接風。席間說起在山西路上打死太子的教師，其中有一位喇嘛僧聽了，便說道：「這卻不得了!這位教師是太子的心腹，如今聽說他家裏有事，才請假回山西去；現在被主子打死了，那太子如何肯干休?」

胤禎聽了，卻毫不在意，連連喝著酒，不覺大醉；侍衛們把他扶進內院去，睡在榻上。直睡到半夜時分，胤禎醒來，連呼口渴，侍衛送上一杯參湯去；胤禎正把杯子接在手中，忽見窗外一道白光飛來，在窗櫺上一碰，又碰回去了。胤禎忙丟了杯子，從侍衛身上奪下寶劍來，正要搶出院去。

忽然一個喇嘛和尚走進屋子來，向胤禎搖著手，低低的說道：「主子快別出去，外面正殺得厲害呢！」

胤禎問是什麼地方來的刺客？那喇嘛和尚祇說得「太子」兩字，即聽得嗚嗚的聲音，夾著一道光芒，從窗外直飛進來，「噹」的一聲；胤禎看時，一柄寶劍插在床檻上。那劍柄兒兀自晃著，射出萬道寒光來。

喇嘛和尚急上去把胤禎一把拉開，又把屋子裏的燈吹熄了；祇聽得院子裏叮叮噹噹，劍柄兒磕碰的聲音。打了半天，那聲音慢慢的遠了，這時候天色也明了，胤禎酒也嚇醒了，開出院子去一看，見院子裏的樹木，被劍削去枝葉，好似一株一株旗杆；滿地倒著屍身，胤禎認得是太子劍客，外屋子也有幾個自己的劍客被外來的刺客殺死的。胤禎看了這情形，心中十分憤恨，立刻召集自己的劍客和教師來商量報仇。

當下那班武士個個自告奮勇，說道：「主子放我們今夜到東宮去，一定取太子的頭來獻與主子。」

胤禎便吩咐擺設筵席，給他們飽吃一頓，便各自帶著兵器出門去了。這一夜，住在皇城附近的百姓們，都聽得空中有劍戟撞擊的聲音，夾著風聲雨勢，連那屋子也搖晃起來。

到了第二天，祇見那東宮的內監紛紛出來，向大街上買了十多具棺木。那雍王胤禎府裏也打發侍衛們，出來買了許多棺木抬進府去。原來那夜一場廝殺，太子早已探得消息藏躲起來，東宮四下裏都有劍客埋伏著。兩面一場惡殺，各送了十多條性命。從此以後，雍王和太子的仇恨，愈結愈深。

那太子也知道胤禎早晚必要來尋仇，便打發人帶了金銀出京去，在山西、河南、山東一帶，又請了好幾位拳術高手來保護東宮。雍王打聽得這個消息，便和他手下的劍客商量，也要去多請幾位本領高強的武士，來和東宮比個高低。

有一位喇嘛勸胤禎親自出京去訪尋，一來避了東宮的耳目，二來也可在江湖上多結識幾個朋友。胤禎聽他說話有理，便帶了幾個侍衛和教師又悄悄的溜出京去，沿途留心英雄好漢，卻也被他尋得幾個：其中有一個名叫白龍道人的，他的飛刀十分厲害，能在百步外取人首級。

雍王要求他傳授這飛刀的本領，白龍道人說：「貧道這本領祇能自用，不能傳人；主子倘然要學這本領，須問我師父，江南大俠甘鳳池不可。」

雍王原也久慕甘鳳池的名氣，如今聽了白龍道人的話，便跟著他到江南訪尋去。在金陵地方，打聽得他在一家姓金的紳士家裏，雍王便跟著那道人，到金家去拜見他。

第廿九回　江南八俠

卻說甘鳳池號稱江南第一俠，他的拳法有內外兩家秘訣，大江南北沒有人能勝他的；他又生性爽直，愛打抱不平，因此，江南地方紳士家裏輪流著請他住下，拿好酒好菜供養他。甘鳳池酒吃到高興的時候，便也獻些小本領，給主人開開心。

這一天，金家請了許多貴客，在花廳上吃酒。主人請甘鳳池坐在上位，酒吃到一半，甘鳳池說道：「窗外梅花盛開，我們正可以吃酒賞花。如今把這窗戶關得緊騰騰地，未免太殺風景了。」說著，祇見他嘴裏噓的吹了一口氣，那向南的八扇文窗，格孱孱的都開得挺直，一陣一陣梅花香吹進屋子來；滿屋子的客人都喝好。

其中有一位客人說道：「久知好漢手彈，能在百步外打人，百發百中。今日可否領教？」甘鳳池便說：「如今便獻一套落梅花的玩兒。」便先打發人拿著筆，在梅花上做著暗記，又說明第幾枝第幾朵花；甘鳳池便把紙搓成小團兒，從手指上彈出窗外的梅花樹上去，那梅花一朵一朵落下來；

落下來的花，便是預先做上暗記的花。當下大家看了，都覺詫異。

這時酒罷，主人便領著客人到西莊上去遊玩。這西莊是主人的田莊，也有些茅亭竹舍，點綴些鄉間景子。眾人正遊玩時，忽然一個牧牛童兒哭著跑來，對姓金的說道：「兩頭牛打架，從午刻直打到如今，還是不休呢！」

眾人聽了，便跟著這童兒到屋後去看，果見兩條黃牛，互把頭上的角攪住了不放。甘鳳池上去輕輕的把四隻角分開，揪住牛角，向兩旁田地上一推。祇見那牛的四條腿兒，深深的陷在泥地裏，再也掙扎不起來。兩旁的人不禁哈哈大笑。

甘鳳池又上去，把兩頭牛從田地裏輕輕拔起；正在這時候，家人上來說，有京裏來的一位白龍道人求見甘老爺。甘鳳池聽說他徒弟來了，心下十分歡喜，便借著金姓的客室相見；當下胤禎見了甘鳳池，便推說是姓李。

白龍道人說：「姓李的是徒弟的主子，因爲久聞師父的大名，特來拜訪，要求師父一塊兒進京去。」又說了許多胤禎如何慷慨好義、本領高強的話；甘鳳池聽了，也不多說話，帶他兩人進去，和姓金的相見。

夜間姓金的備下酒席，替胤禎接風；吃酒中間，甘鳳池要請教胤禎的本領。胤禎便拿出少林派運氣的本領來，把背脊緊貼著牆根，他一鼓氣，身子便沿著牆壁飛上去，又慢慢的落下來。

甘鳳池笑了一笑，站起來、也去立在牆根下面，叫胤禎用力打他的肚子。這時胤禎要試他的本領，便把全身的氣力運在胳膊上，送過一拳去；祇見那甘鳳池把肚子一吸，吸成一片，和紙一般貼在牆壁上。胤禎的拳頭打上去，好似打在牆上一般；待要收回拳頭來時，卻被他的臍眼緊緊吸住，那拳頭好似膠住在肚皮上，休想離開。停了半晌，甘鳳池哈哈大笑，把肚子一鬆，胤禎才收回拳頭來。

酒罷以後，白龍道人跟著甘鳳池睡在一個屋子，見沒有人，便把胤禎是當今的四皇子，暗地裏和太子作對，要爭奪皇位，如今特來請師父進京去的話，對甘鳳池說了。

甘鳳池聽了，連連搖手道：「我不去。」白龍道人再三懇求，甘鳳池祇是搖頭；一旁惱了這位雍王，站起身來，一把拉住甘鳳池的衣袖，甘鳳池一甩手，轉身一晃便不見了。

白龍道人在屋子四下裏找尋，卻不見他的蹤跡；後來胤禎在衣櫥下面看見兩隻腳，他兩人把衣櫥扛開，只見甘鳳池全身如紙一般，緊貼在牆上。白龍道人對他打恭作揖，請他下來，他總是不下來；胤禎伸手上去拉他，休想動得分毫，胤禎又念動喇嘛的咒語，他也不下來。

胤禎心想：「這樣大本領的人，卻不肯歸附我，留在外面，沒得給太子請去，來和我作對；我如今，不如結果了他的性命罷！」他想著，便拿出手槍來，對著甘鳳池砰的一響，一手拉著那白龍道人，轉身便逃到江邊，跳下坐船，一直駛回北京去。

這裏甘鳳池被一粒槍送到隔壁屋子裏，大笑著出來；許多人聽得槍聲，忙上前來問訊。甘鳳池便把這情由說了；那姓金的問他，爲什麼不願意跟四皇子進京去？

甘鳳池說道：「這四皇子確是帝王之相，但是我看他腮骨外露，乃是忘恩負義之徒，因此不願跟他。」

大家聽了他的話，十分佩服。那時胤禎回到京裏，正是康熙皇帝第三次巡幸蘇州回來，滿京城的人都說萬歲在太湖遇刺客的事情，胤禎聽了，忙進宮去見父皇請安。

這時，一個蒙古王名叫塞愣額的，對胤禎說道：「皇上在太湖遇刺客，是確有其事的；小王這時也隨駕在一塊兒。我們逛過金山，便到蘇州，在蘇州住了三天，便到太湖。皇上見太湖四面七十二峰，忽遠忽近，十分開懷；坐在船頭上下網，網得大鯉魚兩尾，皇上非常快樂，吩咐賞漁船上元寶兩錠。

正歡笑的時候，忽見有一個大漢從水面上大踏步走來，如飛一般，直跳上御舟。祇見那大漢揮起手中的寶劍，向皇上面門打來。也是皇上洪福齊天，皇上眼快，說聲不好，忙將身子一歪，躲過劍鋒；祇見一道寒光，早把身後一個太監刺死。

這時候，驚動了隨身侍衛，大喊有刺客，一面各自拔出佩刀來上前抵擋。這時小王在船艙裏，聽得船頭上吵嚷，忙搶出去看時，見那大漢正跨進船艙，向皇上殺來；於是小王拔刀向前，用盡平生之力，殺出艙去。

那刺客見小王力大，知難取勝，便轉身一躍，攢入湖底，不知去向了。皇上吃了這個驚慌，心下大怒，便把兩江總督張鵬翮、江蘇巡撫宋犖傳來，大大申斥了一番。把個江蘇巡撫急得祇是碰頭，忙動公文，下長元吳三縣，派出通班捕快，火速訪拿，一面招請天下好漢保護聖駕。

當時便來了兩位英雄，一位名叫白泰官，一位是沒有名姓的。那沒有名姓的英雄，張總督領他來見皇上的時候，見他身上穿著魚皮的衣服，求皇上賞他一個名字；皇上便喚他魚殼。

皇上問魚殼有什麼本領？魚殼說：「小人能在水面上走路，又能在水裏住三日三夜；再，小人有一條褲帶，可以敵得千軍萬馬。」魚殼說著，便解下褲帶來，那褲帶是鋼片打成的，圍在腰上的時候，軟綿綿的好似一條絲帶，拿在手中舞弄時，寒光四射。

皇上便吩咐四十個侍衛，各自拿著刀劍上去對敵；打了半天，休想近得他身。皇上看了十分讚嘆，便收在身旁，充一名侍從武官。

講到那白泰官，原是一個無賴，年輕的時候，專愛姦淫婦女。他縱身一跳，能跳過幾十丈的高牆；任妳是大家閨秀，倘然看在白泰官眼裏，他便在半夜時分跳進院子去，任意姦污。那大家婦女吃了他的虧，也不敢聲張。

有一次，他在揚州一家姓湯的人家，姑嫂兩人都長得十分美貌；白泰官打聽明白，便跳進牆去，正要用強，祇覺腦後著了一大棍，頓時暈倒在地；待到醒來，已是被他們用粗繩子渾身綁住。上面坐著一個老頭兒，正吩咐人架起柴炭來，要把他燒死。

白泰官知道性命難保，便用盡平生氣力，在地上亂滾；一霎時，把屋子裏的桌椅什物一齊碰倒，勢力極大，銳不可當。那桌上的燈火也打倒在地，頓時火焰四起，把屋子也延燒起來，屋子裏的人忙趕著救火。

白泰官趁此機會掙脫了繩索，跳出屋去逃走。他多年沒回家了，便悄悄的回家鄉去看看；快到家門，遠遠看見一個小孩子，在關帝廟門口遊玩，他拿著小拳頭，在石獅子上打著玩兒，打得那石獅子火星亂迸，白泰官看了十分詫異，心想這孩子有這樣的本領，將來長大起來，怕不在自己之下；心中霎時起了妒忌的念頭，便上前去和小孩子對打。

那小孩子受了重傷，一邊哭著嚷道：『你如今欺侮我一個小孩子，我爹爹白泰官是天下無敵手的，待我爹爹回來，一定要替我報仇。』說著，祇見他嘴裏連吐幾口鮮血死了。

白泰官到此時才知道，打死了自己的兒子，心中說不出的懊恨，便轉身出去，從此痛改前非，在江湖上專打抱不平，救人性命。有一天，他走到蘇州宜亭地方，借住在一家客店裏；到半夜時分，聽得隔壁有女人的哭聲，白泰官悄悄的走出院子，跳上屋頂去看時，見一家樓窗開著，那哭聲便從樓窗裏飛出來。

白泰官跳進窗去看時，見一個年輕女子被剝得一絲不掛倒在床上；床前擱著一盆熱水，一個黑醜和尚正提著熱騰騰的一方手巾，在那女人肚子上磨擦。白泰官在江湖上，原聽得說起，有一個西藏來的惡僧，專門奸淫婦女，又愛吃孕婦肚子裏的胎兒；見有孕婦，他便拿熱水硬捺下胎兒來煮著吃；如今果然給他遇見了，不覺大怒，便搶上前去。

這時和尚背脊向外，白泰官意欲摘他的腎囊；那和尚覺察了，疾忙轉身飛過一腿來。白泰官手快，擒住他的右腳；那和尚一縱身，把左腳飛起，這是有名的鴛鴦雙飛腿。白泰官也懂得這個解數，便騰出右手來，又把他的左腳擒住，趁勢一摔。那和尚被他摔下樓去，倒在院子裏，撞破了腦殼，頓時腦漿迸裂死了。一時驚動了鄰舍，大家一起來看。

那女子的丈夫，見白泰官救了他妻子的性命，忙對白泰官連連磕頭；便是那左右鄰舍，也上來個個對他打躬作揖，說道：「這個和尚霸佔住這地方已有多日了，專門奸淫婦女，吵亂地方；報到縣衙門裏，知縣派兵士下來捉拿，都被他打得落花流水，嚇得兵士們逃回城去。如今這和尚也是惡貫滿盈，死在好漢手裏；好漢替地方除害，真是全村的恩人。」當時便把白泰官接到一家鄉紳人家去，好酒好飯看待。

到了第二天，這事給知縣官知道，忙打發官轎來，把白泰官接進衙門去。這時皇上在太湖上遇到刺客，正要招請天下好漢，知縣便把白泰官保舉上去；巡撫又轉報總督，總督當即帶著他和魚殼，還有十幾位好漢一同去見皇上。皇上見他本領高強，也給他充一位侍從武官，其餘的都充了侍衛，一齊帶進京來。」

雍王聽了塞愣額一番說話，心中又詫異又妒忌，心想：「天下有這般大本領的人，可惜不在我府中。」

這時，當著胤禔、胤礽、胤䄉、胤禟、胤祉、胤祺、胤禩、胤祥、胤禵一班弟兄，也不便說什麼；他祇和大哥胤禔十分投機，兩人當即回到私宅去商量大事，又打聽得皇上已把魚殼派在太子名下保護東宮，把白泰官派到蘇州去，幫著地方官去捉拿太湖刺客。

那太湖刺客名叫金飛，原是陝甘一帶的大盜，江湖上的好漢都喚他做金爺爺；祇因他一向在陝西、甘肅、四川一帶出沒，因此江浙一帶的人不甚知道他的底細。講到他的本領，卻高出白泰官以上。

他在四川一帶，專伏在三峽急湍裏，身上穿著綠油衣褲，在水裏攢來攢去，好似魚鱉一般。見有船隻在峽下停泊，便上船去擄掠財物，但從不傷人；後來他名氣愈傳愈大，長江一帶好漢來歸服他的，共有一千多人。他便在宜昌路上佔住一個山頭，有許多好漢，便帶了家眷在山下住家開舖子。

後來年深月久，山下慢慢的成了一座村坊，村坊上男女老小都是金爺爺的弟兄。此番他受了明朝遺臣張蒼水部下石把總的託付，打聽得康熙皇帝南巡，便到蘇州來行刺；他從金山直跟到太湖上，一擊不中，便也回山去了。

後來聖旨下來，嚴催各縣捕快查拿刺客，卻被吳縣的捕頭打聽出這刺客的來歷，祇是不敢上宜昌去找他。恰巧皇上又派白泰官下來，白泰官自己仗著本領高強，便帶領全班捕快趕到宜昌去，打聽得那座山名，叫獨龍崗，山下村坊名叫獨龍村。

白泰官一班人到了宜昌，便起岸僱著大車走旱道；在路上走了兩天，才遠遠的見前面一座惡崗子，四面山頭環抱著，崗下樹木參天，陰森可怖。

白泰官大車正走著，見前面也有一輛車兒，車上坐著一個絕色女子，一個約十一二歲的小孩子，跨在轅上趕車，慢慢的走著。白泰官的車伕看看趕上，那車上的女子喝著小孩子，道：「白太爺來了，快讓路。」

白泰官聽了十分詫異，看那女子又是不認識的；再看那小孩子正跳下車來，繞過車身後面，去把輪子一端，端過一旁，讓白泰官的車子先過去。白泰官見這小小孩童有這樣的神力，心便灰了一半；當下他也不說話，到了山崗下面，找到一家客店住下。天色已晚，大家安睡。

到第二天一早起來，白泰官出去付賬時，見櫃內坐著一個女子，便是昨天坐在車上的那個女子。白泰官要試試她的本領，便把那大錢一個個嵌在櫃板木頭裏面；那女子看了，笑了一笑，看她用手在櫃臺面上輕輕一拍，那大錢便一齊跳了出來。

白泰官知道，這村坊裏個個都是有本領的人，心又灰了許多；正躊躇的時候，祇見門外走進一個大漢來，見了白泰官，便兜頭一揖說道：「我家小主知道白太爺到了，便打發我來請您一個人上山去。」白泰官問，山主是什麼人？那人回說：「便是金爺爺。」白泰官到了這時候，便也不肯丟臉，吩咐那一班捕快，在客店裏候著，獨自一人跟那大漢上山去。

山崗子很高，那大漢連縱帶跳的上去，白泰官縱跳的本領也不弱；跳了幾跳，轉了幾個彎，那金飛已在山崗子上守候著，見了白泰官，便迎接上來，自己通過姓名。白泰官見他身後站著三五十條好漢，也上去一一招呼了。大家陪他走進屋子去。

裏面院子很大，廳堂也寬闊，堂屋裏已擺下一大桌酒席；金飛當即請白泰官坐了首位，眾好漢也一齊坐了下來；看各人跟前時，都沒有筷子，祇有尖刀數柄，白泰官跟前卻連尖刀也沒有，滿桌的雞鴨魚肉，不知如何吃法。

過了一會，主人吩咐眾弟兄敬客；祇見各人拿著尖刀，挑著魚肉，向白泰官嘴裏送來。白泰官也故意要獻些本領給他們看，見尖刀送近嘴時，他忙把門牙咬住，刀尖刮的一聲，刀尖咬斷，魚肉吃下肚去；一個個上來敬他，他從從容容的吃著，嘴上一點不受損傷。直到桌面上的尖刀一齊被他咬去刀尖，看看白泰官跟前堆著一大堆刀頭兒，大家都喝彩。

接著拿上一大盤糕來，外面熱氣噴騰，白泰官拿一塊，送進嘴去一咬，糕裏面裹著十多支鐵釘；白泰官不動聲色，把糕慢慢的吃完，含著一嘴鐵釘，向牆上一噴，祇見那十多支鐵釘，一齊牢牢的釘住在牆上。金飛看了，也喝一聲好，站起身來送客。

白泰官自料眾寡不敵，又見他手下人個個本領高強，便把一身豪氣冰消瓦解了。走到大門口，已有一扇鐵閘門攔住；一旁趕過一個童兒來，把這閘門輕輕舉起。看那塊閘板，足有一千斤，白泰官這時越發死了心，下得山去，不好意思去見那捕快，便一溜煙逃到別處去了。

這時，康熙仗著有魚殼保護，又第四次出巡江南。這一次可不比得上一次，皇上帶著御林軍士，沿路又有地方兵隊保護；皇上暗暗的打聽，還有許多讀書人不服清朝，做了許多誹謗朝廷的詩文，便悄悄的下一道密諭，給外省的督撫司道，叫他們四下察訪；如有誹謗本朝的文字，從速舉發，不得徇私。誰知，這道密諭下得不多幾天，在浙江湖州府地方，便鬧出一起文字的大獄來。

當地有一個富翁，姓莊名廷瓏，他讀書不多，卻好名心重，很想弄些著作，傳之後世，藏諸名山；

因此，他便天天捏著一枝筆，咿咿唔唔的連唱帶寫，不知寫些什麼；偏偏肚子裏不爭氣，寫了一年半載，也寫不出什麼正經東西來。

後來，忽然給他想出一條好計策來。好在他有的是錢，便拿銀錢去，向那班窮讀書人收買稿件，佔爲己有。後來不知在什麼地方，買到一部烏程朱氏「明史」的稿本，他便快活非凡，湊上些崇禎朝的事實，換上了自己的名字；又請當地有名的讀書人，姓陸的、姓查的、姓范的，替他做幾篇書後，居然刻印出來。

他想這洋洋大作，當年孔子作「春秋」、司馬遷作「史記」，也不過如此，傳在後世，怕不與「春秋」「史記」鼎足而三；誰知樂極生悲，這時各省地方官，正在暗地裏查訪有誹謗本朝的著作。查到這部「明史」，那湖州知府便鄭重其事，親自進京去告密。那刑部尚書奏明皇上，聖旨下來，嚴密查辦。

這莊廷瓏消息得到很快，知道情節重大，忙服毒自盡。聖旨下來，見莊廷瓏已死，便開棺戮屍；又把那時刻印的、販賣的，一齊捉去殺了。那做書的查家、范家、陸家也得信很快，便預先聲明，是莊廷瓏捏名假造的，好不容易求得一個免罪，卻已弄得傾家蕩產。

從此以後，一班讀書人都縮著頸子，不敢多寫一個字；康熙皇帝心中卻十分快樂，在外遊玩多時，便啓蹕回京去。誰知京裏的太子和直郡王、雍郡王，又鬧出一樁大事來。

第三十回　帝國鏖兵

卻說康熙皇帝第四次南巡，依舊是皇太子胤礽監國；那直郡王胤禔、雍郡王胤禛，心裏實在十分妒忌，他兩人暗地裏派兵遣將去行刺太子，也有許多次了；都因東宮保護的人多，不曾遭他毒手；每一次，兩邊白送了幾條好漢的性命。胤礽心中把胤禛恨入骨髓，拿了重禮，在外面請了許多有法術的道人來，在東宮作起法來，要收拾胤禛的性命。

胤禛王府中蒐羅的法士也不少，東宮每一次行法術，都被雍王府中的法士破了。後來，太子從江西地方去請得一位鐵冠道人來；這道士有一樣法器，真正了不得，那法器又名血滴子，是一頂鐵打成的帽子。鐵冠道人唸動真言，這血滴子便飛起半空，飛到仇家去，在那仇人頭上一套，立刻把頭割下來，收在帽子裏，向空中飛回去。那沒了頭的人，頸子裏也不淌一滴血出來，所以稱做「血滴子」。那血滴子來時，任你千軍萬馬之中割取人頭，悄悄的來，悄悄的去，又快又無聲息，一霎時，頭不見了，叫人防不勝防。

雍王打聽得這個消息，心中十分害怕，當即和幾位教師喇嘛商議；其中一位喇嘛和尚說道：「那鐵冠道人除非請我們大喇嘛來，不能制伏。」雍王聽了，便親自到雍和宮去求著大喇嘛。

那大喇嘛起初不肯，後來經雍王許他事成以後種種利益，大喇嘛便帶了法器到雍王府中，先拿出一片貝葉來，囑咐雍王蓋在頭頂上，上面拿帽子壓住。這貝葉法力無邊，可以抵得住血滴子；大喇嘛又在雍王臥房外面收拾一間淨室，日夜在屋子裏，打坐守候。

雍王原也有四位妃子；他的元妃是鈕鈷祿氏，和雍王十分恩愛，如今見丈夫有難，便天天在雍王身旁陪伴著。這一天，夜靜更深，鈕鈷祿氏正和雍王並頭睡在一個枕上說話；忽然見帳門外飛進一團漆黑的東西來，在雍王頭上一碰。幸而雍王頭上的貝葉日夜不離，那法器不能傷得雍王的性命。鈕鈷祿氏在一旁看了，不禁大聲叫喊起來。

外面大喇嘛聽得了，忙搶出淨室來看時，祇見那法器正從雍王臥房中飛出來；大喇嘛手快，忙脫下自己身上的袈裟來，向那法器一罩，好似網魚一般，把那法器網在袈裟裏面。這時早已驚動了全府的人，大家趕進院子來請雍王的安；雍王額上被那法器磕碰受了傷，還掙扎著起來。

大喇嘛送上那血滴子去，說：「這是殺人唯一個利器；王爺留著，將來可以制伏天下。」雍王看時，見那血滴子原是一頂鐵帽子，黑漆一團，寒光四射，看了不覺膽寒。

第二天，直郡王胤禔得了這個消息，忙趕來看望；胤禛把詳細情形說了。胤禔看看沒有人在跟前，便拉著胤禛的手，到一間密室裏去，悄悄說道：「我現在從蒙古請到一位喇嘛，名巴漢格隆的，他道術很高，能夠拿咒詛鎮壓人。如今我把太子的年庚八字打聽明白，寫著紙條兒，藏在草人肚子裏，一面請巴漢格隆立起法壇，唸動咒語，七日七夜，那太子在東宮便發起瘋癲來，從此不省人事。到那時，他也做不成太子了，以後你我二人，無論誰做了太子，都可以商量。」

胤禛聽了，忽然又想到一條計策，便和胤禔如此如此說明，當時便把大喇嘛請來，悄悄的送他二千兩銀子，託他如此如此行事。

過了幾天，太子看看鐵冠道人不能成功，心中不覺納悶；又過了幾天，太子便覺得昏昏沉沉的害起病來，起初還是乍寒乍熱，不十分沉重，後來索性發起狂熱來，滿嘴胡說，兩眼如火，見人便打。東宮裏上上下下的人都慌張起來。

相國張英便去請了國師來替太子治病，那國師早已受了大喇嘛的賄賂，便拿兩粒阿肌酥丸給太子吃下，睡了一夜，那病勢果然減輕，祇是犯了淫病，終日和一班妃嬪廝纏著，還是不足，見了略平頭整臉些的宮女，便用強姦污。

胤禔、胤禛得了這個消息，便各自帶著自己的福晉到東宮去問安。誰知那太子見了他兄弟兩人，一

句話也不說，祇是眼睜睜的向他嫂嫂素倫妃子和弟媳鈕鈷祿氏看著，看到出神的時候，便伸著兩臂向鈕鈷祿氏撲去。鈕鈷祿氏身子靈活，躲避得快；那索倫妃子卻被太子攔腰緊緊抱住，任她如何掙扎，休想逃得脫身。

胤禔看了，不覺大怒，上去用力一推，把太子推倒在地，氣憤憤的拉著他的妃子走出宮去。照胤禔的意思，立刻要去奏明父皇；後來還是索倫妃子勸住，說：「父皇從江南回來不多幾天，且耐著這口氣，過幾天，待父皇閒暇時候，再奏明不遲。」胤禔聽了他妃子的話，便暫且把這口氣耐著。

忽然關外接連報到軍情，說俄羅斯人帶了大隊兵馬，打進蒙古地方來。康熙皇帝便下諭，派都統公彭春等督兵到璦琿地方，會同薩布素兵隊直攻雅克薩，攻破雅克薩城，和俄羅斯人訂約講和。日子隔得不久，又報到軍情說，蒙古噶爾丹部連合俄羅斯人造反。康熙皇帝便封裕親王福全爲撫遠大將軍，率同皇子胤禔出古北口抵敵了；封恭親王常寧爲安北大將軍，率同簡親王雅布出喜峰口抵敵。

誰知噶爾丹的兵力十分驍勇，他攻破了阿拉尼的蒙古兵，再攻入烏珠穆秦，直衝破恭親王的陣腳，打進多倫泊東北的烏蘭布通；虧得裕親王用砲火攻，破了噶爾丹的駝城。噶爾丹兵大敗，退還伊拉古克三胡士克圖地方。清兵正要長驅直入，康熙皇帝忽然在博洛城害起病來了，祇得班師回到北京。

這時，皇太子的病越發厲害了，瘋得好似癲狗一般，見人便打，見物便毀；東宮妃子祇是日夜哭泣，也毫無方法。祇因皇帝有病，又是在外面辛苦打仗回來，是皇后的主意，暫時把這個消息瞞起來，不給皇帝知道。

到了第二年，那噶爾丹又起了三萬騎兵，沿綠連河下來，攻破喀爾喀，打進巴顏烏蘭。這時皇帝身體已經復原，便決意御駕親征，帶領十萬大兵，分東中西三路：東路大元帥爲黑龍江將軍薩布素，西路大元帥爲大將軍費揚古，帶領陝甘強兵從寧夏渡沙漠，沿土拉河打他的後路；皇帝獨當中路，從獨石口過多倫泊，西入沙漠，再從科布多沿綠連河右岸，過額爾德尼拖羅海山。

那噶爾丹的兵隊，見了皇帝的黃幄龍纛，嚇得從拖諾山逃去。皇帝直追到塔米爾，兩軍奮勇交戰；噶爾丹又大敗。這時東路西路兩支兵馬，也向兩旁包抄過來。噶爾丹部主被逼得走投無路。康熙皇帝勸他投降，他便在營中服毒自盡；策妄把他的屍身獻上。從此喀爾喀各部地方都投降了清朝。

康熙皇帝班師回京，心中十分快樂；這時想起太子來，也召進宮去相見。太子的師傅熊賜履、內大臣索額圖等，知道包瞞不住，祇得把太子送進宮去。這時皇子胤禔、胤祉、胤禛、胤祺、胤禟、胤祥、胤禵十幾個弟兄，都站在一旁。太子見了父皇，也不知道請安行禮，一味的狂叫狂跳。皇帝看了十分詫異，忙問時，才知道害病已久，無可救藥。

皇帝立刻坐朝，問文武大臣如何處置太子？那大學士張英、張廷玉、貝勒隆科多、大將軍年羹堯、

閣老陳世倌，都是和雍王一鼻孔出氣的，便紛紛奏請廢去太子。皇帝也明知道胤礽病到這地步，不能再做太子的了，便下旨廢太子爲庶人，退出東宮。

這事傳到各皇子耳朵裏，個個歡喜，妄想自己補陞太子。這裏有一個八阿哥胤禩，最是陰險，他滿心要謀這太子的地位，便在暗地裏花了許多銀錢，買通內大臣阿靈阿、散秩大臣鄂倫岱、尚書王鴻緒、侍郎揆敘等一班大臣。這時候，卻巧皇帝有聖旨下來，命達爾漢親王額駙班第等，會同滿漢大臣，共議繼立太子之事。

當時，內大臣阿靈阿一班人，便悄悄的寫了八阿哥三個字送進宮去；皇帝在諸位皇子中，最不喜歡八阿哥，況且八阿哥的品行也最壞，面貌也最不漂亮。皇帝知道這裏面有弊，便在坐朝的時候，追問這件事情。

康熙皇帝聲色俱厲，滿朝文武大臣個個害怕，大學士張玉書便把阿靈阿一班大臣，如何交好八阿哥，如何私立黨派，一一奏明。皇帝聽了十分震怒，立刻下旨，把這班大臣拿下，交康親王椿泰審問定罪。同時胤禔府裏請大喇嘛作法、鎮壓太子的事情，也敗露了；原來是一個內監，名韋鳳的告發的。

那韋鳳原是東宮的太監，如今調在直郡王府中當差，從小太監嘴裏打聽出這個事情來，立刻悄悄的到大內去告發。皇帝聽了，立刻打發內大臣帶同侍衛官，人不知、鬼不覺的，直衝進直郡王府中去，在後花園地中，果然發掘了一個草人。那草人身上寫著太子的名字、生年八字，當胸釘一枚鐵釘，上面淋著狗血，又有五個紙剪成的鬼怪，一塊兒埋在泥裏。

皇帝看了這些鎮壓的東西，氣得頓足大罵，吩咐把一干人等捉交宗人府審問，又下旨革去大阿哥直郡王的爵位，便在王府中幽禁起來；全府奴僕人等，都賞給十四皇子胤禵；那大喇嘛巴漢格隆則驅逐他回蒙古。這一來，胤礽的病勢去得乾乾淨淨，依舊是循規蹈矩，皇帝也仍舊立他做太子，仍舊住在東宮裏，仍舊把朝政交給他監國，自己卻帶了一班親信大臣，第六次巡幸江南去。

那班皇子見胤礽依舊做了太子，心中十分妒忌，但一時也無可奈何。四皇子胤禛卻依舊在暗地裏結識大臣，供養俠客；那大臣中要算大將軍年羹堯、閣老陳世倌和他交情最厚。年、陳兩位太太常常進王府去。那王妃鈕鈷祿氏，也和這兩位太太十分親熱，有時王妃也到年、陳兩家去遊玩。

那年家有一位姨太太，小名小萍，長得十分美貌，性情也和順；王妃看了也十分歡喜，回來便對雍郡王說了。雍王原是好色的，聽王妃說起，恨不得喚進府來一見，他見了年大將軍，便問起小萍，又說了許多羨慕的話。年大將軍卻也十分慷慨，第二天，一輛車子便把這小萍送進府來，送給王爺。這一來，雍王把個年大將軍感激到十二分，兩人的交情越發深厚起來。

你想，好好一位美人兒，年大將軍如何肯輕易的送與別人？這裏面卻有一個緣故。

原來，年大將軍最不喜歡的是美人兒，說是好看不中吃的；祇因年羹堯身高長得結實，他每天非得有五個粗蠻的女子服侍他不能安睡，因此，他那班美貌佳人，祇可以作畫裏遠遠看的，他都不要。他府中另養著十個山東村婦，輪流伺候他。小萍雖說是他的姨太太，卻嫌她不中用，因此，他便慷慷慨慨的送給了雍王。

那雍郡王得了這位美人，真寵得把她在眼皮上供養，手掌上廝擎起來；這時，王妃鈕鈷祿氏肚子裏有孕，王爺越發有空兒服侍這位美人了。此時雍王年紀也不小了，卻沒有一個兒子，在鈕鈷祿氏也很想生一個兒子；恰巧那陳閣老的太太，和她同時受孕，兩人見面，常常說著笑話：「咱倆倘然各生一個男孩子，便不必說；倘然養下一男一女來，便給他們配成夫妻。」

陳太太聽了這個話，忙說：「不敢當，咱們是草野賤種，如何當得起皇家的天神貴種？」

這也不過是她們女太太們說著玩罷了。誰知言者無心，聽者有意；當日陳太太告辭出府，王妃退進內室去，便有一個值上房的媽媽，見左右無人，忙悄悄的對妃子說道：「咱們王爺不是常常怨著娘娘，不養他一個男孩兒嗎?娘娘也爲的是自己不曾養得一男半女，所以任由王爺在外面拈花惹草，也不便去干預他。如今，老身倒有一計，此番娘娘倘然養下一個男孩子來，自然說得嘴響；倘然養下一個女孩子，祇叫如此如此，便也不妨事了。」

妃子聽了她這番說話，也連連點頭，稱說：「好計！」這且不去說他。

卻說雍郡王因要謀奪太子，外面養了許多英雄好漢，在朝內又結識了許多大員高官，像張廷玉、隆科多、年羹堯、張英、陳世倌，都是他的死黨；他們每日退朝回來，總聚集在雍王府裏，商量機密大事。後來陳世倌一連三天不曾到王府去，把個雍王急得走投無路。原來陳世倌官做到閣老，手握朝廷大權，諸事皆要和他商量。

到第四天時，陳閣老才來；雍王便問他：「家中有什麼要事？」陳世倌笑著說道：「不瞞諸位說，下官虛度五十歲，膝下猶虛；前天內人分娩，託王爺的福，居然養下一個男孩兒來；因此在家料理，耽擱了此間公事。」眾人聽了，都向閣老賀喜；接著又商量大事。年羹堯說道：「昨天接到邊報，噶爾丹部兵馬已到了烏朱穆秦地方；皇上意思要打發裕親王和太子帶兵去抵敵，此番太子出關，又是我們絕好的機會，切不可錯過。」接著又商定了幾件大事，各自退去。

雍王退進內室，那王妃鈕鈷祿氏從房裏迎接出來；雍王看她捧著一個大肚子，便想起日間陳世倌的話，便把陳閣老生了一個男孩兒的話對王妃說了。王妃聽了，不覺心中著急；看看自己帶著一個肚子，不知養下來是男是女。當時王妃聽了王爺的話，暗地裏向管事媽媽看了一眼，那媽媽點頭微笑。

誰知隔不上三天，這位王妃也分娩了。王爺知道了，忙著人進去探問是男是女？裏面報出來說道：「恭喜王爺，又添了一位小王爺。」雍王聽了十分歡喜，接著，文武官員紛紛前來賀喜；到了三朝，王爺府中擺下筵宴，一連熱鬧了七天，便是那班官太太，也一齊到王妃跟前來賀喜請安。

王府裏的忌諱，小孩子生下地來，不滿一月，不許和生客見面；因此那班官府太太，都不曾見得那位小王爺的面。鈕鈷祿氏又怕別人靠不住，諸事都託了這個管事媽媽；那管事媽媽是一位精細的過來人，祇有她和乳母兩人住在一座院子裏，照料小孩子的冷暖哺乳等事。雖有八個宮女服侍，卻祇許在房外伺候。

王妃自有大夫診脈調養，天天有一班太太們來和她說話解悶兒。王妃原和陳世倌太太最說得投機，如今陳太太生產在月中，不能到王府來；這位王妃每天少也要唸上三遍陳太太。好容易望到滿月，陳太太又害病，不能出門；把個王妃急得沒法，自己滿月以後，便親自坐車到閣老府中去探望陳太太，她把小孩兒抱出來給王妃看。

看他面貌飽滿，皮肉白淨，把個王妃樂得抱在懷裏祇是喚著寶貝；王妃又和陳太太商量，要把這小孩子抱進府去，給王爺和姬妾們見見，陳太太心中雖不願意，但礙著王妃的面子，也祇得答應下來，把小孩子打扮一番，又喚自己的乳母抱著，坐著車，跟著王妃進府去。

那乳母抱著孩子，走到內院裏，便有府中媽媽出來抱進上屋去；吩咐乳母在下屋子守候。下屋子有許多侍女嬤嬤，便圍著這乳母問長問短；又拿出酒菜來勸她吃喝，直混到天色靠晚，乳母吃得醉醺醺了，祇見那媽媽把小孩子抱出來。

臉上罩著一方繡雙龍的黃綢子，乳母上來接在懷裏，一手要去揭那方綢子，那媽媽忙攔住說：「小官官已經睡熟了，快抱回去罷！」接著，一個侍女捧出一隻小箱子來，另外有一封銀子，說是賞給乳母的，那小箱子裏都是王爺和王妃的見面禮兒。

乳母得了銀子，滿心歡喜，匆匆上車回去；到得家裏，陳太太見小孩子睡熟了，忙抱去輕輕的放在床上；打開那小箱子來一看，陳太太不覺吃了一驚。裏面有圓眼似大的東珠十二粒，金剛石六粒，琥珀貓兒眼白玉戒指釧和寶石環，都是極貴重，大內的寶物。最奇怪的，有一支玻璃翠的簪子和羊脂白玉簪子，珠子翡翠寶石的耳環，也有二三十副。這封見面禮兒，少說也上百萬銀子。

陳太太看了笑道：「這王妃把我們哥兒當作姐兒看了！怎麼賞起簪子和耳環來了？難道叫咱們哥兒梳著旗頭、穿著耳朵不成？」

那乳母接著說道：「虧王妃想得仔細，這簪兒、環兒大概是留給咱哥兒長大起來娶媳婦用的。」

兩人正說著，那小孩子在床上哇的哭醒來了；乳母忙到床前去抱時，祇聽得他嘴裏啊喲連聲。

陳太太聽了，也走過去，看時，由不得連聲嚷著：「奇怪！」接著又哭著嚷道：「咱的哥兒到什麼地方去了？」這一聲喊，頓時哄動了闔府的人，都到上房裏來探問。

這時陳世倌正在廳屋子裏會客，祇見一個僮兒，慌慌張張的從裏面跑出來，也顧不得客人，氣喘吁吁的說道：「太太有事，請大人進去！」

陳世倌聽了，向僮兒瞪了一眼；那客人也便告辭出去。閣老送過了客，回進內室去；一邊走，一邊問道：「出了什麼事？值得這般慌張。」

第三十一回　御駕江南

卻說陳閣老一腳踏進房門，祇見他夫人滿面淌著淚，拍手嚷道：「我好好的一個哥兒，到王府裏去了一趟，怎麼變成姐兒了！」

陳世倌聽了，心中便已明白，忙搖著手說：「莫聲張！」一面把屋子裏的人一齊趕出去，關上房門，把乳母喚近身來，低低的盤問她。

那乳母一面拭著淚，一面把如何到王府去，如何一個媽媽把哥兒抱進去，如何直到靠晚送出來，如何不許她揭那方罩臉的綢子，回到家來，又如何哥兒變了姐兒說了，祇把吃酒的事情瞞著。

陳閣老聽了乳母這番話，心中越發雪亮，便對乳母說道：「哥兒姐兒妳莫管，妳在我家中好好的乳著孩子，到王府去的事，以後不許提一個字，倘然再有閒言閒語，便先取了妳的性命！」喝一聲：「退去！」嚇得那乳母抱著孩子，悄悄的退去。

陳世倌即對他夫人說道：「這明明是王妃養了一個小公主，因她一向瞞著王爺，說養了一個小王爺；如今把咱們孩子帶進宮去，趁此調換了一個。咱們如今非但不能向王妃去要回來，更不能聲張；咱們若聲張出來，非但咱們孩子的性命不保，便是咱們一家人的性命都要不保了。好太太！千萬莫再提起了，我們命中有子，終是有子的；妳既養過一個哥兒，也許再養第二個哥兒呢。」

陳夫人被她丈夫再三勸戒，便也明白了；從此以後，他們全家上下絕口不談此事。

看看到了第二個滿月，王妃才把孩子抱出來，給雍王爺見面；雍王看孩子長得白淨肥胖，又是妃子鈕鈷祿氏生的，便十分寵愛，府中人都稱他四王子。看官須記著，這是陳閣老的嫡親兒子，也便是將來的高宗皇帝。

這時陳世倌深怕換了孩子的事情敗露出來，拖累自己，便一再上書，求皇帝放歸田里；聖祖挽留他不住，祇得准了他的奏，放他回去。

這裏，雍郡王見走了一個親信的陳世倌，心中鬱鬱不樂；虧得那鄂爾泰、張廷玉兩人竭力幫助他。看看那許多皇子，大半收服做了雍郡王的心腹；其中祇有胤祉、胤祺、胤祐、胤裪、胤禟、胤䄉、胤禵，常常自立門戶，不肯和雍郡王走一條路。他們一面做著陰謀秘密的事情，一面又在皇帝跟前討好；皇帝便把胤祉、胤祺封做親王，胤祐、胤裪封做郡王，胤禟、胤䄉、胤禵封做貝子。雍郡王知道了，越發懷恨在心。

其中要算胤禩、胤禟兩人，最和雍郡王作對。其實他們暗地裏謀奪太子的心思，十分兇惡；他們卻不練習什麼本領，不結識什麼好漢，祇打通了幾個太監，去結識那班妃嬪，天天在皇帝耳根邊，說了許多太子的壞話；後來越說越兇，竟說太子有時進宮來調戲妃嬪，甚且暗結死黨，謀殺皇上。

這種兇惡的話，任你是鐵石人聽了也要動氣；況且說話的幾位妃嬪，都是皇帝十分寵愛的，他如何有不信之理。便立刻傳宗人府，意欲把太子廢了；後來還是固倫公主再三勸住說：「皇上暫時耐著這口氣，這廢立太子，是一件大事，須和眾大臣慎重商量的。」

第二天，卻巧得到邊報，說噶爾丹部造反，十分猖獗，那車臣部、札薩克部都被他佔據，紛紛打發人進京來告急。皇上得了這個消息，立刻坐朝，和幾位大臣商議，一連發下幾道聖旨：第一道，封裕親王全福為撫遠大將軍，皇長子胤禔為撫遠副將軍；帶領五萬人馬，出古北口。第二道，封恭親王常寧為安北大將軍，簡親王雅布和信郡王鄂禮都封副將軍；帶領五萬人馬，出喜峰口。第三道，又命內大臣舅舅佟國綱、佟國維；大臣索額圖、明珠、阿密達，都統蘇帑喇克遲、彰春阿、席坦諾邁；護軍統領苗齊納、楊岱；前鋒統領班達爾、沙邁圖都；隨營參贊軍務，十萬大兵，浩浩蕩蕩，殺奔關外來。

誰知道這一場戰事，從第一年的秋天出兵，直到第二年的夏天，還不能把噶爾丹打退；皇帝心中十分焦急，便派了康親王傑書，去換回恭親王來，自己又帶了御林兵馬，親到博洛河地方去督戰，一面命

太子胤礽留守在京裏監國。

誰知道皇帝一到關外，那告太子罪惡的紙狀如雪片也似飛來；有的告他欺凌宗室，有的告他擾害百姓，有的告他擅劫貢物，有的告他擾亂宮廷，有的告他謀殺父皇。聖祖看了，舊恨重提，心中說不出的惱恨；立刻下一道聖旨，叫人進京去，把太子提出關外來。

不多幾天，那胤礽到了行營，進帳來跪在父皇跟前；皇帝看他說話瘋瘋癲癲，心中越發氣憤，「颼」的拔出一柄佩刀來，向太子斬去，虧得舅舅佟國維在一旁攔住。

皇帝拍案大罵，一邊罵，一邊自己淌下眼淚來；說：「太子胡行妄爲，自己早已知道，祇因看在他母親面上，忍氣二十年；到如今，他罪惡愈深，結黨營私，侮辱大臣，生性兇惡，謀害骨肉，甚且擾亂宮廷，謀拭朕躬。這樣狂妄悖逆的人，留他在世上何用？」

皇帝罵到傷心的時候，一口痰向胸口一湧，不覺暈倒在地。待清醒過來，看太子還直挺挺的跪在地上；皇帝氣憤極了，上前親自動手，在太子的臉上打了兩手掌，喝一聲：「滾下去！」

第二天，聖旨下來，把太子廢了，把兵權交給康親王，擺駕回京去；一面把太子幽囚起來，一面又召集許多大臣，商量改立太子的事情。那班大臣受了諸位皇子的好處，各人幫著自己的主人；那時八皇子胤禩，私地裏送了許多金珠給國舅佟國維和大學士馬齊；便暗暗指使內大臣阿靈阿、散秩大臣鄂倫岱、尚書王鴻緒、侍郎揆敘，還有巴渾岱一班人，上奏章說八阿哥可以繼立。皇帝看看奏章，不由得大怒起來；說：「八阿哥少不更事，況從前有謀害太子的嫌疑，他母家又出身微賤，如何可立為太子？」一面派人秘密查問，果然查出胤禩私通大臣的事蹟來。

第二天，皇帝上殿，厲聲喝問；巴渾岱嚇得渾身抖動，趴在地下，把佟國維和馬齊兩人如何指使他們保奏八阿哥的情形，一一奏聞。天顏震怒，立刻把那班官員革了職，又革去了胤禩親王的爵位；佟國維只因他是國舅，便當面訓斥了幾句，驅逐出京，永遠不許進宮；大學士馬齊離間骨肉，罪情較重，下旨交刑部斬首；後來由滿朝文武代求恩免，聖旨下來，著革去功名，交胤禩嚴行管束。

自此番雷厲風行以後，滿朝官員都絕口不敢說立太子的事；便是聖祖自己，也不再立太子。後來還是皇后覷著皇帝略略平了氣，便勸著說道：「簡立儲君，是國家的一件大事；如今陛下皇子眾多，不得不預立太子，免得將來的變亂。」

皇帝聽聽皇后的話，倒也說得不錯；便和皇后商量，究竟立誰妥當？皇后說：「皇十四子胤禵生性慈厚，堪為儲君。」

這句話深合聖祖的意思，但是皇十四子年紀尚小，這時倘然把聖旨宣佈出去，又怕太子被人謀害；聖祖想到這裏，便想起鄂爾泰、張廷玉兩個人來。皇后也說，這兩人是朝廷的忠臣，可以信託；當下立

刻把鄂、張兩位大臣宣召進宮來，商量立十四皇子爲太子的事情。

那鄂爾泰便想出一個主意來，說：「請陛下親筆寫下傳位的詔書，悄悄的去藏在『正大光明』殿匾額的後面；待陛下萬年之後，由顧命大臣把詔書取下來宣讀，那時諸位皇子，見是陛下的親筆，也沒話可說了。」

聖祖聽了，連稱妙妙；便又想起國舅隆科多來，立刻把他召進宮來；一面由聖祖親自寫下詔書道：

胤礽染有狂疾，早經廢黜，難承大寶；朕晏駕後，傳位十四皇子。爾隆科多身為元舅，鄂爾泰、張廷玉受朕特達之知，可合心輔助嗣皇帝，以臻上理。勿得辜恩溺職，有負朕意。欽此。

這三位大臣受了皇帝的顧命，便把詔書捧去，悄悄的藏在「正大光明」殿匾額後面；又悄悄的退出宮來，各自散去。

自從聖祖行了這個預藏遺詔的法子以後，歷雍正、乾隆、嘉慶、道光、咸豐、同治、光緒七朝，都沿用這個法子。這是後話，且不去說他。

如今，再說國舅隆科多回到府中，便有雍郡王打發來的內監候在府中；隆科多見了，彼此會意，便暗暗的對那內監祇說了「今夜三更」四個字，內監回府，把話回稟過。到三更時候，隆科多便悄悄的從後門出去，趦進雍王府的後門；到了一間密室裏，祇見大學士張廷玉、將軍鄂爾泰都在那裏，還有幾位國師和一班劍客。過了一會，雍王走進密室來，大家便低聲悄語的商量了一回；直到天明大家吃過燕窩粥，才散出來。

隆科多、鄂爾泰、張廷玉三人依舊上朝去；聖祖陞殿便不和昨日一般厲聲厲色了。兵部尚書出班奏稱：「康親王八百里文武告捷，說噶爾丹部主兵敗大積山，連夜逃至剛阿腦爾，如今已把噶爾丹全部收服，部主親到清兵營中來納款投降，康親王不日班師回京。」

聖祖得了這個消息，越發歡喜，吩咐傳旨嘉獎；一面預備得勝酒筵，祇待康親王進京，親自犒勞。不多幾天，康親王帶領大兵凱旋，聖祖真的攞動御駕，出城迎接；十萬大軍見了皇上，齊呼萬歲；聖祖在馬上賞過酒，帶隊進城。第二天，康親王帶了一班從征大員上朝謝恩，皇上又在崇政殿賜宴；一面又下聖旨，升各人的官級，又賞康親王紫禁城騎馬。

這時四境平安，聖祖又舉行第六次南巡；內大臣早行文江南各省，沿途接駕。聖祖南巡，都到蘇州遊玩。蘇州地方，有一位首富的紳士，姓汪名琬；皇上每次駕到，都是這位汪

紳士率領全城士大夫出城接駕。汪琬家裏，又蓋得好大的一片園林，名叫獅子林，是江南地方有名的；在聖祖第一次南巡的時候，是康熙二十三年，曾經在獅子林駐蹕；聖祖和汪琬十分要好，臨走的時候，賞他御筆手卷一軸。直傳到汪琬兒子手裏，十分寶貴。

汪琬的兒子名叫汪源，這時年紀祇有八歲，他父親接駕時候的情形，他都看在肚子裏，家裏曾經御用過的器物和房屋，平日都封鎖起來；直到聖祖第六次南巡，已隔了二十多年。

京中公文行到蘇州，蘇州紳士又忙亂起來；蘇州巡撫天天和地方上紳士商量接駕的事情。那班紳士聽說要見皇上，個個嚇得捏一把汗；其中雖有幾個從前接過駕的，卻個個都是年老昏聵，不能辦事，留下幾個後輩子弟，誰見過這陣仗兒，誰也不肯擔任接駕的事情。後來蘇州巡撫出的主意，仍舊公推汪家承辦接駕的差使；汪家花園大，家裏又有錢，那御用的器具也是現成的。當下汪源見眾口一詞，便也不推託，把大事擔任下來。

汪家有兩位小姐，大的名蓮，小的名蓉；都出落得一雙玉人似的，芙蓉面，楊柳腰，樊素口，小蠻腰；凡是從古來美人的態度、名媛的風韻，她姊妹兩人都佔盡了。姊姊十七歲，妹妹十六歲，真是荳蔻年華、洛神風度；整個蘇州城，上中下三等人，都知道汪家美人，是天上少，地下無的。有多少宦家貴族，都來向汪家求婚；汪源不捨得把女兒年紀輕輕就遣嫁出去，便一律回絕。

她姊妹兩人，原住在園裏的，如今預備皇帝駐蹕，便把她姊妹搬出園來，住在內院裏。看看到了二月初一日，忽然有兩個內監，送皇帝的密諭到蘇州來，直闖進撫台衙門去；蘇州撫台一面招呼兩個太監，打開密諭來一看，說聖駕已到鎮江，著蘇州官紳趕到鎮江去迎接。那兩個太監還說：「皇上聖旨，著咱家到蘇州來尋訪一百個良家婦女，帶去伺候；如今限貴部院三天工夫，務必要把這一百個婦女選齊，由咱家帶去。」

撫臺聽了這個話，雖不成體統，卻也不能駁回；連夜召集了許多當地紳士商議這件事。其中有一位紳士說道：「這事容易得很，咱蘇州地方，儘多娼家；如今選一百個略平頭整臉的妓女送去，便得了。」

撫臺聽了這個話，連聲稱妙；便發落首府，凡是城中官娼私娼，一齊搜捉進撫臺衙門去，由撫臺親自挑選了一百個，先交給太監送去。這裏，撫臺帶領著全城文武官員和全境紳士，都趕到鎮江去接駕。

隔了幾天，皇帝坐著船，到滸野關上岸，十六個太監抬著一乘龍轎，直到汪紳士花園裏駐蹕；那汪源見天子光降，頓覺十分榮耀，終日在花園門外伺候著。皇帝在花園裏，天天和這班妓女調笑無閒，長枕大被，晝夜行樂。撫臺帶看藩臺臬臺道府等官，在汪家門外站班；太監把守住大門，不放他們進去。後來各官湊集了十萬銀子孝敬太監，才肯替他們去通報。

皇帝一一傳見，最後傳見汪源，兩人長談到三更時分，才退出來。從此皇帝天天傳汪源進園去談天，汪源也備了許多好玩的、好吃的去孝敬皇帝；因此皇帝和汪源十分知己。

皇帝說道：「古時有天子而友布衣的，如今朕和卿，也結個異姓兄弟如何？」

汪源聽了，嚇得忙趴在地下磕著頭，連稱：「微臣不敢受命。」

皇帝親自去扶他起來，又吩咐：「請出夫人小姐來，咱們見一面兒，認個通家。」

汪源如何敢違背聖旨，忙進去叫他夫人方氏、女兒汪蓮、汪蓉打扮齊整，進園去見駕。

皇帝見了這兩個美人，不由得連連稱讚，吩咐擺下酒席，皇帝親自陪她母女三人吃酒；直吃到燈昏月上，還不見她母女出園來，把個汪源急得走頭無路，祇是在花園外面探頭兒。好不容易盼得他夫人方氏出園來，問兩個女兒時，方氏嘆了一口氣，說：「皇上留在屋子裏了！」

汪源聽了，祇是跺腳，但也無可奈何了。

一連三天，皇帝也不傳見，到了第四天，太監忽然傳出話來，說：「皇帝要回京了。」於是蘇州地方的文武官員又忙碌起來，紛紛預備程儀送各太監；又備著十六號官船，送皇帝下船。汪源也在後面送著，眼看著他兩個女兒被送下船去，一聲鑼響，扯起龍旗，解纜去了。

汪源送過了聖駕，垂頭喪氣的回到家裏，便有許多親友來向他賀喜，說他轉眼要做國丈了。

到了第三天，忽然撫院裏打發一個武巡捕來，說：「大人今天接到一件緊要公文，請老爺快進衙門商量去。」

汪源聽了他的話，一時摸不著頭腦，便立刻坐轎上院去；祇見那撫臺和許多官員紳士們，坐在一間屋子裏發怔，案上擱著一張公文。他們見汪源來了，便拿公文給他看；原來，這是淮安府送來的公文，上面說聖駕於二月十四日過淮安，算計起來，二十六日可以到蘇州。原來之前來的是假皇帝，如今才是真正的康熙皇帝呢。

別人看了這公文猶可，獨有汪紳士看了這張公文，不住的跺著腳，嘴裏連說：「糟糕糟糕！苦了我這兩個女孩兒呢！」說著，不由得掉下淚來。

當時眾官員紛紛勸慰，說：「這個大膽的假皇帝，咱們多派幾個幹役，四處悄悄的去察訪，總要拿住他，辦他一個死罪，那時你兩位千金，也可以合浦還珠了。」撫臺接著說道：「如今這件事，咱們都耽干係；諸位仁兄，切莫在外面流露半個字，倘然給當今知道，咱們還要活命嗎？」

一句話，說得眾人啞口無言，各自散去，依舊去預備接駕的事。

三月二十六日，聖駕臨幸虎邱；三十日，遊鄧尉山。聖恩寺的老和尚際志，是當年接過駕的；如今七十三歲了，白鬍飄拂，跪在山門口接駕。皇上命太監賞老和尚人參二斤，哈密瓜、松子榛、頻婆果、

葡萄等很多糖果；聖祖又伸手去摸著際志和尚的鬚髯，說道：「和尚老了！」

三月十二日到無錫惠山，駐蹕在寄暢園；園中有一株大樟樹，樹身有三人合抱的粗，聖祖常在樹下閒步著。後來回京去，還常常寫信去問：「樟樹無恙耶？」

這時有一位紳士，名叫查慎行，他作了一首詩寄呈皇帝，說樹身平安。那首詩道：

合抱凌雲勢不孤，名材得並豫章無？
平安上報天顏喜，此樹江南只一株。

聖祖自從在惠山見了際志老和尚以後，回到京裏，心中常常記念；後來聖祖年紀到了六十九歲時，那際志和尚已是八十八歲，還是十分健康。皇帝便打發內官，到無錫去把他接進京來，舉行「千叟宴」。

什麼叫做「千叟宴」？就是搜集六十五歲以上的滿漢臣民，共一千個老頭兒，用暖轎抬進弘德殿去賞宴。一連吃了三天，都請際志和尚做主席，另外備了一桌素酒賞際志和尚；康熙皇帝也坐在上面陪席。一時歡笑暢飲，許多老頭兒都忘了君臣之分；三天散席，皇帝又各賞字畫一幅，送回家去。

這一年，聖祖分外高興，在正月到二月的時候，巡幸畿甸；四月到九月的時候，巡幸熱河；十月巡幸南苑，舉行圍獵，皇帝親自跑馬射鹿，十分勇武。到了十一月，有一天忽然害病起來，十分沉重；聖祖便吩咐，從南園移駕到暢春園的離宮裏去養病。

第三十二回　四王奪嫡

卻說康熙皇帝在暢春園養病，這個消息傳到雍郡王胤禛耳中，他便趕先到暢春園去叩請聖安；無奈，這時皇帝病勢十分厲害，心中又十分煩躁，不願見家人骨肉。胤禛請過聖安以後，衹得退出房外，在隔室悄悄的打探消息。

這時皇帝跟前的，除了幾個親近的內監和宮女以外，衹有國舅隆科多、將軍鄂爾泰、大學士張廷玉三位大臣，終日陪著幾位御醫料理方藥。這三位大臣，原和雍王打成一片的，自不必說；便是那太監宮女，平日也得了雍王的好處，凡是皇帝一舉一動，一言一語，都悄悄的去報告雍王知道。

其中有一位宮女，原是貴佐領的女兒，進宮來已有四年；因她長得十分美麗，性情也十分伶俐，便把她派在暢春園裏，專候臨幸時，伺候皇帝皇后的。她如今見雍王相貌十分威武，知道他將來有發達之日；便覷空溜到隔房去，陪些小心，凡是茶水、飲食，有不周不備的地方，都是她在暗中料理。雍王這時獨居寂寞，得了這個知己，自然十分歡喜；覷人不防頭的時候，他兩人居然結了私情。雍王答應她，

倘然一朝登了皇位，便封她做貴妃；那宮女心中越發感激，從此格外忠心。

這時，雍王和隆科多已商量過，假皇帝的旨意說：「病中怕煩，所有家人骨肉，一概不許進園。」可憐那些妃嬪、郡王、公主、親貴，一齊都被擋在園門外，便是皇后，也祇得在園門口叩問聖安，一任雍王在園裏弄神弄鬼。

看看那皇帝病勢一天重似一天；那些御醫看了也是束手無策，祇是天天灌下人參湯去，苟延殘喘。看看到了十一月底，天氣十分寒冷，皇帝睡在御床上，喘氣十分急迫，他自己知道不中用了，忙吩咐隆科多，把十四皇子召來。

那隆科多早已和雍王預定下計策，奉了皇帝命令，出來便把雍王喚進屋去。看皇帝時，早已進氣少，出氣多。這裏隆科多走出園來，見園門外擠了許多皇子妃嬪，便故意大聲喊道：「皇上有旨，諸皇子到園，不必進內，單召四皇子見駕。」說罷，喚親隨的拉過自己的馬來，嘴裏說找四皇子去，快馬加鞭的去了。

你道他真的去找尋四皇子麼，祇見他飛也似的跑進宮門，走到「正大光明」殿上，命心腹太監悄悄的從匾額後面，拿出那康熙皇帝的遺詔來；現成的筆墨，他便提起筆來，把詔書上寫著的「傳位十四皇子」一句，改做「傳位于四皇子」。改好以後，依舊藏在原處，悄悄的出了宮門，又飛也似的回到暢春園去。

這時康熙皇帝氣厥過去幾回，到傍晚時候，才慢慢的清醒過來；睜眼一看，見床前有一個人跪著，雙手高高的捧著一杯參湯，口中連連喚著父皇。康熙皇帝模模糊糊，認做是十四皇子，便伸手過去摸他的臉；那雍王趁此機會，爬上床去，皇帝睜著眼端詳了半天，才認出並不是十四皇子，乃是四皇子胤禛，不由他心頭一氣，祇喊得一聲：「你好！」一口氣轉不過來，便死過去了。

胤禛看了，假裝做十分悲哀，嚎啕大哭起來；外面太監一聽得裏面哭聲，忙搶進來，手忙腳亂，替皇帝沐浴更衣。這裏隆科多進來，把雍郡王扶了出去；雍郡王悄悄的問道：「大事成功了嗎？」那隆科多祇是點點頭，不作聲兒。

過了一會，園門外的諸王妃嬪聽說皇帝駕崩，便一擁進來；這時除胤礽病著，胤禔、胤禩監禁著，胤禵出征在外，所有三皇子胤祉、七皇子胤祐、九皇子胤禟、十皇子胤䄉、十二皇子胤祹、十三皇子胤祥，此外還有胤祺、胤禌、胤禑、胤祿、胤禮、胤禧、胤禕、胤祜、胤祁、胤秘，共十六個皇子和三宮六院的妃嬪，趕到御床前，趴在地下，放聲舉哀。

哭了多時，隆科多上來勸住，說道：「國不可一日無君，民不可一日無主；如今大行皇帝龍馭上賓，本大臣受先帝寄託之重，請諸位郡王快到『正大光明』殿，去聽本大臣宣讀遺詔。」

諸位皇子聽說父皇有遺詔，個個心中疑惑，不知道是誰繼承皇位。其中胤禟、胤䄉尤其著急，祇怕這個皇位被別人得去，因此急急的趕到「正大光明」殿去候旨。

過了一會，那滿朝文武都已到齊，階下三千名御林軍排得密密層層，大家靜悄悄的候著；祇見那隆科多、鄂爾泰、張廷玉三人走上殿去，殿上設著香案，三人望空行過了禮，便從匾額後面請出遺詔來。隆科多站在當殿，高聲宣讀；讀到「傳位于四皇子」一句，階下頓時起了一片喧鬧聲，值殿大臣上來喝住，才把那遺詔讀完。

這時，四皇子胤禛也一塊兒跪在階下聽旨；這時便有全班侍衛下來，把胤禛迎上殿去，老實不客氣的便把皇帝的冠服全副披掛起來，擁上寶座，殿下御林軍三呼萬歲，那文武百官一個個上來朝見。禮畢，新皇帝率領諸位郡王、親王、貝子、大臣等，再回到暢春園去設靈叩奠，遵制成服。第二日，把先皇遺體奉定在大內「白虎殿」棺殮供靈。新皇帝下聖旨，改年號爲雍正元年；這位雍正皇帝，便是在「清史」中，著名辣手狠心的世宗。

當時他跪在地上聽讀遺詔的時候，誰在下面喧鬧，他都暗暗的看著；到了一旦登位，他第一道聖旨，便是革去胤禟、胤䄉的爵位，說他們擾亂朝堂，犯下大不敬的罪，立刻把這兩人捉住，送交宗人府嚴刑審問。

那胤禟熬刑不過，祇得招認了，說如何和胤禩兩人在外面結黨營私，謀害胤礽；後來見胤礽得了瘋病，幽囚在宮裏，便知道他是不中用了，因此日夜想法要謀害胤禛。無奈胤禛手下養著許多好漢，非但不能傷他分毫，而且眼看著他得了皇位；因此心中氣憤不過，當時禁不住在朝堂上喧鬧起來。宗人府錄了口供，奏明雍正皇帝，皇帝又吩咐從牢監裏，把胤禩提出來審問。

胤禩見胤禟都招認了，便也無可抵賴；當時即直承不諱，祇求皇帝開恩，饒他性命。聖旨下來，把胤禩、胤禟兩人打入宗人府監獄裏；稱胤禩爲阿其那，阿其那是「豬」的意思；稱胤禟爲塞思黑，塞思黑是「狗」的意思。第二天，又再提胤䄉出來審問。

這胤䄉卻不是尋常郡王可比，他是少林寺的嫡派弟子，學得通身本領，能飛簷走壁，銅拳鐵臂，等閒三五十人近不得他的身。雍正皇帝做郡王的時侯，也曾吃過他的虧來；常常被他打倒在地。雍正皇帝見了他就害怕，遠遠見胤䄉走來，便躲避開去；因此含恨在心。如今登了帝位，便要報這個仇恨。

胤䄉這時被宗人府捉來，到得審問的時候，他便給你一個老不開口。那府尹惱了，吩咐用刑；祇見他大笑一聲，一縱身飛上瓦，去得無影無蹤。那府尹忙去奏明皇帝，皇帝也奈何他不得；忙去把喇嘛請來，要喇嘛用法術去殺死地。

喇嘛搖著頭說道：「要處治他，很不容易；他身邊常常帶著達賴第一世的金符，等閒符咒近不得他的身。」

皇帝問他：「這金符可以奪下來嗎？」

喇嘛說道：「平常時候不能下手，衹有候著他和女人親近的時候，方可下手奪取他的金符。」

雍正皇帝把喇嘛的話記在肚子裏，便吩咐心腹太監去設計擺佈胤禨。

那胤禨自從逃出宗人府來，越發狂妄不羈；他最愛吃酒，京城裏大小酒舖子都有他的足跡，他穿著平常人的衣服，有誰知道他是皇子？每到一處酒家，便拉著店小二同吃。

東華門外有一家太白樓酒店，釀得上好三月白；那店小二名余三，人又生得和氣，胤禨和他最說得上，因此常在太白樓走動。吃到酒酣耳熱的時候，便拉著余三坐下對酌，談些市言村語；那余三又是大酒量，兩人吃到夜深更靜，也不覺醉。

近來胤禨心中不快，越發藉杯酒以澆塊壘，便常常到太白樓來；每次來，余三便陪著談些花街柳巷的故事、陌上桑間的艷聞。那些風流事，胤禨原是不善長的，衹因這時他胸中萬分氣憤，拿它來解愁消悶，也未爲不可。誰知今天聽，明天聽，把胤禨這個心打活了，越聽越聽出滋味來；那余三又說些風流家數，花柳秘訣，把個胤禨說得心癢難搔。正在無可奈何的時候，那酒爐半邊忽然出現一個嬌滴滴的女孩兒來；祇見她斜嚲香肩，低垂粉頸坐著。有時向胤禨溜過一眼來，頓覺靈魂兒都被她勾攝了去。

胤禨看了，不覺拍案喝好，祇因滿屋子酒客坐著，不便向她勾搭；看看那酒客一個個都走完了，在酒闌燈黃的時候，看看那女孩兒的粉腮，嬌滴滴越顯紅白；胤禩看了，忍不住喚了一聲美人兒，那女孩兒抿著櫻桃小嘴，嚶嚀一笑，轉過臉兒去看著別處。

這情形被余三看見了，便哈哈大笑道：「相如買酒，卓女當爐；我家三妹子今天得貴人賞識，也是她三生之幸。」說著，便向女孩兒招手說道：「三妹子！過來陪爺吃一杯何妨。」

那女孩兒聽了，便笑吟吟的走過來，在胤禩肩下坐著，低著頭祇是不作一聲兒。胤禩看時，長眉侵鬢，星眼微斜，不覺伸手去握她的纖指，一手送過去一杯酒，那女孩兒含羞帶笑的，便在胤禩手中吃乾了一杯。胤禩連連的嚷著妙。一抬頭，見那店小二余三早已避開了；他兩人便唧唧噥噥的說笑起來了。

談到夜靜更深，那女孩兒便悄悄的伸手過去，把胤禩的衣角兒一甩，站起身來便走。胤禩也不覺身子虛飄飄的，跟著她走到一間繡房裏，羅帳寶鏡，照眼銷魂。那女孩兒服侍他寬衣睡下，自己也卸粧解佩，攢進繡衾去，和胤禩並頭睡倒。胤禩睡在枕上，祇覺得一陣一陣甜香送進鼻孔來，他到了這時，便忍不住轉過身來，對女孩兒微微一笑。

正在得趣的時候，忽聽得豁啦啦一聲，一個大漢跳進屋子來，伸手在衣架上先奪了胤禩衣襟上佩著的金符，一轉身，手中執著明晃晃的鋼刀，向床上撲來。胤禩忙把懷中的女孩兒推開，喝一聲：「疾！」

祇見他口中飛出許多金蛇來，直衝那大漢。這時窗外又跳進來四五個壯士，個個手擎寶劍，圍住這繡床奮力攻打。無奈他口中的金蛇來得厲害，那刀劍碰著金蛇便毫無用處；那大漢鬥了半天，見不能取勝，便打一聲忽哨，帶著一班壯士，跳出窗子去逃走了。

回到宮裏，回奏雍正皇帝，皇帝聽了十分詫異，忙問國師時，那國師說道：「這是婆羅門的靈蛇陣，陛下放心，凡學這靈蛇陣的，必須對天立誓，不貪人間富貴。想來這胤祴絕沒有叛逆的意思了。」

雍正皇帝聽了國師的說話，將信就疑；後來到底是趁胤祴害病沒力氣的時候把他捉來，關在牢監裏，用毒劍殺死。那胤祴和壯士還奮鬥了三天，連殺了三個劍客方死呢。雍正皇帝拔去了這幾個眼中釘，心中方覺爽快。

誰知道隔了不多幾天，又有邊關報到，說清海的羅卜藏丹津，引誘大喇嘛察罕諾們，覷著世宗新接皇位，宮廷多故的時候，便乘機造反。先派人去勸額爾德尼郡王、察罕丹津親王兩人，一同舉兵殺進關去；誰知他兩人都不聽從，便惱了羅卜藏丹津調動兵馬，先把一位郡王、一位親王趕進關來。那親王和郡王被他逼得走投無路，便動文書，進京來告急。

雍正皇帝看了文書，心下正在躊躇，忽見內侍進來，報說國舅隆科多求見；皇帝連說請進。兩人見了面，皇帝說道：「舅舅來得正好。」說著，便拿邊關的告急文書遞給他看。

那隆科多看了，便說道：「臣也為此事而來，陛下不是常常說起那年羹堯擁戴之功不曾報麼？又不是說那胤禵屢經戰爭，深得軍心，是可怕麼？還有陛下做郡王的時候，招納了許多好漢養在府裏；如今大功已成，他們都仗著自己是有功的人，在京裏橫行不法，實在不成事體。如今卻巧邊關上出了事情，陛下不如下一道諭旨，派胤禵做撫遠大將軍、年羹堯做副將軍，從前陛下招納的英雄好漢，都一齊封他做了武官，由年羹堯帶著他們到青海去，免得留在京城裏惹是生非。」

雍正聽了說道：「計雖是好計，但是老『年』辛苦了一場，叫他做一個副將軍，怕委屈他罷？再者，那胤禵給他做了大將軍，怕越發不能制服他呢；況且那班英雄好漢，怕也不能永遠叫他們住在青海地方，他日回京來，依舊是個不了之局。」

隆科多聽了皇帝的話，笑說道：「陛下莫愁，臣自有作用在裏面。」接著，又低低的把裏面的深意說了。雍正皇帝聽了，不禁拍案叫絕。

第二天坐朝，便把胤禵封為撫遠大將軍，年羹堯封為副將軍的聖旨發了；一面又叫鄂爾泰袖著密諭，去見年羹堯，吩咐他如此如此。年羹堯受了密諭，連日搜集那班江湖好漢，保舉他們做副將、做參贊、做都統、都司、千總、把總的。那班好漢一旦做了官，便十分歡喜，看看調齊了八萬大兵，皇帝便吩咐副將軍帶領兵馬先行起程。

拔隊那一天，天子親自出郊送行，在路上足三個月行程，到了四川邊疆地方，會合了四川的副將岳鍾琪手下四萬兵馬，浩浩蕩蕩，殺向青海去。

這裏，雍正皇帝待年羹堯去了兩個月，才放胤禵出京，掛了大將軍帥印，帶著一百個親兵，輕戎減從的趕著路程；到了四川成都省城，打聽得年羹堯已帶兵殺出關去了，胤禵心中疑惑，怎麼副將軍不待大將軍的軍令，逕自出兵？正在氣悶的時候，忽然有廷寄送到。胤禵忙擺設香案，接受聖旨。一位太監宣讀道：「撫遠大將軍胤禵著即免戰；所有印綬，交年羹堯接收。著授年羹堯爲撫遠大將軍，岳鍾琪爲參贊。」

胤禵才聽罷聖旨，回過頭來一看，那年羹堯也和自己並肩跪著接旨；到這時，胤禵心中才明白，皇帝是調虎離山之計，如今他自己的軍隊又不在跟前，手中又失了兵權，便也無可奈何，撩著一肚子氣，把印信交出，拂袖而去。祇因他這時無權無勢，他的行蹤便也沒有人去查問他。如今在下暫丟下此處不說。

祇說廣東省城珠市上，有一家買賣行，主人姓梁，連年買賣不佳，虧折已損；店主人和夥計們，終日愁眉不展，坐在店堂裏發怔；看看已到年關，債戶四逼，這姓梁的無法可想，吩咐小夥計到江邊照財神去。原來這是廣東商家的風俗，倘有營業不振，便在江邊豎一根旗杆，杆頭掛一盞紅燈，名叫照財神。這家買賣行卻巧開設在江邊。

誰知道紅燈才掛上，忽然有一隻大貨船駛近店門口停下，船上跳下一個大鼻子家人來，操著北京話，問行主人在嗎？姓梁的忙出去招呼，那家人領他到船上，祇見一個中年男子，氣象魁梧，舉動闊綽；他自己說姓金，此次販賣許多北貨茶果，特到廣州來銷售。祇因找不到熟悉的行家，見你家門口掛著紅燈，特來拜訪。

那姓梁的看他船中貨如山積，沒有三五十萬銀子，休想買得到手；但是，這時廣東正缺少北貨，倘能把這一船貨買下，定可大大的發一筆財；祇恨自己手頭沒有銀錢，心中便萬分焦急。那男子看出了店主人的心事，說道：「你倘沒有本錢，也不要緊，我船中有四十萬銀子的貨物，暫時寄存在你店中，託你慢慢的銷售；現在我不要你分文，待到明年這時候，我再來和你結賬。」

那店主人聽了他的話十分歡喜，連連對他作揖道謝；一面備辦極豐富的酒席款待這客人，又僱了許多伕役，把船上的貨物統統搬進店去。那客人吃過了酒飯，說一聲叨擾，便上船去了。這姓梁的在店中替他經營貨物，不上半年工夫，那許多貨物都已銷光了，整整的賺了十萬兩銀子；店主人便存在錢舖子裏生利，祇待那客人到來結賬。

看看又到年底，姓梁的便打掃店堂，預備筵席，自己穿著袍褂恭候著。到夜裏，那客人果然來了，十隻大船一字兒停泊在這買賣行門口，船上都滿載著南北貨物和參桂藥品。

那客人走上岸來，一見了主人，便拉著手，笑盈盈的說道：「此番夠你忙了！我船上有四百多萬銀子的貨物，你快快想法子起岸罷。」

那店主人一面招呼客人吃酒，一面招集了全城的買賣行主人，商量堆積貨物的事情。頓時僱用了五七百個伕役搬運貨物；吆喝之聲，滿街都聽得。搬完了貨物，姓梁的才進來陪著客人吃酒。

酒醉飯飽，主人捧出賬簿來正要結賬，那客人把賬簿推開，說道：「你絕不有錯，咱們慢慢的算罷。」說著，站起身來便告辭去了；臨走的時候說道：「此去以三年爲限，到那時，我自能來和你算賬，現在不必著急。」說著，跳上船頭解纜去了。

這姓梁的自從那客人走後，著意經營，居然十分發達，不上三年工夫，那十船貨物早已銷完。姓梁的天天候著，到了大除夕這一天，那客人果然來了；一見了主人，便說恭喜。主人一面招待酒食，一面告訴他，那宗貨銀連本搭利，已在六百萬以上，分存在廣州各錢莊家，如何處置，悉聽大爺吩咐。

那客人聽了便說道：「提出一半貨銀，劃付漢口德裕錢莊；其餘的一半，且存在廣州再說。」

主人聽了客人的吩咐，便連夜到各錢莊去匯劃銀子；看看到了正月初五，那客人孑然一身，祇帶一個家人，住在姓梁的買賣行裏；姓梁的雖是天天好酒好菜看待他，但他總覺得寂寞無聊。

第三十三回　雍正皇朝

卻說那姓梁的店主人，看那主人住在客邊寂寞無聊，便替他想出一個解悶的法子來了。原來這時是正月初上，廣州地方珠江邊的花艇正十分熱鬧；真是脂粉如雲，管絃震耳。那些娼家也竟有幾個好的，姓梁的便邀集了許多同行朋友，陪著這位客人遊紫洞艇子去。

艇中綠窗紅氍，十分精雅。那客人坐定，姓梁的一面吩咐設席，一面寫著紅箋，把八埠名花一齊宣召了來；這客人坐在上首，五七十個女娃子都陪坐在他左右。一時脂粉香膩，鶯嗔燕叱，幾乎把一座艇子擠坍了。

那客人雖是左擁右抱，卻一個也看不上他的眼；一會兒推說小解，溜到後艙去，祇聽得一陣陣嬌聲啼哭，他跟著哭聲尋去，祇見後艙一個嬌弱女孩兒，被鴇母渾身上下剝得精赤的，打倒在地。那鴇母手中的籐桿兒還不住的向那女孩兒的嫩皮肉上抽去，頓時露出一條一條血痕來。

那客人看了，說一聲：「可憐！」急搶步過去，攔住鴇母手中的籐條，一面忙把自己身上穿的袍褂

脫下來，在那女孩兒身上一裹，抱在懷裏，走出前艙來。這時前艙有許多妓女和客人，他也不管，祇是拿手帕替她拭著眼淚，問她名字。

那女孩兒躲在這客人的懷裏，一邊嗚咽著，一邊說道：「我名叫小燕，自從被父母賣到這花艇子裏來，早晚被老鴇打罵，說我脾氣冷僻，接不得客。」

那客人一面聽她說話，一面看她的臉面，雖說蓬首垢面，卻長得秀美白膩；便把衣服打開，露出雪也似的身體來。上面襯著一縷一縷的血痕，越發覺得鮮艷。這客人忍不住伸手去撫摸她，小燕急把衣幅兒遮住，那粉腮兒羞得通紅；嫣然一笑，低低的說道：「給別人看見，像什麼樣兒。」再舉眼看時，那滿艙的妓女和客人，都走得乾乾淨淨，祇留下他兩人。

從此，這客人便迷戀著小燕雙宿雙飛，一連一個多月，不走出艙門來。這時的小燕已不是從前的小燕，她打扮得花朵兒似的，終日陪伴著這無名的客人；兩口子十分恩愛。有時祇有這姓梁的走上船去談幾句話，別的客人她一概不見。

光陰迅速，轉眼春去夏來；那客人忽然說：「我要回去了。」問他：「回到什麼地方去？」他也不肯說，祇吩咐那姓梁的，把存在廣州的三百萬兩銀子，拿一百萬，在珠江邊買一所大屋子，裏面花木陳設，都要十分考究；一百萬銀子給小燕平日使用，替小燕出了籍，住在那屋子裏，餘剩下的一百萬銀子，便送給了姓梁的。

姓梁的問他：「何日歸來？」

他聽了，由不得眼圈兒一紅，說道：「此去行蹤無定，倘吾事不敗，明年此時，便是我歸來之日；過此，今生怕不能再和你們相見了！」

他又悄悄的對小燕說道：「妳我交好一場，連我的名字妳也不知道；如今我對妳說了，我的名字叫做胤禵，妳若記念我時，在沒人的時候喚著我的名字，我便知道了。」

那小燕聽了他的話，哭得死去活來；在小燕十分淒楚的時候，他便一摔袖子走了。

小燕住在那座大屋子裏，癡癡的等了三年，不見那客人回來；後來，她把這客人的名字去告訴姓梁的，才知道這胤禵是當今皇帝的弟弟。嚇得那姓梁的，從此不敢提起這個話；便是小燕，也因爲感恩知己，長齋拜佛去了。

以後那胤禵、胤禩、胤禟這班皇子，雖不知下落，但也還有一點點消息可尋。這個消息，卻出在河南彰德府，一個落拓秀才身上。

這秀才姓莊，名洵；講到他的祖上，也曾做過幾任教諭，他的父親莊士獻，也是一位舉人。便是莊洵自己，也早年中了秀才，深指望功名富貴，飛黃騰達；誰知道他一中之後，截然而止。到二十歲時，

父母一齊去世，莊洵不事家人生產，坐吃山空，眼見得這區區家業保守不住了；他便索性抱了破釜沉舟的志願，把家中幾畝薄田一齊賣去，拿賣田的錢，去捐了一名監生，趕到京裏去下北闈。誰知文章憎命，連考三場，依舊是個不中；從此流落京華，吹簫吳市。虧得他住的客店主人，指導他在客店門口擺一個測字攤兒，替過往行人胡亂測幾個字，倒也可以過活。

這客店在地安門外，原是十分熱鬧，且宮內的太監，在這條路上來來往往的很多。那些太監的生性又是多疑，因此他們有什麼疑難事情，便來問莊洵。那做太監的，又是河南彰德府人居多，因此莊洵和他們廝混熟了，便攀起鄉誼來了。

不知怎麼，這個消息一傳十，十傳百，傳到尚衣監的太監劉永忠的耳朵裏；那劉永忠和莊洵，不但是從小的鄰鄉，還攀著一門子親戚。聽他同伴常常說起莊洵，他便覷空溜出地安門去，遠遠見莊洵在客店門外，擺著一個測字桌子。

劉太監搶步上前，喊一聲：「莊大哥！」

那莊洵聽得有人叫喚，忙抬頭看時，見一位公公走來。莊洵和他多年不見，一時認不出來，怔怔的對他看了半天，才恍然大悟，笑說道：「你不是咱劉家莊的劉二哥嗎？」

那劉太監呵呵大笑，莊洵忙收拾測字攤兒，兩人手拉手的走進客店去，細談別後的光陰。劉太監誇說自己做了尚衣監的總管，天天見著太子的面，多承太子十分信任；又誇說宮中如何繁華，同伴如何眾多，出息如何豐厚，把個莊洵聽得心癢癢的，十分艷羨。

第二天，劉永忠又把莊洵邀到大柵欄酒樓裏去吃酒；吃酒當兒，莊洵便問：「宮中同伴究有多少？」

那劉總管略一思索，便說道：「約略算來，也有二千多人。」他便輪著指，數說道：「乾清宮總管兩人，首領四人，太監二十四人，打掃首領三人，打掃太監八十六人；昭仁殿首領兩人，太監十人；弘德殿首領兩人，太監十二人，懋勤殿首領一人，太監九人，自鳴鐘下太監十四人，執事首領六人，太監六十六人；御茶房首領二人，太監五十二人；上乘轎首領兩人，太監三十七人；坤寧宮首領兩人，太監十四人；東暖殿首領兩人，太監八人；西暖殿首領兩人，太監九人；交泰殿首領兩人，太監六人；延禧宮首領兩人，太監二十人；長春宮首領兩人，太監十六人；永壽宮首領兩人，太監十人；翊坤宮首領兩人，太監十六人；永和宮首領兩人，太監十二人；啓祥宮首領兩人，太監十八人；承乾宮首領兩人，太監十五人；咸福宮首領兩人，太監二十人；儲秀宮首領兩人，太監二十人；景陽宮首領兩人，太監七人；鍾粹宮首領兩人，太監十二人；景仁宮首領兩人，太監十二人；近光左門太監六人，御書房首領兩人；古董房首領兩人，太監八人，東書房太監五人；南書房首領兩人，太監十二人；諸皇子

書房太監十五人；西書房太監五人；繙書房太監四人；敬事房首領一人，太監二十六人，御前太監六人；讀清書太監十二人；乾清宮首領兩人，太監八人；日精門首領兩人，太監七人；月華門首領兩人，太監八人；內左門首領兩人，太監十四人；內右門首領兩人，太監十二人；景和門首領兩人，太監八人；隆福門首領兩人，太監七人；基化門首領兩人，太監十二人；端則門首領兩人，太監九人；昭華門首領兩人，太監十二人；近光右門太監七人；養心殿首領兩人，太監二十人，打掃首領二人，打掃太監十二人；箭匠太監五人；按摩太監五人；鐵匠太監兩人；學西洋醫太監兩人；畫匠太監一人；鳥槍太監十人；養心露房太監三人；裱房首領一人，太監十人；大殿鷹上首領兩人，太監二十四人；大小狗房首領兩人，太監三十八人；鴿子房太監五人；御花園首領三人，太監五十人，北小花園首領兩人，太監十人；大穹殿首領兩人，太監七人；中正殿太監十四人；欽安殿首領兩人，太監三十四人；熟火房首領一人，太監十六人；柴炭所首領一人，太監二十人；燒炕所首領二人，太監十七人；兆祥所首領兩人，太監十四人；書房太監六人；遇喜所首領兩人，太監十三人；所內總管一人，首領九人，太監五十三人；永安殿首領三人，太監二十五人；南府西路首領三人，太監三十八人；南府中路首領三人，太監十五人；南薰殿首領一人，太監三十四人；咸安宮首領兩人，太監四十人；慈寧宮佛堂首領兩人，太監八人；喇嘛首領兩人，太監三十人；諷經首領兩人，太監十六人；管門首領兩人，太監十四人；花園首領

兩人，太監四人；打掃首領兩人，打掃太監十二人；寧壽宮首領兩人，太監十人；毓慶宮殿上首領四人，太監六十人；鷹上首領一人，太監十五人；門上首領一人，太監十一人；狗房首領一人，太監三十人；執事首領兩人，太監十八人；茶房首領兩人，太監二十二人；鳥鎗太監五人，打掃首領一人，太監二十人；睿前太監一百人；阿哥下太監一百人；阿哥下太監一百另兩人；阿哥下太監六十八人；阿哥下太監八十人；東庫房阿哥下太監六人；西庫房阿哥下太監四人。」劉總管說得天花亂墜，莊洵聽得頭昏顛倒。

待他說完了以後，莊洵便求著劉總管道：「宮內既用這許多太監，諒來也不多我一個，求二哥幫我的忙，把我也攜帶進宮去當一名太監，省得在外面挨凍受餓。」

這劉總管聽了他的話，不禁拍案大笑起來，說道：「我的莊大哥，你怎麼這樣糊塗！這割寶貝不是玩兒的事呢。你這樣年紀，怕不要送掉了性命；你既要謀事，咱這裏每年備辦龍衣袍褂和江南織造衙來往的信札很多，大哥不嫌委屈，便屈就了這個差使罷。」

莊洵聽了他的話，急忙稱謝。從此以後，莊洵便當了劉總管的書記；凡是和各省官府來往的私信，都是莊洵代寫。莊洵得了劉總管的照應，他的光景慢慢的舒齊起來；祇是常常聽到劉總管說起，宮中如何華麗，如何好玩。他常常對劉總管說，要他帶他進宮去遊玩；劉總管也答應他，有機會便帶他進

去。

隔了幾天，那江南織造的龍衣已經送到；劉總管帶領十八個太監出去，向內務府衙門去領龍衣，把莊洵也改扮做太監模樣，掛上腰牌，混在十八個太監裏面，手中捧著黃緞衣包，一串兒走進乾清門去。

一走進門，祇見宮牆巍峨，殿角森嚴；一色黃瓦，畫棟飛簷，把個莊洵看得頭昏眼花。走進乾清宮門，便是乾清宮；走進宮門，東向有一座門樓，上面掛著弘德殿匾額，西向一座門樓，上面掛著昭仁殿匾額。北向大門西旁，東面的上面寫著東書房，西面的上面寫著西書房；裏面隱隱有戴大帽、穿朝靴的人，踱來踱去。三五個太監在門外站著，見劉總管走來，就向他笑笑點點頭兒。繞過西書房牆後，有一溜精室，上面寫著南書房；裏面還有人說話的聲音。

他們沿著西廊走去，望著那北廊，也有幾間屋子，上面掛繙書房的匾額。劉太監領著，穿進月洞門，見有三間下屋；劉總管叫人把莊洵手中的衣包接過來，叮囑他在下屋裏，靜悄悄的候著。

莊洵走進屋子去，靠窗坐下；隔著窗縫兒望出來，祇見那太監三五成群的，都向他窗外走過。也有急匆匆走去的，也有兩三人拉著手兒，慢慢的踱著，低低的說著話的，也有手中拿著小盒兒的。來來去去，十分熱鬧。但大家靜悄悄的，卻沒有一個敢高聲說笑的。

莊洵正看得出神，忽覺身後有人伸手在他肩頭輕輕的拍一下；莊洵急回頭看時，原來是劉總管。祇見他空著手，知道他事情已了，便跟著他走出下屋；走過月華門，對面一座大殿，上面寫著懋勤殿。殿中設著寶座圍屏，十分莊嚴；又繞出乾清宮，對面也有一座大宮殿，掛著繡簾，上面掛著乾寧宮匾額。東廊有一座東暖殿，西廊有一座西暖殿。

坤寧宮直北有一座欽安殿，繞過欽安殿，便是御花園神武門；他們暫不進門，向東繞出去。先走過鍾粹宮，接著穿過長春宮、景仁宮、景陽宮、承乾宮、延禧宮，依舊到了昭仁殿；劉總管領著莊洵，又從弘德殿繞進去，先走過翊坤宮，接著永和宮、咸福宮、永壽宮、啓祥宮及儲秀宮。

一座一座宮殿玩過去，祇覺得金碧輝煌，莊嚴華貴，莊洵嘴裏不住的嘖嘖稱羨；劉總管忙搖著手，叫他不許聲張，這時正是午後休息的時候，沿路遇到的太監宮女也不多。宮殿遊玩過了，便走進神武門，到了御花園裏，祇見亭臺掩映，花木扶疏，一聲聲鳥鳴傳入耳中，十分清脆。真是五步一樓，十步一閣。

正走到萬花深處，祇聽得後面一個小太監，一邊追著，一邊喚著：「劉總管，張總管找你老說句話呢。」

劉總管聽了，忙站住腳，又指點著莊洵：「向前走去，穿過林子，前面一座四面廳，你在廳裏坐著

候我，我去去便來。」說著，便丟下莊洵走了。

這莊洵慢慢的向前走著，走出花叢，果然見一座大廳屋，四面落地琉璃窗，圍欄曲折，走廊下供著許多盆花。走進屋去，四壁字畫，十分幽雅。莊洵到底是一個讀書人，見了字畫，便十分心愛，一幅一幅的看過去；正看得出神的時候，忽聽得遠遠的唵唵幾聲喝道。

莊洵在屋內隔窗望去，只見一肩暖轎，幾個內監抬著，轎中坐著一位十分威武的男子，從花間走來。莊洵知道皇上駕到，慌得他兩條腿索索的抖動，要藏躲也無藏躲處；一眼見屋中擺著一架匟榻，莊洵也顧不得了，便一蹲身，爬進匟榻下去躲著。側著耳朵往外聽時，祇聽得一陣橐橐的靴腳聲走進屋來，一個人向匟榻上一坐；滿屋子靜悄悄的，祇聽得衣裳窸窣的聲音。

過了一會，忽聽得匟上那人開口道：「把他帶上來！」那說話的聲音，十分洪亮；接著便有幾個人出去，祇聽得一陣鐵索聲，帶進三個人來，當地跪倒。

其中有一個人十分倔強，左右侍衛喝他跪下，他也不肯跪，大聲嚷道：「胤禎！你好狠心，我和你一般的骨肉弟兄，你如今硬霸佔了皇帝的位置，且不去說他；便是咱弟兄的性命，你也不肯饒放，苦苦的要謀害我們。我問你，那胤禩、胤禟兩位哥哥，有什麼罪？你卻喚他們豬狗，又把他們監禁起來。便是我胤禵自從父皇在世，便帶著兵馬，南征北討，替國家立了許多功勞；到如今雖不想論功行賞，也不到得犯這監禁的罪名。老實說，你現在這皇位原是我的；如今被你奪了去，我也不希罕。你打通了國舅隆科多，悄悄的把遺詔上『傳位十四皇子』一句改做『傳位于四皇子』，打量你這鬼鬼祟祟的行爲，我不知道嗎？哼哼，胤禎，照你這種狼心狗肺，將來也不得好死呢！」

匟上坐著的那人，被他罵得火星直冒，喝一聲：「不必多說，趕快給他們化了灰！」祇聽得左右答應一聲，好似拿席子一般的東西鋪在地下，捲過又放，放過又捲；隔了半天，祇聽得侍衛們報道：「三位親王都化成灰了！」

那匟上的人冷笑幾聲，站起身來，接著，那內監們又是唵唵幾聲，喝著道一擁去了。

把個莊洵嚇得躲在榻下，祇是發怔；後來那劉總管走來，悄悄的從匟床下面拖他出來，見他瞪著兩眼，嘴裏不住的說：「嚇死我也！」劉總管送他回到客店裏，他依舊不住嘴的說：「嚇死我也！」從此以後，這莊洵便害了瘋病，見了人便說「嚇死我也！」

劉總管來看望他幾次，也替他請大夫診脈服藥，宛似石上澆水，病依舊是個不好。劉總管無法可想，祇得打發一個人送他回家去；可憐莊洵這一病，直病到第十五年時，才略略清醒過來。那時雍正皇帝已死，他才敢把當時的這番情形，告訴給外人知道。

這位雍正爺，祇因康熙皇帝過於寬大，才放出這番狠心辣手，來收拾諸皇子和各親貴；他手下的同

黨又多，耳目又遠，便是雍正皇帝自己，也常常改扮劍客模樣，親自出來私行察訪。任憑你在深房密室裏，倘然你有半句誹謗皇帝的話，立刻叫你腦袋搬家。他自從收得血滴子以後，又得了國師傳授他的喇嘛咒語，他要殺人也不用親自動手，祇叫唸動咒語，那血滴子自能飛去取人首級。

講到這血滴子的模樣，是精鐵造成的一個圓球，裏面藏著十數柄快刀，排列著如鳥翅膀一般；機括一開，那快刀如輪子般，飛也似的轉著。這鐵球飛進人頭，便能分作兩半，張開把人頭罩在裏面，一閤，人頭不見了，這鐵球也不見了。真是殺人不見血，來去無蹤跡。雍正皇帝仗著這樣東西，秘密殺死的人，也不知道有多少。

講到他偵探的本領，說出來真叫人佩服。在雍正六年的時候，這日正是正月十五，京中大小各衙門都清閒無事，大小官員也各自回家吃團圓酒，鬧元宵去了。那內閣衙門本來沒有住宿的官員，祇留著四十多個供事人員，承辦文書。這一晚，連那班供事也去得乾乾淨淨，祇留下一個姓藍的，在衙門裏照料燈火；這姓藍的家鄉，遠在浙江富陽地方。

這時他獨坐無聊，一抬頭見天上一輪皓月，頓時想起家來；便去買了三斤紹興酒，切了一盤牛肉，在大院子裏對月獨斟。想起自己離家八年，在內閣衙門謹慎辦事，依舊是一個窮供事，便不覺發了三聲長嘆。正氣悶的時候，忽然他身後悄悄地走過一個大漢來，身材十分高大，面貌十分威武，穿著一身黑袍褂，腳登快靴。

這姓藍的認做是本衙門的守衛，當下便邀他在對面坐下，又送過一杯酒去；那大漢也不客氣，舉起杯來一飲而盡。便問這姓藍的姓名官銜，這姓藍的笑說道：「哪裏說得上一個官字，在這裏當一名供事罷了。」問他：「掌管什麼的？」說：「專管收發公文的。」問：「同事有多少？」說：「有四十六人。」問：「他們到什麼地方去了？」說：「出去看熱鬧去了。」問：「你為什麼不去？」說：「當今皇上對於公事十分嚴緊，倘都玩去，萬一有事，誰擔這干係呢？」大漢聽了，說了一聲：「好！」

接著又喝了一杯酒，又問道：「你在這裏幾年了？」回說：「已有八年了。」問：「薪水多少？」回說：「二百兩銀子一年。」又問：「你可想做官麼？」回說：「怎麼不想？祇是沒有這個福份罷了！」問：「你想做什麼官？」那姓藍的聽到這裏，不覺擄一擄袖子，伸手在桌上一拍，說道：「大官我也不想，我祇想做一個廣東的河泊所官。」問：「河泊所官有何好處？」姓藍的說道：「做河泊所官，單講俸祿，每年也有五百兩銀子；便是平日那進出口船隻的孝敬，也不少呢。」那大漢聽了，也不說什麼，站起來告辭去了。

第二天，聖旨下來，著調內閣供事藍立忠任廣東河泊所官。這樣一個芝麻般大小的官員，也要勞動

皇上特降聖旨；滿朝文武都覺得十分詫異。這件事祇有藍立忠一個人肚子裏明白；可笑的他是特奉聖旨到任的河泊所官，便有許多同寅來趨奉他。

第三十四回　年大將軍

卻說雍正皇帝偵探的手段，十分厲害。那時有一位大臣，名叫王雲錦，是新科狀元，雍正皇帝十分看重他；滿朝官員見他是皇帝重用的人，便個個去趨奉他，每日朝罷回來，他家裏總是車馬盈門。這位王狀元別種玩兒他都不愛，只愛打紙牌；他在家裏一空下來，便拉著幾個同僚在書房裏打紙牌。

有一次，他成了一副極大的牌，正攤在桌面上算賬；忽然一陣風來，把紙牌颳到地下。大家拾起來，一查點，缺了一張紙牌；王狀元也並不在意，便吩咐家人另換一副紙牌重打。

到了第二天，王雲錦上朝，雍正皇帝問道：「昨天在家裏作何消遣？」

王狀元老老實實回奏說：「在家裏打紙牌玩兒。」

皇帝聽了，笑笑說道：「王雲錦卻不欺朕。」接著又問道：「朕聽說你成了一副大牌，被大風颳去了一張，你心中很不高興；今天可還能找到那一張牌嗎？」

王雲錦聽了，心中十分害怕；祇得碰著頭說道：「聖天子明鑒萬里，風颳去的那一張牌，臣到今天還不曾找到。」

雍正皇帝便從龍案上丟下一張紙牌來，說道：「王雲錦，你看可是這一張牌？」

那王雲錦一看，正是昨天失去的那張紙牌，他忙碰頭說是；皇帝笑說道：「如今朕替你找來了，快回家成局去罷！」說著，便站起來退朝。從此以後，那班官員十分害怕雍正皇帝，便是在私室裏，也絕不敢提起朝政。

雍正皇帝到這時，才得高枕無憂；每天在宮裏和那些妃嬪宮女調笑尋樂。這時他早把那貴佐領的女兒陞做貴妃，另外又封了四個平日所寵愛的爲貴妃。祇有那貴貴妃最是得寵，朝晚和他一處說笑；這位貴貴妃又有特別的動人處，她每展眉一笑，雙眼微斜，真叫人失了魂魄。她身上軟綿豐厚，叫人節骨十分舒暢；因此皇帝天天捨不得她，稱她溫柔仙子。

那大喇嘛打聽得天子愛好風流，便打發喇嘛，送一瓶阿肌蘇丸去；這阿肌蘇丸原是媚藥，若服一二丸便可，倘然吃多了便要發狂。那大阿哥胤禔，便是誤服了阿肌蘇丸，直瘋狂到死。皇帝得了喇嘛送他的丸藥，便越發快樂；真可以稱得上當者披靡，所向無敵。

皇帝行樂之餘，越發感念那大喇嘛；這大喇嘛曾經幫著皇帝諸奪皇位，原是有功人物，因此常常召喇嘛進宮來談笑飲食、賞賜珍寶，喇嘛又傳授他許多祕術。皇帝便下旨替大喇嘛另建一座宮殿，宮中原有一座喇嘛廟，在西山上；如今皇帝吩咐在皇宮後面另造一處宮殿，以便朝夕往來。那內務奉了聖旨，便召集京中巧匠，派內監到江南去採辦木料；雍正皇帝爲了這件事情，特派一個喇嘛充欽差大臣。

這欽差大臣到了江南，十分騷擾，沿途勒索孝敬；又挑選良家婦女進去供他的淫樂，還有一班蠢男人，特意把自己的妻女送進喇嘛行轅去伴宿，說得了喇嘛的好處，便可以長生不老。這個風聲一傳出去，一傳十，十傳百，許多婦女都來自獻；弄得喇嘛應接不暇，後來索性定出規矩來，凡官家女眷要見大喇嘛的，須先送贄見禮，少則一百兩，多則一千兩。江南地方被他攪得污穢不堪；直到第二年才回京去，集了五六百名工匠，造了三年工夫，才把一座喇嘛宮殿造成。

開殿的第一天，便由大喇嘛收皇帝爲弟子，封他爲曼殊師利大皇帝；當時大喇嘛陪著皇帝去遊殿，殿中供著歡喜佛，一個個都塑得活潑玲瓏、奇形怪狀、妖態百出。裏面又有鬼神殿，中間供著丈二長的惡魔，塑著人的身體，狗的臉，頭上長著兩條角，抱著一個美貌女神，做狎翫的樣子；這惡魔腳下並踏著許多裸體的女人。

雍正皇帝看了，心下十分快樂，便把這座宮殿稱做雍和宮，是說雍正皇帝皈依喇嘛教的意思；同時京城內外敕建的喇嘛寺，觸目皆是；那班喇嘛便更橫行不法，一個個都做起官來。這時京城裏有一句童

謠，稱做「在京和尚出京官」；在皇帝的意思，也是藉此報答大喇嘛從前擁立的大功。

但那時有推戴大功的，除了大喇嘛和國舅隆科多以外，還有鄂爾泰和張廷玉兩人，皇帝便下旨，著海望爲鄂爾泰在大市街北建宅，宅中應有陳設，都由官家賞賜。據說這一座賜第，整整花了四百萬銀子；又封鄂爾泰爲文瑞公，便是那張廷玉，也封他文和宮，拜爲首領。軍國大事，凡有張廷玉說的話，皇上無有不依；從他死後，又拿他的神主配享太廟，這個恩寵，也算到了極點。

當時除了鄂爾泰、張廷玉兩人以外，還有一個年羹堯，也是皇帝極敬重的。到第二年時，年羹堯和岳鍾琪平完青海西藏，皇上下旨，封年羹堯爲一等公，年羹堯的父親年遐齡，也封一等公，又加太傅銜；岳鍾琪封三等公，又授年羹堯爲陝甘總督，先行班師，再去到任。

那年羹堯得了聖旨，一路上耀武揚威，衝州撞縣的班師回京；沿路的州縣官，在他馬前馬後迎來迎去，在年大將軍眼中，看得和腳底下的泥一般。便是那各省的官員，文自巡撫以下，武自將軍以下，誰不見他害怕？倘然有一言半語得罪了大將軍，祇叫大將軍瞪一瞪白眼，便嚇得他們屁滾尿流。他們怕雖怕，心中卻個個含恨；一有機會，便要報仇。

年羹堯手下有一個心腹軍官，姓陸，名虎臣；他見大將軍作威作福，難免招怨惹禍，便在無人的時候，去見年大將軍，勸大將軍諸事斂跡，免招物議。這時，年羹堯三杯酒在肚裏，聽了陸虎臣的話，不覺惱羞成怒；頓時拍案大罵說：「我如今替皇上家打下江山，便是天子見了我也要畏懼三分；你是什麼東西？膽敢誹謗咱家。」喝一聲：「斬！」

便有帳下的刀斧手，上前來綁住，推出轅門去；也是陸虎臣的命不該絕，那刀斧手正要行刑，恰巧遇到岳鍾琪進帳來。陸虎臣忙喊：「岳將軍救我！」岳鍾琪問明白了來由，一面忙止住刀斧手，一面急急進帳去替他討情。

平日大將軍的軍令，是沒有人敢攔阻的；祇有這岳鍾琪，是年大將軍平日所敬重的人，總算看在岳將軍面上，饒他一死。這時軍隊前鋒已到了蘆溝橋，便罰陸虎臣在橋下做一個更夫。年、岳兩將軍帶領大隊人馬，直向京城奔來。消息報到宮裏，雍正皇帝下旨，命年大將軍兵馬暫駐紮城外，皇上要出城來親自勞軍。

這時正是六月大熱天，雍正皇帝擺動鑾駕，迎出城來；一路在毒日頭下走著，皇帝雖坐在鑾輿裏，卻熱得一把一把汗淌個不住。一出城門，皇帝又棄轎乘馬；在馬頭上頂著太陽光，越發熱得厲害。看看左右侍衛，卻個個熱得汗流浹背，又不敢揮扇。好不容易走到前面大樹林子裏，林子下面，張著黃緞子的行帳，中央設著皇帝的寶座，雍正皇帝下馬就坐。太監們上來打扇的打扇，遞手巾的遞手巾，獻涼茶的獻涼茶。

一會兒聽得遠遠的軍號聲，知道年大將軍到了；皇帝踱出帳外，騎在馬背上候著。祇見前面旌旗對對，刀戟森森，在日光下一隊一隊的走著，靜悄悄的鴉雀無聲；那兵士們臉上的汗珠，如雨一般淌著，卻沒有人敢拿手抹一抹的。一隊隊前鋒隊走到皇帝跟前，行過軍禮，向左右分開；中間現出一面大纛旗來，上面繡著一個大年字。

祇見年大將軍頂盔貫甲，立馬在門旗下；這邊皇帝兩旁文自尚書侍郎以下，武自九門提督以下，都按品穿著蟒袍箭衣，卻個個熱得汗透重衣。那年大將軍和岳將軍一見了皇上的御駕，忙滾鞍下馬，匍匐在地，行過大禮；接著，那總兵、提鎮、協鎮、都統等一班武官，一個個上來朝見。

皇帝吩咐賜宴，年大將軍跟著皇上走進行帳去，一同坐席；那般王公大學士貝勒貝子，在左右陪宴。九門提督兵部尚書和一班在京的武官，陪著岳鍾琪及一班出征的官員，在帳外坐席。一時觥籌交錯，君臣同樂。皇帝在席間即談起處死胤禩胤禟的事情；年羹堯聽了，不覺打了一個寒噤，嘴裏雖不說，心中卻想：「好一個陰狠的皇帝，我以後卻要留心一二。」

接著，皇帝又問起：「那班出征的英雄好漢，卻如何了?」

年大將軍回奏：「臣奉了皇上的密旨，到青海西藏，擄得敵將的妻女，選那美貌的，都賞給他們做了妻子，便是那羅卜的母妹，臣也作主，賞給了那管血滴子的做了妻子。如今他們個個被美色迷戀住了，只願老死在那地方，不願再回京來了。」

雍正皇帝聽了，笑道：「國舅妙算，人不可及！」邊說話時，酒已吃完，年羹堯起來告辭；說道：「微臣軍務在身，不敢久留。」雍正皇帝格外殷勤，親自送出帳來。一抬頭見那班士兵，依然甲冑重重，直立在太陽光下面；那臉被太陽光曬得油滑光亮，卻不敢動一動。

皇帝看了，心中有些不忍，便對內監說道：「傳諭下去，叫他們快卸了甲罷。」那內監忙出去，高聲叫道：「皇上有旨，兵士們卸甲。」誰知道那太監連喊了三回，那班兵士們好似不曾聽得一般，依舊站著不動；那太監沒奈何，祇得回來奏明皇帝。

這時年羹堯正和皇帝說著話，也不曾留心皇帝傳諭；後來雍正皇帝聽了太監的話，知道自己的聖旨不中用，便對年羹堯說道：「天氣太熱，大將軍可傳令，叫兵士們卸了甲罷。」

那年羹堯聽了，忙從袖裏掏出一角小紅旗來，只一閃，便聽得嘩啦啦一陣響，那三萬人馬一齊卸下甲來；一片平陽上，盔甲頓時堆積如山。

雍正皇帝看了，不覺心中一跳；他想：「這還了得，倘然他一旦變起心來，朕的性命，豈不是在他手掌之中麼？」

皇帝心中十分懊惱，年羹堯心中卻十分得意；他奏說道：「軍中祇有軍令，不知有皇命。還請陛下明鑒。」

皇帝聽了這個話，心中越發不快，便也不作聲；年羹堯看看皇上的臉色不對，心中已有幾分明白，忙告辭回營。從此以後，雍正皇帝看待年羹堯，外面禮貌雖格外隆重，暗地裏卻步步留心；替年大將軍在京裏收拾一座高大的府第，卻派著許多偵探，在大將軍府中監察著。

看看假期已滿，年羹堯便辭別皇上，回陝甘總督任去；一路自有地方官照料。其中有幾個皇帝派去的偵探，也添在他的隨從人員裏，直到陝甘任所；以後年大將軍的一舉一動，都有人報到京裏，那年大將軍卻矇在鼓裏。他自已仗著是擁戴功臣，新近又打平了青海，在陝甘一帶地方，天高皇帝遠，漸漸有點胡作妄爲起來。

前面已經說過，年羹堯精力過人，他每晚睡覺，必定要有五六個粗壯蠻女輪流伺候他；倘然沒有大力的女人，休想安睡。你想天下的美人，總是嬌嫩的多，如何經得起他的蹂躪？因此，他也不愛那些楊柳似的女人，在外面雖一般也有三妻四妾，個個長得長眉侵鬢，粉臉凝脂；在年大將軍眼裏，都拿她們當畫裏人看，好看不中吃的。

他無論出征進京，行轅中總藏著十個村婦，挨班兒服侍他。直到他做陝甘總督，年紀也大了，精力也衰了，才慢慢的和這班美人兒廝混起來；但是這時候，那班美人年紀都在三十左右，年大將軍看看她們妙年已過，便有點厭惡起來。便打發他的手下人在青海西藏一帶，搜尋年輕的回婦。說也奇怪，那班回婦卻長得美貌得多，不上半年，已搜得了十多個妙齡的少婦；年大將軍便天天和這班回婦尋歡作樂。

到第二年時，年大將軍帶了大隊人馬，到陝甘青藏一帶地方出巡去；看看到了西寧地方，便有一位藏古貝勒，名叫七信的，出來迎接。年大將軍有一個極壞的脾氣，他每到了一個地方官衙門裏，非但要地方官出來迎接，連那地方官的妻子、姊妹、女兒，都要叫她們出來迎接；凡見了略平頭整臉的，便和她調笑一番，尋尋開心。那地方官忍辱含垢，都是敢怒而不敢言。

如今他到了西寧地方，自然有一班官員和官員的眷屬出來迎接；別的女人倒也平常，獨有那七信的女兒，名叫佳特格格的，卻長得天仙也似的美貌，看她又嫵媚又華貴。年大將軍不覺動了心，夜裏便安榻在七信貝勒府裏；睡到半夜裏，他實在想這位美人想得厲害，便喚一個心腹小僮進來，命他拿著軍令，到內院去傳佳特格格來侍寢。

那佳特格格見了軍令，一半有些害怕，一半也有些羨慕大將軍的威勢，便悄悄的跟著那僮兒到外院去，伴著年大將軍過宿。一宵風流，他兩人便萬分恩愛。第二天，七信貝勒知道了這件事，見木已成舟，且也怕年大將軍的勢力，便也把這位掌上明珠送給了年羹堯。

年羹堯得了這位美人，便十分寵愛起來；一路出巡，都帶著這位美人睡在帳中，把那班回婦卻丟在腦後。他因爲要賣弄自己的勢力，又要討好這位美人，便傳下將令去，著軍門提督富玉山，在他帳外吹角守夜。

你想，堂堂一位提督，如今替年羹堯打更守夜，未免太下不過去；但是害怕他的威力，也是無可如何。年羹堯夜夜同著佳特格格睡在帳中，耳中祇聽得帳門外「嗚嗚」一聲高、一聲低的吹著角，心中覺得十分適意。

夜夜這般吹著，那佳特格格便問：「誰在外面吹著角兒？」

年羹堯聽了，把格格的腰手兒向懷中一拉，笑說道：「因爲格格睡在裏面，我便吩咐提督在外面把門。」

那格格聽了，把小嘴兒一噘，說道：「我不信！那有做到提督大人，肯替將軍把門的？」

年羹堯說道：「妳若不信，我可以立刻喚他進來給妳看。」說著，便吩咐僮兒：「把富提督喚進來。」

那僮兒便出帳去，過了一會，領進一個人來，年羹堯一看，不是那提督富玉山，卻是那富玉山手下的一個參將。

年羹堯問：「富提督到什麼地方去了？」

那參將知道事情不妙，忙跪下來說道：「富提督因有要事，回帳去一趟，且喚卑職暫時替代。」

那年羹堯聽了，冷笑了一聲說道：「好一個大膽的富玉山，他敢不守軍令，給我一齊砍了！」

這句話一出口，便有刀斧手進來，把這個參將撤出營去，停了一會，便送進兩顆頭來，一個是提督，一個是參將。年羹堯吩咐拿出號令。自從年羹堯殺了這個提督以後，他手下的兵心，卻漸漸有點不服起來；但年羹堯卻矇在鼓裏，依舊是作威作福。

這時他已經出巡回來，住在總督衙門裏，他大兒子年斌已封了子爵，第二個兒子年富，也封了一等男爵，都帶著兵馬，駐紮在外面。年斌打聽得父親殺了富提督，擅作威福，心下大不以爲然，便特意進省來拜見父親。說：「我們父子全仗軍心，軍心一散，萬分危險；如今父親殺了沒有罪的富提督，實在叫兵士們寒心的。」

那年斌話沒有說完，年羹堯早已大怒，喝一聲：「孽畜！你敢是煽動部下來謀害你父親嗎？我如今先殺了你！」接著喝一聲：「綁出去！」便有四個如狼似虎的家將，進來把年斌綁住。

這時，年斌的妻子于夫人正在後屏偷聽；見公公要殺她的丈夫，如何不急，忙趕到內院去，跪倒在

她婆婆跟前，求她快快去救丈夫的性命。她婆婆陳夫人祇生得年斌一個兒子，聽了如何不急；但他老夫妻兩人，早已沒有恩情，量來自己去求情，是不中用的。便想起她家中的教書先生王涵春，是年羹堯十分敬重的人；凡是王先生的話，年羹堯從沒有不依的。

當下她婆媳兩人便站起身來，扶著隨身丫鬟，急匆匆的從大廳後面繞過西書房去；這時，王涵春正教年羹堯的小公子，名叫年成的，在書房中對客，忽然看見她婆媳兩人滿面淚痕，急匆匆的走來；跨進書房，便雙雙跪倒，不住的求著王先生去救年斌的性命。

王先生一時摸不著頭腦，還是于夫人約略說了幾句，王涵春聽了，拔起腳來便走；趕到大廳上，祇見那大公子被四個家將押著，垂頭喪氣的出去。王涵春忙上去攔住了，一面走進大廳去，見年羹堯氣憤憤的坐在上面。

他一見王涵春，卻又滿面堆下笑來，起身迎接。王涵春坐下來，先說了些閒話，再慢慢談起年斌的事；王先生用極和順的口氣，反覆勸說了一番，又說：「大公子是一位孝子，他怕將軍中了部下的暗算，才敢直言進諫。」

那年羹堯平日原是十分相信這位王先生的，如今被他再三勸說了一番，便不覺恍然大悟，忙傳令下去，叫把大公子放了。那年斌進來，謝了父親的恩典，退進後院，拜見母親去了。這裏，年羹堯吩咐擺上酒菜來，賓主二人，開懷暢飲。

看官，你知道年羹堯這樣一個天不怕地不怕的人，為何卻敬重這位教讀老夫子？原來這裏卻有一個原由，這個原由說來話長。

那時，年羹堯的父親年遐齡，空有萬般家財，在三十歲時，生了一個大兒子，名希堯；看看自己到了四十歲，還不曾生第二個兒子，心中十分懊惱。後來他的夫人在三十八歲時，又得了一胎，生下一個年羹堯來，把個年遐齡快活得，把個年羹堯寵上天去。看看到了八歲年紀，還不曾上學；年遐齡便去請一位飽學先生，來給他上學。誰知道年羹堯自小生性粗蠻，也不願讀書，見了先生，開口便罵；那先生生氣，便辭館回去。一連換了五六個師傅，他總是不肯讀書。

他年紀慢慢的長大起來，又天生的一副銅筋鐵骨，他後來不但見了先生要罵，且還要打呢。那許多先生，個個被他氣走；從此以後，嚇得沒有人敢上門來做他的先生。那年羹堯見沒有先生，樂得放膽遊玩，這幾年，被他在府中翻江倒海的玩耍，險些不曾把家中的房屋拉坍。

看看已到十二歲了，還是一個大字也不識，年遐齡心中十分煩悶。有一天，他帶著兒子在外面閒玩；忽然一個走方郎中，搖著串鈴兒踱來。走到年家門口，向年羹堯臉上仔細一看，說道：「好一位大將軍！」

第三十五回　威懾天下

卻說這位走方郎中，原是有本領的；當時他看定這十二歲的小孩子，將來有大將軍之命。年遐齡還不十分相信，那位走方郎中又仔細一看，連連說道：「險啊！將來光大門楣也是他，險遭滅門大禍也是他；須要多讀些詩書，才可免這禍事。」

年遐齡聽說提起他兒子讀書的事情，便打動了他的心事；嘆了一口氣說道：「這孩子便壞在不肯讀書！」

那郎中說道：「老先生倘然信託晚生，包在晚生身上，教導他成個文武全才。」

年遐齡聽他說話有幾分來歷，便邀他進府中暫住一宵；那郎中把自己的來歷和教導年羹堯的法子，細說一番，說得年遐齡十分佩服。到了第二天，便要請他做先生。

這郎中說道：「且慢，老先生且拿出二萬兩銀子來，交給晚生，晚生自有辦法。」

年遐齡聽了，略不遲疑，便拿出一扣錢莊摺子來交給先生，任憑先生用去。從此以後，全家上下，

都稱他先生。

那先生拿了銀錢，依舊不管教年羹堯；祇是在年府後面買了一方空地，僱了許多工匠，立刻蓋造起一座花園來。樓臺曲折，花木重重，中間又造了一座精美的書室；直到殘冬，才把一座花園造成。四週高高的打一重圍牆，獨留著西南方的一個缺口。

先生便揀定明年正月十六日，爲年羹堯上學的好日子；到了那日，年遐齡便備辦下酒席，請了許多親友來陪先生吃酒，吃完了酒，年遐齡便親自送年羹堯上學去。他向先生作了三個揖，說了種種拜託的話，轉身便走。先生把年遐齡送出了那圍牆的缺口，吩咐工匠，把那缺口堵塞起來，祇留一個小窗洞，爲遞送茶水之用；那年羹堯住在圍牆裏面，祇因花園蓋造得曲折富麗，一天到晚玩著，卻也不覺得氣悶。

那先生坐在書房裏終日手不釋卷，也不問年羹堯的功課；年羹堯也樂得自由自在，在花園中遊來玩去；他自從到了花園裏，從不曾踏進書房一步，也從不曾和先生交談一句。他高興起來，便脫下衣褲，跳下池中，去游一回水；有時爬到樹上去捉雀兒。春天放風箏，夏天釣魚，秋天捉蟋蟀，冬天撲雪；一年四季，儘有他消遣的事情。有時玩厭了，便搬些泥土，拔些花草，也是好的。

他在花園裏，足足玩了一年；好好一座花園，被他弄得牆坍壁倒，花謝水乾，甚至那牆角石根，都被他弄得斷碎剝落。祇有那先生住的一間書房，卻不曾進去過。便是那先生眼看著年羹堯翻江倒海，他也不哼一聲兒。後來年羹堯玩得實在膩煩了，便進書房去，惡狠狠的對先生喝道：「快替我開一個門兒，我要出去了！」

先生冷冷的說道：「這園中沒有門的，你倘要出去，須從牆上跳出去。」

年羹堯見不給他開門，便拿著小拳頭，向先生門面上打去；祇見那先生雙眼一瞪，伸手把他臂膀接住，年羹堯不覺啊唷連聲。先生喝他跪下，他怕痛，不得不跪下；先生放了手，他一溜煙，逃出房門去，一連幾十天不敢踏進書房去。

看看又到了秋天，景氣蕭索，年羹堯也實在玩不出新鮮花樣來了，便悄悄的走進書房去；祇見先生低著頭，在那裏看書，他站在書桌邊，默默的看了半天；忽然說道：「這樣大一座園子，也被我玩厭了；你這小小一本書，朝看到夜，夜看到朝，有什麼好玩？」

那先生聽了，呵呵笑道：「小孩子，懂得什麼？這書裏面有比園子幾千倍大的景子，終生終世也玩不完，可惜你不懂得。」

年羹堯聽了，把頸子一歪，說道：「我卻不信，你且說給我聽聽，怎麼的好玩法？」

那先生聽了，搖著頭說道：「你先生也不拜，便說給你聽，沒有這樣容易。」

那年羹堯聽了，把雙眉一豎，桌子一拍，說道：「拜什麼鳥先生！我也不希罕！」說著，便一捽手出去了。這先生也任他去，不去睬他。

又過了十多天，年羹堯實在忍耐不住了，便走進書房來，一納頭便拜；說道：「先生教給我罷！」先生這才扶他起來，喚他坐下。第一部便講「水滸傳」給他聽，把個年羹堯聽得手舞足蹈；接著又講三國志、岳傳，和古來英雄的事蹟、俠客的傳記。接著，又講兵書、史記、經書以及各種學問的專書；空下來又教他下大旗、射箭、投壺。後來慢慢的把十八般武藝，件件精通；又教他出兵行陣的法子，飛簷走壁的技能。足足八年工夫，教成一個文武全才。

他先生便叫年羹堯自己打開圍牆出去，拜見父親；那年遐齡八年工夫不見他兒子，如今見他出落得一表人才，學成文武技能，如何不喜，忙去拜謝先生。那先生拱一拱手，告辭去了；任你年遐齡父子再三挽留，也留他不住。他臨走的時候，祇吩咐了年羹堯：「急流勇退」四個字。年羹堯如今富貴已極，卻時時感念他的先生！因此，他如今也十分敬重這位王先生。

這位王涵春，雖敵不得年羹堯的先生文武通才，但在年大將軍家裏卻也十分忠心。便是年大將軍也十分信託他。他除了教小公子讀書以外，兼管著年家的家務；年大將軍沒事的時候，也常常找王先生說話去。

這王先生是一位仁厚的長者，他見年大將軍殺人太多，心中萬分不忍；祇因年大將軍性如烈火，也不好勸得。年家有兩個廚子，一個丫鬟，爲王先生送去性命，這是王先生一生一世不能忘記的。他在臨睡的時候，總要念幾卷金剛經超度他們；這件功課，他到老也不肯間斷。

第一個廚子姓胡，在年大將軍府裏當廚子已有四年了；有一天，年大將軍請客吃酒，有一樣菜，名叫黿裙，是年大將軍特意點做的。這時王涵春坐在第一位，家奴送上一大盤黿裙來；王涵春不知是什麼菜，問時，年大將軍解說，是黿魚背上四邊的肉，稱做黿裙。說著，舉起箸來遜客。

王涵春夾了一塊在嘴裏，正吃時，年羹堯問他：「調味濃淡如何？」

這時因菜太熱，王涵春舌根上被菜燙得開不得口，祇皺著眉頭，把頭略搖一搖。年大將軍看了，認做王先生嫌味兒不佳，便回過頭去，暗暗的向門外的侍衛點了一點頭；過了一會，祇見那侍衛手中捧著一個珠漆圓盤，盤上遮著一方紅布，走進屋來，向上一跪，嘴裏高聲說道：「胡廚子做菜失味，如今砍下他的腦袋來了。」說著，把那紅布一揭，祇見盤中擱著一顆血跡模糊的人頭；把屋子的客人，嚇得個個轉過臉兒去，不敢睜眼。

王先生問：「究竟爲了什麼事？」

年大將軍說：「因見先生皺著眉頭，知道味兒不佳，所以吩咐把他砍了。」

那王先生聽了，不覺直跳起來，連說：「罪過！」才把因自己燙嘴皺眉頭的原因說了出來，那年羹堯聽了，也不說什麼，祇是一笑罷了。

胡廚子被殺死了以後，接下去的一個錢廚子，也知道從前的胡廚子，因做菜失了味兒被砍腦袋的，便格外小心；每天吃什麼菜，先去問王師爺。這樣子做了一年，倒也平安無事。

這王先生是杭州人，有一天，他忽想起杭州的豆腐腦十分有味；第二天便吩咐錢廚子，做一碗豆腐腦。年大將軍和王先生是同桌吃飯的，見了這碗豆腐腦，他便勃然大怒，說：「豆腐腦是最賤的東西，如何可以這麼怠慢先生？」喝一聲：「砍下他的腦袋來！」

嚇得那王先生忙下來攔住，說明這碗豆腐腦是自己特意要的，年羹堯才罷休。又嘗嘗那豆腐腦的味兒，十分可口，便吩咐：「以後每天做一碗豆腐腦，請先生吃。」

這王先生天天吃著豆腐腦也吃厭了，祇是不敢說。後來那錢廚子因家中有事，告假回去，便僱用了一個新廚子，聽說王師爺要吃豆腐腦，也照樣做了一碗。年羹堯一嘗，那豆腐又老，味兒又苦，不覺大怒，喝一聲：「取下腦袋來！」王先生急要攔時，已來不及了。

後來，那錢廚子假滿回來，依舊做一碗豆腐腦，那味兒依舊是十分鮮美。王先生詫異得很，暗地裏喚廚子來問時，那錢廚子說：「每一碗豆腐腦，用一百個鯽魚腦子和著，才有這個味兒。」

那王先生聽了，連聲說道：「阿彌陀佛！這新廚子真死得冤枉，叫他如何知道呢？明天快把這碗菜免了罷。」

過了幾天，年羹堯又想出一樣新鮮小菜來，立刻請了許多賓客。那王先生依舊坐了首席，酒過數巡，祇聽得年大將軍吩咐上菜；祇見每一桌上，上間安著一個大暖鍋，暖鍋裏煎著百沸的雞湯魚翅。又每人跟前，安一個五味盆，一個銀鎚子，一把銀刀，一柄銀匙；大家看了，都莫名其妙。

過了一會，每人跟前擱著一個小木籠，籠裏囚著一隻小猴兒；那猴頭伸出在籠頂外，好似戴著枷鎖一般，把猴子的頸子鎖住，使他不能伸縮。年大將軍先動手，舉起鎚子，在猴子的頂門上打一下，打成一個窟窿；再把銀匙探進窟窿去，挖出腦髓來，在暖鍋裏略溫一溫便吃。吃到一半，又拿銀刀削去猴子的腦蓋，再挖著吃。當時許多客人見了年羹堯的吃法，都如法炮製；一時裏，猴兒的慘號聲、刀鎚的磕碰聲、客人的讚美聲，諸聲並作。

王先生坐在上面，早已嚇怔了，便推說頭痛，溜回房去；那班客人吃得個個舐嘴咂舌，連稱異味，年羹堯也吃得呵呵大笑。這一席酒，直吃到日落西山，殺了一百頭猴子。年大將軍吃得酒醉飯飽，便踱進書房來看望王先生；這時恰巧有一個丫鬟送茶給王先生，那王先生一面伸手接茶，一面起身招呼年羹堯，兩面一脫手，忽榔一聲響，一隻玉杯兒打碎在地，濺得王先生一身的茶水。

王先生忙拿手巾，低著頭抹乾那茶漬，耳中祇聽得颼一聲響，急抬頭看時，那丫鬟的腦袋已經給年羹堯砍落在地。王先生到這時，忍不住把年羹堯勸說一番；又說：「從來說的功高震主，大將軍在此的一舉一動，難保沒有皇上的耳目在此，大將軍如今正該多行仁德，固結軍心。」

這王先生正說著，忽然外面送進一角文書來；年大將軍看時，認得是他在京裏的心腹寫來的信。打開信來一看，早把個氣燄萬丈的年羹堯矮了半截；祇聽他嘴裏不住的說道：「休矣！休矣！」那王先生接過信來一看，也不覺愁眉雙鎖起來。

原來年羹堯在任上的一舉一動，都有偵探暗地裏去報告皇上知道，接著那都御史上奏章，狠狠的把年羹堯參奏了一本；內而六部九卿，外而巡撫將軍，都紛紛的遞著參摺；最兇的幾條，說他潛謀不軌，草菅人命，佔淫命婦，擅殺提督。年羹堯看了，知道自己性命不保，便連夜整理些細軟，把小公子年成，託給王先生帶到南方去撫養成人，延了年家的一支血脈。

這裏王先生才走，那北京的聖旨已經到了。那聖旨大概說道：

> 近年來，年羹堯妄舉胡期恆為巡撫，妄參金南瑛等員，騷擾南坪寨番民，詞意支飾，含糊具奏；又將青海蒙古饑饉隱匿不報，此等事件，不可枚舉。年羹堯從前不至於此，或係自持己

功，故為怠玩；或係誅戮過多，致此昏聵。如此之人，安可仍居川陝總督之任？朕觀年羹堯於兵丁尚能操練，著調補浙江杭州將軍；總督印務，著奮威將軍甘肅提督兼理巡撫事岳鍾琪速赴西安署理。其撫遠大將軍印，著齎送來京；奮威將軍印，如無用處，亦著齎送來京。

岳鍾琪和年羹堯交情很好，得了這個消息，忙趕到西安來；一面接收年羹堯的印信，一面用好話安慰，答應他上奏章，代求保全。又撥了一百名親兵沿路保護著。這年羹堯和岳鍾琪揮淚分別，看看到了江蘇的儀徵地方；這地方有水旱兩條道路，從水道南下，便可直達杭州，從旱路北上，也可以直達北京。

年羹堯心想：「皇上做郡王的時候，我也曾出過力來；如今我倘能進京去面求恩典，皇上看在我擁戴的功勞上，便復了我的原官，也不可知。」想罷，便親自動筆寫奏章；裏面有幾句道：「儀徵水陸分程，臣至此靜候綸音。」這不過想皇上回心轉意，進京面陳的意思。

誰知雍正皇帝看了這奏章，越發觸動了他的忌諱；他疑心年羹堯存心反叛，要帶兵進京來逼宮；便將奏章交給吏部等衙門公閱。從來說的，牆倒眾人推；況且年羹堯平日威福自擅，得罪官場的地方很多，那班官員，你也一本，我也一本，眾口一辭，說年羹堯受莫大之恩，狂妄自此，種種不法，罪大惡

極，請皇上乾綱獨斷，立將年羹堯革職，並追回從前恩賞物件。接著又有許多沿路人民，紛紛控告年羹堯，沿途驅擾，這分明是那仇家指使出來的。

那雍正皇帝看了，十分震怒，一夜工夫，連下十八道諭旨，把個赫赫有名的川陝總督、撫遠大將軍年羹堯，連降了十八級，變做一個看管杭州武林門的城門官兒；這年羹堯到了此時，也是無可奈何，祇得孤淒淒的一個人，帶了幾名老兵，到杭州做城門官去。

那做城門官的，見有官員們進出，例須衣帽接送；那武林門又是熱鬧的所在，每日進進出出的官兒，不知有多少。卻巧，這時做杭州將軍的不是別人，正是從前在年羹堯手下當過中軍官，幾乎被他殺死，後來罰他在橋下當更夫的陸虎臣。

那陸虎臣鑽了別人的門路，三年工夫，居然官做到提督；他聽到年羹堯被罰落在杭州看城門，便竭力運動去做杭州將軍。這真是冤家路窄，他到任這一天，擺起全副隊伍，整理進城；全城的文武官員都在城門口迎接，獨有那位城門官兒年羹堯若無其事，自由自在，穿著袍褂，在廊下盤腿兒坐著，向著日光。待到陸虎臣走到他跟前，他依舊是不理不睬。

陸虎臣不覺大怒，喝一聲：「年羹堯！認識我嗎？爲何不站起來迎接？」

年羹堯聽了，向他微微一笑，說道：「你要我站起來嗎？我卻要你跪下來呢！」

陸虎臣哈哈大笑道：「我堂堂頭品官兒，難道跪你這個城門官兒不成？」

年羹堯說道：「雖不要你跪見城門官兒，你見了皇上，總該跪下？」

陸虎臣點著頭說道：「那個自然。」

年羹堯不慌不忙站起身來，說道：「陸虎臣，你看我坐著的是什麼？」

陸虎臣看時，見他身下坐著的是一方康熙皇帝賞賜的舊龍墊；他懷中又拿出一方萬歲牌來，擱在龍墊上，喝一聲：「陸虎臣跪！」

那陸虎臣不知不覺跪下地去，行過三跪九叩首禮；年羹堯才把萬歲牌捧進屋子去，供著。

從此以後，陸虎臣心中越發銜恨；回到衙門去，連夜上奏章參年羹堯。說他有大逆之罪五，欺罔之罪九，僭越之罪十六，狂妄之罪十三，專擅之罪六，貪贓之罪十八，忌刻之罪六，侵蝕之罪十五，殘忍之罪四：共計九十二大罪。按例便該凌遲處死。

這本奏章，真是年羹堯的催命符；聖旨下來，姑念年羹堯平定青海有功，著交步軍統領阿齊圖監賜自裁。年富依仗父勢，無惡不作，著即正法。年遐齡、年希堯，著遞奪爵位，免議處分。所有年羹堯家產，盡數查抄入官。這道聖旨下去，年氏全家從此休矣；這雖是年羹堯驕橫之罪，也是雍正皇帝有意要毀滅功臣的深意。

當時年羹堯雖死了，卻還有國舅隆科多和大學士張廷玉、將軍鄂爾泰三人在世，他三人都是參與密謀的，雍正皇帝刻刻在念，總想一齊除去他們，苦得沒有因由。那時凡是朝廷外放的大員，皇帝便派一個親信的人，暗地裏去充他的幕友或是親隨；監察著那大員的舉動，悄悄的報入宮廷。

其中單說一位河東總督田文鏡，他和鄂爾泰、李敏達一班大臣最是莫逆；他外放的時候，李敏達薦一位鄔師爺給他。田文鏡因爲鄔師爺是李敏達薦的，便格外看重他，諸事和他商量。

鄔師爺問田文鏡道：「明公願做一個名臣嗎？」那田文鏡當然說願做一個名臣。

鄔師爺說道：「東翁既願做一個名臣，我也願做一個名幕。」

田文鏡問道：「做名幕怎樣？」

鄔師爺道：「願主公給我大權，諸事任我去做，莫來顧問。」

文鏡問：「先生要做什麼事？」

鄔師爺道：「我打算替主公上一本奏章，那奏章裏面說的話，卻一個字也不許主公知道；這本奏章一上，主公的大功便告成了。」

田文鏡看他說話很有膽量，便答應了他；鄔師爺一夜不眠，寫成一本奏章，請田文鏡拜發。那奏章到了京裏，皇帝一看，見是彈劾國舅隆科多的奏本；說他枉法貪贓，庇護年羹堯，又恃功驕橫，私藏玉牒，謀爲不軌，種種不法行爲。皇帝看了，正中下懷，便下旨削去隆科多的官爵，交順承郡王錫保嚴刑審問。

隆科多是擁戴的元勳，他見皇帝翻了臉，如何肯服；當順承郡王審問的時候，他便破口大罵，又把皇帝做郡王的時候，如何謀害太子，如何私改遺詔，給他統統說個痛快。那順承郡王見他說的太不像話，便也不敢多問；一面把隆科多打入囚牢，一面具題擬奏，說隆科多種種不法，罪不可恕，擬斬立決。

後來佟太妃知道了，親自去替他哥哥求皇上饒命；皇帝也念他從前的功勞，饒他一死。下諭道：「隆科多念他是先朝的舊臣，免其一死，著於暢春園外築室三間，永遠監禁。妻子家產，免與抄沒。」這樣一辦，雍正皇帝又了卻一筆心事。

那田文鏡從此名氣便大起來，皇上傳諭嘉獎，又賞了他許多珍貴品物；內而廷臣，外而督撫，都見了他害怕。因爲這件事情，田總督又送了鄔師爺一千兩銀子。這鄔師爺見總督重用他，便飛揚跋扈起來；在外面包攬詞訟，佔淫民婦，無所不爲。這風聲傳到總督耳朵裏，如何能容得，立刻便把鄔師爺辭退了；這鄔師爺走出衙門，也不回家，便在總督衙門口買一座屋子住下，終日遊山玩水，問花尋柳。

說也奇怪，這田文鏡自從辭退鄔師爺以後，便另請了一位幕友；每逢奏事，總遭駁回，有時還要傳旨申斥。田文鏡害怕起來，託人依舊去請這位鄔師爺；那鄔師爺大搭其架子，不肯再來。後來經中間人再三說項，鄔先生說出兩個條件來：第一件，不進衙門，便在家裏辦公；第二件，每天須送五十兩紋銀元寶一隻。

田總督爲保全自己的功名起見，便也沒奈何，一一答應了他。從此以後，鄔師爺住在家裏，每天見桌上擱著一隻元寶，他便辦公；倘然沒有元寶，他便擱筆。直到田文鏡逝世，那皇帝的恩典還是十分隆厚，聖旨下來，賜謚端肅，在開封城裏建立專祠，入祀豫省賢良祠，後來這位鄔師爺，也不知去向。

後經人打聽出來，這位鄔師爺，原是皇帝派他去監督田總督的。你想，這雍正皇帝的手段，可厲害不厲害？

那時有一位福建按察使王士俊，他進京陛見；臨走的時候，大學士張廷玉薦一個親隨給他。這王士俊帶他到任上，便十分重視他，那親隨也十分忠心。光陰迅速，轉眼已是三年，王士俊因有要事，要進京去請訓，這親隨便於前三日告辭。

王士俊留著他，說：「你家在京裏，我也要進京，咱們一塊兒走，豈不很好？」

那親隨笑笑說道：「不瞞大人說，我本不是什麼親隨，原是皇上打發我，來暗地察看著大人的；如今大人做了三年按察使，十分清正，我便先回京去，替大人報告皇上。」

那王士俊聽了，嚇得他連連向這親隨作揖，嘴裏說：「總總要老哥照拂。」

這風聲傳出去，那班外任官員個個心驚膽戰，時時防備衙門裏有人在暗地裏監督；便是那鄂爾泰和張廷玉兩人，見隆科多得了罪，就明白皇上的用意，便不覺自危。

張廷玉十分乖巧，即上奏章告老還鄉；皇帝假意挽留他，張廷玉一再上本告休，皇帝便准了他的奏；又在崇政殿賜宴餞行。在席上，皇上御筆寫一副「天恩春浩蕩，文治日光華」的對聯，賞張廷玉拿回家去張掛。

張廷玉回家以後，皇帝要收服他的心，便常常拿內帑的銀錢賞他，一賞便是一萬；十年裏面，賞了六次。張廷玉屢次辭謝，聖旨下來說：「汝父清白傳家，汝遵守家訓，屏絕饋贈，朕不忍令汝以家事縈心。」張廷玉無法可想，便在家裏造了一座賜金園，算是感激皇恩的意思。

張廷玉有一位姊姊姚氏，年輕守寡，頗有智謀；她見雍正皇帝毀滅功臣的手段，知道皇上的心是反覆無定的，便回家和張廷玉說明，把張廷玉的家財、圖書、細軟等物，統統搬到她夫家去。果然隔了幾年，不出她所料，皇上聖旨下來，著兩江總督查看張廷玉家產，收沒入官。

後來他的兄弟、親友怕被張廷玉拖累，便大家捐助十萬塊錢擱在他家裏，待總督來察看。後來兩江總督把十萬家產提存在江寧藩庫裏，雖說聖旨下來，發還張廷玉的家產，張廷玉也不敢去具領。

第三十六回　李衛當官

卻說那王涵春帶了年羹堯的小公子晝夜趕路，在路上已聽得傳說年羹堯降調杭州將軍；過了幾天，又聽說聖上連下十八道聖旨，年羹堯連降十八級，做了城門官。到了家裏，又得到年羹堯賜死和二公子正法的消息；那小公子也不敢哭泣，不敢上服。王涵春替他改了名姓，姓黃，名存年。

王涵春家住在揚州半邊街，原是三間平房，如今忽然改造了高樓大廈，王夫人全身穿著綾羅，家中奴僕成群，牛羊滿廄；王涵春十分詫異，問他夫人時，原來在三年前，王涵春出門以後，年羹堯已派了工匠來替他改造房屋，又在錢莊裏存了二十萬銀子，專聽王夫人使用。

如今王涵春把小公子帶回家來，依舊把房屋錢還給小公子；那小公子再三不肯收受，王涵春無法可想，後來還是王夫人想出一個主意來，把自己女兒名叫碧雲的，嫁給小公子，又把小公子招贅在家，兒婿兩當。這時又聽得國舅也革了職了，張廷玉也抄了家了；王涵春嘆了一口氣，說道：「飛鳥盡，良弓藏，狡兔死，走狗烹；這是做功臣的應得的報應！但是也太惡辣了。」

這時皇帝看看他的對頭人都已死盡，功臣也都滅盡，便可高枕無憂了；還有一點放心不下的，便是那太子胤礽的兒子，名叫弘皙的，還帶了妻子在北京城外鄭家莊居住。皇帝怕他有替父親報仇的心思，因此常常派偵探到他家去察看。那胤礽關在監牢裏，被雍正皇帝派人用毒藥謀死，叫這弘皙如何不恨；因此在家裏不免口出怨言，弘皙的夫人瓜爾佳氏卻十分賢德，常常勸丈夫：「言語須要謹慎，倘然傳到皇帝耳朵裏，又是禍水。」

誰知那弘皙怨恨的話語，雍正皇帝早已知道；有一天，忽然來了幾個內監，帶了五六十名兵丁擁進府來，把弘皙夫妻兩人，一齊捉進京去。到得宮中，皇帝在內殿陞座，把他夫妻兩人提上來，親自審問；那皇帝見了弘皙，不覺無名火冒起了三丈，正要發作，一眼見他姪兒媳婦跪在一旁，真是長身玉立，美麗豐潤。

皇帝近來跟著喇嘛和尚玩女人，在女人身上很有些閱歷；他知道那長身肥白的女人，玩起來最是受用。問那年紀，今年三十歲，正是情慾旺盛的時候；他這時也來不及審問弘皙的罪案，忙下座來，親自把瓜爾佳氏扶起。他也忘了這是姪兒媳婦，兩人竟手拉手的走進宮去；第二天聖旨下來，叫弘皙自己回鄭家莊去，又封他做郡王。弘皙想想父親被人謀死，妻子被人霸佔了去，還有什麼臉面活在世上，趁沒人的時候，便拿寶劍在自己頂子上一抹；這一縷陰魂，早跟著他父親去了。

這裏雍正皇帝霸佔了姪兒媳婦以後，朝朝取樂，夜夜尋歡；他高興起來時，便拉著瓜爾佳氏和貴妃到雍和宮看歡喜佛去。這日，恰巧國師領著喇嘛在雍和宮中跳佛，把個雍正皇帝看得心花怒放。什麼叫做跳佛，原來喇嘛的規矩，每月揀一個大吉大利的日子，領著許多女徒弟到雍和宮去；先在外室，把上下衣脫得清淨，走進宮去，捉對兒在佛座下面交戰。那些女徒弟，大半是官家女眷，個個長得妖豔萬分；倘然不是妖豔的女人，也夠不上這跳佛的資格。

雍正皇帝看得興起，也脫去衣服加入團體，和那班女徒弟互相追逐，覺得十分快活。他仗著阿蘇肌丸的力量，便奮勇轉戰，殺得那班女徒弟個個討饒；那班喇嘛都跪下來，口稱萬歲神力，人不可及。從此以後，雍正皇帝有空便到雍和宮去遊玩，倒也把那誅戮功臣的事情，擱在腦後了。

隔了幾天，忽然有一個浙江總督李衛，秘密上了一本奏章，說江西學政查嗣庭，本科文題，是「維民所止」四字；該大臣平日逆跡多端，此次出題，「維止」二字，是取皇上年號雍正二字，而去其首；似此咒詛皇上，實屬大逆不道。

雍正皇帝看了這本奏章，不覺勃然大怒；立刻下諭：「查嗣庭著即革職，解交刑部看管；查該大臣向在內庭行走，後授內閣學士，見其語言虛詐，兼有狼顧之相，料其心術不端，因缺員不得已而派往江西。今閱『維民所止』題目，心懷怨望，譏刺時事之意，不無顯露；想其居心乖張，平日必有記載，著

浙江總督李衛，就近查抄。」

那李衛得了這個旨意，便如狼似虎的帶了幾十名兵丁，親自到查家去查抄；那查老太太嚇得暈絕過去，查嗣庭的夫人祝氏見了，忙走出院子去，喝住那班兵丁，把一家老小救出。李衛查抄了半天，查不出什麼悖逆的著作；後來在他書箱裏，搜出一本日記來，李衛把它拿回衙門去，模仿他的筆跡，加上許多荒唐的說話，送進京去。聖旨下來，查嗣庭叛跡昭著，著即正法；長子查傳隆一併處斬；家屬充軍至黑龍江。

看官，你道這李衛爲何和查嗣庭作對，這裏面卻是爲一個小姐起的。

查嗣庭的女兒倩雲，年紀十七歲，長得十分美貌，卻是十分多情的；查嗣庭收養了一個朋友的孤兒，名徐玉成的住在家裏。那孤兒也長得十分清秀，和倩雲小姐非常親愛；他兩人在私下裏，已經定下終身了。這件事情，倩雲的母親也知道；看看徐玉成這孩子也還長得不錯，也肯用功讀書，十六歲時已經中了秀才。

後來，倩雲小姐美貌的名氣，傳說到外面去，人人知道；這時，李衛和查嗣庭在京裏做同寅，交情也很好，便託人向查嗣庭求婚。這查嗣庭回去和他夫人一商量，那祝氏便把女兒的心事說了出來。查嗣庭愛女心切，也不忍違拗她，便照實回絕了李家。

誰知那李衛見查嗣庭不願把女兒嫁給他，從此含恨在心，處處尋他的錯處；這查嗣庭又是有傲骨的人，如何肯屈服，便也從此疏淡起來。從疏淡而結成冤仇，前幾年，查嗣庭也參了李衛一本，祇因李衛聖眷正隆，不能搖動他；如今卻被李衛報了仇。

查嗣庭被關在刑部監獄裏，待到正法的聖旨下來，查嗣庭已氣死在監獄裏；皇帝卻還不肯饒恕他，拿他戮屍示眾。那倩雲小姐跟著母親祝氏，充軍到黑龍江；沿途挨飢受凍，過山渡水，虧得那徐玉成多情，在一旁照料，直送到黑龍江。徐玉成靠教讀餬口，養活她母女二人。

自從興了這文字獄以後，雍正皇帝便常常留心那班讀書人的著作；並叮囑一班心腹大臣隨時查察。不多幾天，便又有陸生梅的文字獄。

這陸生梅，是禮部的供事人員，他因爲迎合諸王求封建的心理，做了十七篇通鑑論。他文章裏說，封建制度如何有益，郡縣制度如何有弊，便有討好的人，拿他的文章到順承郡王錫保衙門裏去告密。那順承郡主受了皇帝的託付，正沒有法想；如今得了這通鑑論的真實憑據，便鄭重其事的專摺入奏，說通鑑論盡抗憤不平之語，其論封建之利，更屬狂悖，顯係非議朝政，罪大惡極。雍正皇帝看了這本奏章，十分動怒；立刻下旨，說陸生梅邪說亂政，著即在軍前斬首。

誰知這裏陸生梅才死，那江浙地方又鬧出兩件文字案子來。一件是浙江人汪景祺，做了一部「西征

隨筆」，書中誹謗朝廷、稱頌年羹堯的地方很多；後來給地方官查出了，報上朝廷，聖旨下來，汪景祺犯了殺頭之罪，妻子充發黑龍江。另一件是侍講錢名世，他和年羹堯是知交；年羹堯在日，他做了許多稱頌年羹堯的詩。如今被地方官查出了，報進京去；聖旨下來，說他諂媚權貴，革職回籍。雍正皇帝又寫了一方名「赦罪人」的匾額，叫錢名世拿回去掛在家裏，是羞辱他的意思。

雍正皇帝這種惡辣的舉動，原想鎮壓人心，誰知朝廷越是兇狠，那人心越是憤怒；人心越是憤怒，朝廷的防備越是嚴密。雍正皇帝在宮中閒暇的時候，想起還有一個大盜魚殼還沒有除去，終是心頭大患；打聽得他在淮北微山湖一帶出沒，打劫來往客商，便秘密下一道聖旨給兩江總督于清瑞，就近查拿，立即正法。

這于清瑞原是捕盜能手，他得了這聖旨，便私地察訪；他打聽得魚殼原住在微山湖中，他打劫的，盡是一班貪官污吏，奸商劣紳。這魚殼當初原是康熙皇帝請去保護太子胤礽的，後來太子被廢了，雍正皇帝也曾去請他過；祇因他感激太子的恩德，不肯幫雍正去謀害太子，便帶了一個女兒，名叫魚孃，住在微山湖裏，專替地方上做些抱不平的事情；因此那微山湖附近的百姓，都十分感激他。

如今朝廷有聖旨下來，要捉拿魚殼，早有人報信給魚殼；魚殼聽了，毫不驚慌，祇把他女兒魚孃去寄在一個朋友，叫虬髯公的家裏。隔了二天，那兩江總督便親自來見他，魚殼見了這于清瑞，老實不客氣的說雍正皇帝如何殘暴，自己做的事如何俠義；這于清瑞因爲他是江湖上有名的俠盜，也不敢得罪他，祇和他商量聖旨叫他來捉拿的事。

那魚殼一點也不害怕，慷慷慨慨的自己走到江寧監牢裏去監禁起來；過了幾天，江湖上傳說，魚殼大盜已被兩江總督從牢裏提出來正法了。這個消息傳到魚孃耳朵裏，哭得死去活來；從此以後，她便立志替父親報仇，天天跟著虬髯公練習武藝，這且不去說他。

卻說雍正皇帝殺了魚殼，從此天下沒有他的對頭人了，心中十分快活。誰知隔不多天，那四川總督岳鍾琪有密摺遞進來，說湖南人曾靜結黨謀反；雍正皇帝心想：我如此嚴厲，卻還有這大膽的什麼曾靜敢來嘗試，非重重的辦他一辦不可；立時派了滿漢大臣兩員，到四川去會同岳鍾琪，從嚴查辦。

如今我再說那曾靜，號蒲澤，原是湖南的一個飽學之士；他見清朝皇帝一味壓迫漢人，心中十分憤恨，常常想集合幾個同志起義，驅逐滿人，恢復中原。有一天，他在家鄉地方一個同志朋友，名叫張熙的家裏，借到一本呂晚村著的「時文評選」；裏面說的大半是華夷之別，封建之善，又說君臣的交情如朋友，不善則去之；又說攘夷狄、救中國於被髮左衽，是君子之責。總之，滿紙都是排斥滿人的話。曾靜看了，不禁拍案叫絕。

這呂晚村，名留良，是湖南地方一個有名的文人；他手下學生不少，個個都是有學問的。康熙皇帝

打聽得他的名氣，便派人推薦他去博學鴻詞科；呂晚村心中是恨極滿人的，他如何肯去做官，便剃去了頭髮，逃到深山裏做和尚去。他兒子呂毅中，也是一個有志氣的人，當下便和他父親的門生嚴鴻逵、沈在寬一班人，結了一個黨，把父親著作拿出去輾轉傳抄。

那張熙也抄得一份藏在家裏，恰巧給曾靜走來看見了，問起：「呂毅中在什麼地方？」張熙說：「便在本城。」

曾靜便拉了張熙，連夜去見呂毅中，呂毅中又邀他去見一班同志；因此兩面集合起來，結成了一個大黨。

曾靜自己說：「認識四川總督岳鍾琪，此去憑我三寸不爛之舌，說服他起義。咱們便在湖南響應。」

那班同志聽了，連聲說妙。當時曾靜和張熙一班人，便動身到四川去，見了岳鍾琪，便說他是南宋岳飛的子孫，如今滿清皇帝也是金兀朮的子孫；現值總督，身統大兵，國仇家恨，不可不報。岳鍾琪一時裏聽了曾靜的話，心中有幾分感動；他回想到從前年羹堯的死，不覺自己也寒心起來。後來細細的和曾靜談論，知道他是秀才造反，毫無實力的；心中便立刻變計，一面假意和他們立誓結盟，一面悄悄的行文給湖南巡撫，叫他暗地裏把呂毅中一班人看守起來，自己遞一個密摺到京裏。

不多幾天，那皇上派來的兩位大員來到四川，把曾靜、張熙一班人一齊捉住；審問起來，曾靜也不抵賴，一五一十的招認了。那兩位欽差把這班犯人一起帶到湖南；那湖南巡撫早把呂毅中一家人，和那門生沈在寬、嚴鴻逵一班人捉住，一審便服。欽差官據情入奏，皇上聖旨下來，說曾靜、張熙一班人，是被呂留良的邪說誘惑，是個從犯，反把他加恩釋放了；祇有那呂毅中大逆不道，把他滿門抄斬。又從墳堆裏，把呂留良的屍身掘出來，再碎他的屍。那門生沈、嚴一班人，一律處死。

這場案件，足足殺了一百二十三個人，殺得百姓個個害怕，人人怨憤；呂氏全族人被殺得一個不留。在忙亂的時候，卻遺漏了一個呂毅中的小女兒；將來那雍正皇帝的性命，也送在這小女兒手中。這真叫做天網恢恢，疏而不漏。

這小女兒名叫呂四娘，是呂毅中的第四個女兒，也就是呂晚村的嫡親孫女兒，這時年紀祇有十四歲，湖南巡撫派兵來捉拿她全家的時候，這呂四娘正在鄰家閒玩，聽說父親、母親被官裏捉去了，她一邊哭著，一邊要趕到衙門裏去看望父母。後來，還是那鄰家的女兒有計謀，忙悄悄把呂四娘去寄在呂晚村的門口，一戶姓朱的人家裏。

這姓朱的是一戶村莊人家，家中養著百數十個莊丁；那班莊丁田裏空下來沒有事，便請了一個拳教師，在打麥場上教授武藝，便是那姓朱的，也跟著學幾套拳腳。這教師年紀已有六十歲了，長得身材高

大，臉上一部大鬍子，臨風飄拂；他舞起劍來，還是十分輕捷。呂四娘住在朱家，常常在屏門後面偷看；雖說她只是個十四歲的女孩子，心中卻常常想著她的父母之仇；祇恨自己是一個女子，又毫無氣力，這血海冤仇，如何報法？如今見朱家有這個老教師，正合她的心意。

有一天，那姓朱的正在堂屋裏，請老教師吃酒，許多莊丁陪坐著，忽然屏後飛燕似的轉出一個女孩兒來，走到那老教師跟前，噗的跪倒；口稱：「求老教師收留我做一個弟子。」

眾人看時，這女孩兒不是別人，正是那呂四娘；起初這教師不肯答應，說女孩兒家學了本領何用？後來經呂四娘再三求懇，臉上掛下淚珠來；那姓朱的看她心志十分堅決，又怕她說出是呂毅中女兒的話來，便也代她求著教師，又認她是自己的妹子。這教師聽說是主人的妹子，也便答應了。

從此以後，她也跟著眾人練習拳腳；一來是她報仇心切，二來，也是女孩兒的身體輕靈，不多幾天，居然勝過那班男子。那老教師十分歡喜，從此格外盡心，把自己全副的本領都傳給呂四娘。

不上三年，那揮拳舞劍、飛簷走壁的本領，都已學得；教師又傳授她練氣和飛劍的本領。這兩種本領，非少林寺嫡派不能學得。又過了三年，呂四娘非但件件都能，並且件件都精；她能夠把背心吸住牆壁，隨意上下，又能把短劍藏在指縫裏，彈出去取人首級。

少林派會這種本領的，祇有三個人；第一個便是少林僧，第二個是雍正皇帝，第三個是虬髯公；如今教授呂四娘本領的老教頭，便是虯髯公。他也恨雍正皇帝手段狠毒，殺死了他幾個徒弟；因此在江湖上結識許多好漢，暗地裏和皇家作對。這一天路過朱家，他和姓朱的原是親戚，這姓朱的便留他住下，指導武藝。

如今他得到了這個得意的女弟子，心中十分快活，便給她取一個名兒，名叫俠娘；又勸她，江湖上以義俠爲重，將來出去，總以多做義俠事情爲是；「如今妳的本領，除了那少林僧，可以算得第一人了。」

這呂四娘雖學了這副本領，想起自己父母死得苦，心中便萬分悲怨；又因爲自己住在客地，有許多心事，也沒有可以訴說的地方。女孩兒到了十八九歲，便有說不出的一腔心事。這時祇有那姓朱的兒子，名叫朱蓉鏡的，暗地裏在那裏照顧她。

講到這朱蓉鏡，年紀遠比呂四娘小兩歲，出落得風流瀟灑，溫柔俊秀；在女孩兒面上，最會用功夫。自從呂四娘到了他家裏，他便處處留神；凡是冷暖飲食，有別人所想不到的地方，他便暗暗地照料著；有時得到好吃好玩的東西，他總悄悄地去塞在呂四娘睡的枕下。

雖說如此，那朱蓉鏡從來也不敢和呂四娘說笑的；這呂四娘雖說豔如桃李，外表卻是冷若冰霜。在四娘，雖也知道朱蓉鏡鍾情於自己，有許多地方也深得他的好處；祇因自己有大事在身，便要竭力掙脫

情網，因此，她心裏感激到十分，那外面便嚴冷到十分。

有時想到傷心的地方，便背著人痛哭一場；可憐一個嬌小女孩兒，祇因遭了家禍，父母撇下她一個人，冷清清的住在客地裏；每到夜靜更深從枕上醒來，想起朱蓉鏡的多情，又想起自己的苦命，便趴在枕上，嗚嗚咽咽的哭一陣。說也奇怪，每逢呂四娘哭泣的夜裏，第二天朱蓉鏡見她雙眼紅腫，便悄悄的去買一方新手帕來，塞在她枕下。後來他兩人到底忍不住，見沒人的時候也說起話來。那朱蓉鏡每見一回呂四娘，總勸她保重身體，那呂四娘聽他提起這個話，便拿袖子掩著臉，轉身走去。

有一天，是大熱時候，兩人在走廊下遇到了，朱蓉鏡向呂四娘臉上細細一看，說道：「姊姊昨晚又哭過來嗎？姊姊諸事看開些，姊姊爹娘又沒了，我又避著男女的嫌疑，不能安慰姊姊，姊姊倘哭出病來，叫我怎麼辦呢！」

四娘起初聽了，不覺羞得粉臉通紅；後來，也撐不住那淚珠兒如斷線珍珠似的落下來。四娘急別過臉去，拔腳便走，走進自己房裏，幽幽切切的哭了一場。心想：「那朱蓉鏡在我身上如此多情，我總不能為了他的多情，便丟去我的大事；我倘然再和他廝纏下去，便要被他誤事了。到那時，我再丟去他，叫他傷心，豈不是反害了他？不如趁早離開了他罷。」她想到這裏，心中便立刻打定主意，在這晚月明如水、萬籟無聲的時候，一縱身跳出牆去，走了。

這是她第一次領略江湖上的滋味；她此番出門，身邊一個大錢也沒帶，無可奈何，便把隨身的釵環賣去了，僱了兩個拉場子的夥伴，一棒鑼響，揀那空曠地方，獻出她的好身手來。這樣一個美貌的女孩兒，叫那班俗眼如何見過，早已哄動了街坊看美人兒；到收錢的時候，那班人都要討美人兒的好，個個把錢袋兒掏空，呂四娘得了大利市，便趕別的碼頭去。這樣子一路曉行夜宿，關山跋涉；看看過了一個多月，終於到了山西太原府地方。

那太原府是一座熱鬧城市，來往客商甚多，也有許多富家公子，終日在外面閒遊浪蕩的。見了這孤女賣解，認做她借此擇婿；看看她的面貌，實在長得俊俏。有幾個三腳貓，懂得一兩下拳腳的，便上去要和她比武，滿心想借此親近芳澤；四娘看他們瘟得厲害，便定下規矩，凡要和她比武的，便各拿出五十兩銀子來做彩錢；誰勝了，便把誰的彩錢拿去。

可笑那班沒有用的傢伙，一上手便給呂四娘摜倒在地；那班急色兒，見她實在長得動人，便是被她摜一跤也是甘心的。四娘樂得坐享他們的彩錢，一天到晚上，竟有四五百兩銀子可得。後來呂四娘看看招搖得太厲害了，怕招官府的疑忌，因此便離開了太原，又到山東；一路裏仗著她的美色，自有一班冤大頭孝敬她盤纏。

有一天，她到了天津，照例設了場子招人比武；忽然來了一個胖大和尚，手中捧著二百兩銀子，大聲說道：「我拿著二百兩銀子，和娃娃耍一耍。妳倘然贏了我，那不用說，這二百兩銀子，是妳的；我倘然贏了妳，我也不要妳的銀子，妳從此也不用賣解了，快跟我回寺，做一個和尚媳婦去罷！」

四娘聽了又羞又恨，便拿出師父傳授她的金剛拳來對付他；那和尚才一交手，便喝一聲：「住！妳是我的師妹，不用交手了，這二百兩銀子，送給師妹做盤纏罷。恕咱家魯莽了。」說著，拱一拱便轉身去了。

這呂四娘得了和尚的二百兩銀子，便也收拾場子，從此也不在天津市上露臉了；悄悄的到了北京城裏，租了一宅院子住下。一個女孩兒做著人家，外人看了十分起疑；京城地方，遍地都是皇帝派出來的偵探，見她行蹤不明，早已來盤查幾次，四娘知道事情不妙，便去住在一座古廟裏。

敗井頹垣，淒風冷月；正在萬分枯寂的時候，忽然見牆頭上人影一晃，跳下一個大漢來。四娘把指甲一彈，飛過一劍去；那大漢一手接住，月光下看時，那大漢不是別人，正是她師父虬髯公。

看他一縷銀髯在月光下飄拂著，哈哈大笑說道：「真是踏破鐵鞋無覓處，得來全不費工夫。」上去把呂四娘手臂一把拉住，走出廟兒，見廟門外又有一個女孩兒站著。

第三十七回　草莽龍蛇

卻說呂四娘悄悄的離開了朱家，別的人且不去說他，便是那朱蓉鏡，第一個要想煞；他不見了呂四娘，終日裏廢寢忘餐，如醉如狂。他父親看了不忍，料定四娘此去，一定到北京報仇去，便和虯髯公說知，求他到北京去找尋。那朱蓉鏡哭著嚷著要一塊兒去，恰巧虯髯公家裏，有一個女徒弟名叫魚孃的，也要到北京去，三個人便一路同行，沿路打聽四娘的消息。

祇聽得一路人沸沸揚揚的說：「有一個女賣解的，臉兒又長得俊，本領又高強。」虯髯公聽在耳中，料定是四娘；待到了京裏，卻又聽不得消息。虯髯公料定四娘要做大事，必在冷僻地方隱藏起來了，他便先找一家客店住下，推說是爺兒三人；每到夜靜更深時，虯髯公帶了魚孃，便跳上屋子，出去找尋四娘。

如今居然被他們找到了，一同回到客店裏；虯髯公先介紹四娘見過魚孃。四娘見魚孃面貌和自己不相上下，便十分親熱起來；問起魚孃：「進京來幹什麼事？」魚孃便把父親魚穀如何給于清瑞捉去殺

死，如今進京來，要替父報仇；兩人走了一條道路，便越發親熱起來。

祇有那朱蓉鏡見了四娘，好似小孩子見了乳母似的，一把拉住她袖子不放；又再三勸四娘莫去冒險，徒然送了自己性命。那四娘如何肯聽？但是回心一想，朱蓉鏡待她的一番恩情，恐怕世間找不出第二個男子了；我此番倘能成了大事，女孩兒終是要嫁人的，到那時不嫁給他，卻又嫁給誰去？她想到這裏，心中便有了主意。

呂四娘在江湖上閱歷了一番，那女孩家兒嬌怯怯的態度都已收去，便老老實實的對朱蓉鏡說道：「我這個身體，總是你的了；但是現在，我還要向你借我自己的身體一用，待我報了大仇以後，任憑你叫我怎樣便怎樣，現在卻萬萬不能遵命。」這幾句話，說得朱蓉鏡心中又憂又喜，卻也說不出什麼話來。

虬髯公做主，在西便門外租了一間屋子住著，假裝是兒媳姑娘一家人，卻也沒有人去疑心他們；他們便天天出去打聽皇帝的蹤跡。那皇帝得了偵探的報告，知道京城裏現在多了許多刺客，在暗地裏計算他；便也著著防備，處處留神，一面秘密吩咐步軍衙門嚴密查拿。

這時，快到了祭天日子，欽天監便擇定吉時，請皇上祭天。雍正皇帝因外面風聲很緊，不敢出去，回心又想，倘然老躲在宮裏，一來給那班刺客見笑，二來，那百姓見皇帝不出宮來，便要謠言四起；因此硬一硬頭皮，傳旨擺駕祭天，一面調集宮中侍衛護駕出宮。那街道上自有那步軍統領、九門提督，帶領全班人馬沿途照料。

那軍士們掮著雪亮的刀槍，一路上站得水洩不通；沿路搭著五色漫天帳，直到天壇面前。停了一會，那一對一對鑾儀到了壇上，滿朝文武大員一字兒在兩旁站著班。雍正皇帝從鑾輿中下來，侍衛們簇擁著走上壇去，上面設著祭品；雍正皇帝行過禮，正要轉身，忽聽得那天幔上豁一聲響，皇帝急把手指一彈。祇見一道白光向天幔上飛去，落下一個狐狸頭來，皇帝才覺放心；那左右侍衛，齊呼萬歲。

這時，鄂爾泰站在皇帝身後，皇帝笑著對鄂爾泰說道：「朕聽說有一班亡命之徒，欲謀刺朕；京城裏面刺客很多，朕今天試手段，叫他們知道朕的本領也不弱，他們也不用來自投羅網了。」說著，冷笑一聲；把個鄂爾泰嚇得諾諾連聲，不敢多說一句話。

雍正皇帝回到宮裏，心中總是鬱鬱不樂；想起從前在少林寺學本領的時候，有一個鐵布衫和尚，本領在同輩中要算第一，他也能指頭放劍；如今把他留在外面，終不是好事情，也許爲仇家所指使，來謀刺朕躬，這卻不可不防。當時便把鄂爾泰傳進宮來，和他商量。

鄂爾泰說道：「臣聞得春和尚在江南橫行不法，便沒有仇家指使，也須趕快去殺死他，爲人民除去

大害。」

雍正皇帝說道：「從前好漢，如今都不在了，且叫什麼人去幹這件事？」

鄂爾泰思索了一會，忽然想起當年岳鍾祺將軍曾說起，有一個大喦和尚，如今在揚州天寧寺；不如下一道密札給江蘇撫臺，便請大喦去除代鐵布衫和尚。當下便把這意思奏明，皇上稱喜；鄂爾泰退出宮來，如法炮製去。

這時，鐵布衫和尚在四川峨嵋山上，霸住一座大寺院，派他手下的徒弟，下山去偷人頭；他每天要吃三個人腦子，峨嵋山下一般男女，常常在半夜裏失去他的腦袋；弄得人人驚慌，個個害怕，大家逃避，村坊都空了。後來這和尚忽然異想天開，愛吃孕婦肚子裏的小孩；又派他的徒弟在深夜裏，闖進人家的內室，見有懷孕的女人，先姦污了，再取她的胎兒。那班徒弟個個都是淫惡萬分，誰敢去攔阻他。

這時白泰官閒住在家裏，聽說四川峨嵋山的景子好玩，便動身到四川來遊玩。偶然到一座村坊裏，時已更深；他們走江湖的人愛走夜路，他走過一座矮屋簷前，祇見裏面窗紙上射出淡淡的燈光來，忽見一個人影兒一閃，卻是一個光頭。

白泰官心中疑惑，這和尚深夜入人家，非姦即盜；他便站住腳聽時，祇聽得裏面有女人低低的求哭的聲音，說道：「師父饒了我罷！我痛死了！」

白泰官心下越發動了疑，便施展他的手段，輕輕的撬開了外屋子的門，踅進內室去；一看，祇見一個年輕女子，被剝得上下身體一絲不掛，躺在床上，喉嚨裏呻吟著。一個和尚趴在床沿上，兩手不住的在那裏揚那女人的肚子。

白泰官看了不禁大怒，一縱身搶上前去，一把揪住和尚的衣領，提下地來一摔，那和尚站腳不住，倒下地去。白泰官便提著醋缽兒似大的拳頭，向那和尚面門上不住的打去；那和尚滿臉淌著血，嘴裏不住的討著饒。那時便有許多人走進房來，一面把白泰官勸住，一面喝問那和尚。

那和尚說道：「這原不干我事，是我師父硬逼著我來取這娘娘的胎兒。」

白泰官問：「你師父是什麼人？」

那和尚說：「便是鐵布衫和尚。」

白泰官在江湖上，也聽得鐵布衫的名氣；便說：「好一個淫惡和尚！待我見見他去。」說時，天色已明，這家人拿出餑餑稀飯來請白泰官吃。白泰官肚子吃飽了，押著這和尚，叫了一個鄉下人領路；走到日落，才走到峨嵋山腳下。見前面也有一個和尚，坐在大樹下納涼，白泰官認是他們一路的，喝一聲：「賊禿，休走！」搶步上前便交起手來，打了二十回合。

兩人手腳愈打愈緊，打到緊要關頭，那和尚忽然跳出圈子，問道：「你敢是鐵布衫和尚的門徒？」白泰官說：「我是來捉拿這賊禿的，你敢是這賊禿的徒弟？」這大嵒和尚也說：「我是來捉拿鐵布衫和尚的。」白泰官心想，打來打去，原是打的自家人；忙問道：「好漢奉誰的命來的？」那和尚把胸脯一拍，大拇指一伸，說道：「我奉的是江蘇撫臺大人之命。敢問好漢奉誰的命？」白泰官便把在村坊裏遇到這和尚搨取胎兒的事一一說了；大嵒和尚氣憤起來，罵道：「烏賊禿！你敢敗我佛門的規矩？」說著，「颼」的一聲，拔出腰刀來，結果了這個和尚的性命；轉身過去，向樹林裏一招手，便跳出十五六個大漢來，大嵒和尚便帶著他們走上山去。

看看到了山門口，大嵒和尚便和白泰官商量，分兩路殺進去；白泰官把上風，他一縱身跳上瓦去。這裏大嵒和尚先把眾人藏過，自己一人先上去打開山門，問鐵布衫和尚；那把守山門的見是和尚，便也不疑心，領著他走進內院去，留他在知客室暫坐，自己進去通報。這裏大嵒和尚招招手兒，一班大漢都跟了進來；大嵒和尚悄悄的跟在那和尚身後，曲曲折折，走過幾個院子，到了一個所在。

庭心裏放著一張竹榻，一個胖大和尚上身赤膊，赤著腳，躺在竹榻上；一個女人滿臉抹著脂粉，坐在和尚的身後，在那裏替和尚搔背，和尚伸手到背後去，撫著那女人的脖子；另一個女人正送過一碗涼茶去，見把門的和尚進來了，她便站住通報道：「師父，有人來了。」

那胖大和尚聽了，忙坐起來看時，見那把門和尚的身後也跟著一個和尚；便指著問道：「他是什麼人？」

大𡰪和尚給他一個措手不及，搶步上前，擒住他一條腿；這鐵布衫和尚到底是本領高強，忙拿出看家的本領來，飛過鴛鴦腿去。大𡰪和尚見擒住他的左腿，又把右腿飛過來，知是少林派的內家，忙放了手。鐵布衫和尚在地上站住，伸手在竹榻上拿起一件布衫來打過去；說也奇怪，這件布衫拿在他手裏，迎著風打來打去，好似一杆鐵棒一般；因此外人取他的綽號叫「鐵布衫」。

這時門外候著的許多大漢一擁進來，各自拿出兵器來，圍住了這和尚攻打；那和尚指東打西，指南打北，打了半天，休想近得他的身。但是這和尚被他們團團圍住了，一時裏也不得脫身；他正想縱身上屋時，祇聽得屋簷上一聲大吼，跳下一個人來，一刀劈在那鐵布衫和尚的頂門上。那個腦袋，頓時好似西瓜似的對破開，直劈到脖子上，和尚死了。那村坊上人聽說和尚死了，個個快意；大家把和尚的屍首割成幾十塊，拿回家去熬油點燈。

這裏白泰官見打了抱不平，也不和大𡰪和尚招呼，一縱身上屋去了。四川總督岳鍾祺忙把大𡰪和尚接進衙門去，在精室裏供養起來；不多幾天，北京密旨到來，賞大𡰪和尚白銀一萬兩，岳大將軍又派了差官，護送他回南；下幾十道札子給沿途的地方官，叫他們舟車迎送，隨地照料。大凿和尚回到揚州，便大興土木，造倉聖殿，殿旁造一座吳園，園裏建一座華嚴堂；那些工程材料，都是地方上各紳董捐助的。大凿和尚便天天在華嚴堂裏會客吃酒。

這時揚州地方有三個地痞，仗著自己力氣大，專門敲詐百姓：一個是魏五，善騎馬，又能懂得馬的話；幾年前，有個狼山總兵到揚州來閱兵，那營裏的馬忽然齊聲嘶叫起來，魏五聽得了，對人說道：「這個總兵官三個月後便要死了。」後來那總兵官回去，果然隔了三個月便死去。一個是張飲源，善舞雙刀，舞成團，任你幾十個人近不得他身。一個是薛三，能夠拉五十石的硬弓；揚州人便稱他們「魏馬張刀薛硬弓」。自從大凿和尚來了以後，這三個人不服氣，常常到天寧寺去尋事；都被大凿和尚打敗出來。這三個人從此沒有面目住在揚州，便悄悄的避到別的地方了。

有一天，大凿和尚正從方丈裏送出客來，才走到階下，忽然見一個鐵香爐劈空飛來，大凿眼快，忙伸手接住；看時，原來是薛三來報仇的。誰知那薛三因用力過分，嘴裏嘔出一口血來，踉踉蹌蹌的逃回家去；連嘔了幾口血便死了。接著那張三拿著雙刀，到華嚴堂去找大凿和尚；兩人交起手來，被大凿斬去了一條臂膊。

這時祇剩了一個魏五，他知道明攻不能得勝；打聽得大凿和尚身上長癬疥的，每天要起身用熱水洗澡。魏五便邀了七八個同黨，趁大凸在浴池裏洗澡的時候，打門進去，各自拿出兵器來攻打。大凸和尚赤手空拳，又是渾身赤條條的，如何敵得住；雖也打死了兩個人，後來到底被魏五斬去了一條腿，死在浴池裏。

大凸和尚死的消息報到京裏，雍正皇帝覺得十分可惜；但他想想，這種有本領的人留在世上，終是心腹之患，如今那班好漢都收拾完了，剩下幾個沒本領的人，也不用去怕他。從此，雍正皇帝依舊是尋歡作樂，不去防備了。

那呂四娘住在京城裏，天天出去打探，找不到下手的機會，心中十分焦躁；朱蓉鏡和虬髯公勸她耐心等候。這時滿京城沸沸揚揚的傳說，寶親王要大婚了。

這寶親王是什麼人？便是鈕鈷祿皇后從陳世倌家裏換來的兒子，取名弘曆。祇因他出落得一表人才，性情溫和，語言伶俐；在他弟兄輩中，有誰趕得上他那種種清秀白淨？雍正皇帝又因他是皇后的嫡子，便也格外喜歡他。這時打聽得湖北將軍常明，有一個女兒，出落得端莊美麗，那常明的夫人郭爾額氏和皇后鈕鈷祿氏，是幼時的鄰居，十分要好，後來郭爾額氏嫁了丈夫，生了一個女兒，她母女兩人便常常被皇后宣召進宮去遊玩。

那皇后也很愛她女兒，時時賞賜首飾手帕許多東西；後來常明帶了家眷到湖北做將軍去，皇后也常

常惦念她們。有時和皇上提起，皇上說：「妳既愛她家的女兒，咱們何妨指婚給弘曆做了妳的媳婦？豈不可以常常見面？」一句話提醒了鈕鈷祿氏；看看寶親王也到了大婚之年，便催著皇帝下聖旨，指婚湖北將軍常明的女兒富察氏爲福晉。一面把常明內調進京，做軍機大臣；一面派親信大臣鄂爾泰和史貽直兩人做大媒，到常明家裏去行聘。

到了吉期，雍正皇帝便把從前聖祖賞他的圓明園，轉賞給了寶親王，做他們新夫婦的洞房。這一天，滿園燈綵、笛簫聒耳，把富察氏迎進園來，交拜成禮。寶親王見富察氏長得斌媚秀美，便一刻也捨不得離開她。皇后鈕鈷祿氏見了這一對佳兒佳婦，心中也十分快樂。

誰知天底下的事情，大都樂極生悲；雍正皇帝自從寶親王大婚以後，身體便覺不快，這也是他平日好色太過，積下的痛根。

雍正皇帝每日非有兩個妃子輪流侍寢不可，他起初還仗昝喇嘛的阿蘇肌丸，勉強支持，後來漸漸有點不濟了；那班妃嬪爲固寵起見，還夜夜嬲著皇上；後來看看皇帝實在動不得了，皇后鈕鈷祿氏便把那班妃子趕開，親自守著皇上，侍奉湯藥。另有兩個姓蔡、姓方的御醫，輪流住在宮裏，請脈處方。

看看皇帝病勢略略清健起來，忽然宮裏一班太監們吵嚷起來，說：「在長春宮、鍾粹宮一帶，夜間常常聽得有人在瓦上走動的聲音，又有門窗開闔的聲音。」接著那翊坤宮、永和宮一帶的太監侍衛們，也吵嚷起來，說：「每夜見屋頂有兩道白光飛來飛去，又有成安宮的宮女，被人殺死在廊下。」頓時把一座皇宮鬧得人心惶亂，雞犬不寧。

皇后也曾派侍衛們四處搜尋，也是毫無蹤跡；後來愈鬧愈厲害了，所有延禧宮、承乾宮、景陽宮、景仁宮、咸福宮、永壽宮、啓祥宮、儲秀宮的一班宮女太監們，每夜在夜靜更深的時候驚擾起來；不是說見屋上有人行走，便是說屋內有白光來去。雍正皇帝害病在床，聽了這種消息，知道必有緣故，祇是不便說出。

這時，史貽直當勇健軍統領，是皇上最親信的；那勇健軍，又是由各省將軍舉薦奇才異能的好漢編練成功的，一共有四千人員；如今宮廷不安，雍正皇帝便把史貽直傳進宮來，吩咐他帶領全隊勇健軍，在宮中直宿。這宮廷裏面，憑空裏添了四千個人馬，便覺得安靜起來，白光也不見了，響動也沒有了；那雍正皇帝的病體也天天有起色了。

後來皇后直待皇帝起了床，行動如常，才回己宮去。雍正皇帝一病幾個月，在病勢沉重的時候，寶親王帶了他的福晉，也天天進宮來問候；如今皇帝病好了，就想起他一雙小夫妻來，便推說養病，自己也搬進圓明園去住著，那班得寵的妃嬪也帶進園去伺候。富察氏面貌長得俊，又能孝順公公；雍正皇帝

十分歡喜，便已暗暗的把寶親王的名字寫在遺詔上了。

講到那座圓明園，周圍有四十里路大小；園裏有極大的池沼，有極深的森林，有小山，有高塔，有四時常生的花草，有終年不敗的風景。寶親王住在裏面，和富察氏兩人終日遊玩也遊玩不盡。

起初他夫妻兩人新婚燕爾，似漆如膠，專揀湖山幽靜、花草深密的地方，調笑作樂；便是那班伺候他的宮女太監們，他也嫌他們站在跟前礙眼，攆他們出去。後來他兩人也玩夠了，便覺得枯寂起來；雖一般也有妃嬪侍女，如何趕得上富察氏的姿色，一個也不在寶親王眼裏。寶親王心中常常想：「如此名園，不可無美人作伴；我那福晉也可算得美的了，但她一個人枯寂無伴，也覺無味。」從此，他便存心要去尋訪一個美人，來給富察氏作伴。

便有幾個乖覺的太監，看出親王的心事，便悄悄的引導他出園去闖私娃子。那南池子一帶儘多的私娼，寶親王嘗著了這個味兒，如何肯捨?天天推說在涵德書屋讀書，卻天天在私門子裏，和窯姐兒溫被頭。但他玩私娃子祇能在白天，因爲父皇在園中，要早晚請安去；那班窯姐兒，竟有幾個長得俊的，寶親王要把她們娶進園裏去，她們都不肯。祇有偶爾帶一兩個姑娘進園去遊玩，在安樂窩裏吃酒行樂；祇瞞著富察氏和父皇兩個人，什麼風流事都幹出來。

有一天，寶親王從安樂窩裏出來，時候尚早；他已有三分酒意，悄悄的走進富察氏臥房去。院子裏靜悄悄的，兩個侍女在房外打盹；寶親王也不去喚醒她，踅進房裏。祇見羅帳低垂，寶親王認是富察氏一個人午睡未醒；心想去賞識美人兒的睡態，便躡著靴腳兒，掩近床前去。再一看，祇見四隻繡花幫兒的高底鞋子伸出在羅帳外面，寶親王知道，是有兩個女人睡著，他心中十分詫異；走上前去，輕輕的把帳門兒揭開一看，見一個便是他的福晉富察氏，一個卻不認識是誰家的眷屬。

祇見她兩人互摟著腰兒，臉貼著臉，沉沉的睡著。再看那女人時，不覺把寶親王的魂靈兒吸出了腔子，飄飄盪盪的不知怎麼是好。原來那女人長得真俊呢！鵝蛋式的臉兒，長著兩道彎彎的眉兒；豐潤的鼻子，兩面粉腮上兩點酒渦兒，露出滿臉笑容來。那一點朱唇，血也似的紅潤；最動人的是那一段白玉似的脖子上，襯著一片烏雲似的鬢腳；鬢邊插一朵大紅的菊花，真是嬌滴滴越顯紅白。

她春蔥也似的纖手，鬆鬆的捏著一方粉紅手帕；寶親王看夠多時，不覺情不自持，輕輕的伸手，把那方手帕從那女人手中抽出，送在鼻子邊一嗅，奇香撲鼻，寶親王不覺心中一蕩，他一面把那手帕揣在自己懷裏，一面湊近鼻子去，在那段粉也似的脖子上輕輕一嗅；急閃身在床背後躲著。

那女人被寶親王這一嗅，驚醒過來，低低的喚了一聲：「妹妹。」

那富察氏也被她喚醒了，便笑說道：「怎麼我兩人說著話兒，便睡熟了呢！」

那女人說道：「妹妹屋子裏，敢是有野貓來著？我正好睡著，祇覺得一隻貓兒跳上床來，在我脖子上嗅著；待我驚醒過來，那野貓已跳下床去了。」

這幾聲說話，真是隔葉黃鸝，嬌脆動人；寶親王聽了，忍不住忙從床背後跳出來，笑說道：「對不起！那野貓便是我！」說著，連連的向那女人作下揖去，慌得那女人還禮不迭。

寶親王轉過臉來，對富察氏說道：「那時我把這位太太錯認是妳，正要湊近耳邊去喚妳起來，細細一看，才認出來；一時自己臊了，便急急躲到床背後去。誰知這位太太說話也厲害，竟罵我是野貓；我原也是該罵的，祇是我很佩服老天，妳也算得是俊的了，怎麼又生出這位太太來，比妳長得還俊？這位太太，敢情不是人，竟是天仙嗎？」

看官，從來天下的女人，都是一樣性情；你若當面讚她長得俊，她沒有不歡喜的。那時這女人被寶親王稱讚得捧上天去，她心中如何不樂；祇見她羞得粉腮兒十分紅潤，低著脖子坐在床沿上，祇是兩手弄著那圍巾的排鬚，說不出話來。

富察氏聽了寶親王的話，把小嘴兒一撇，笑說道：「妳看我這位王爺，真是不曾見過世面的饞嘴野貓兒！怪不得我嫂子要罵你是野貓。你可要放尊重些，這位便是我的嫂子；我姑嫂倆在家裏過得很好的，如今把我弄進園來，生生的把我倆分散了。如今嫂子在家裏，想得我苦，悄悄的瞧我來，又被你撞著；你既說她是天仙，快過去拜見天仙，拜過了，快出去！」

那寶親王巴不得富察氏一句話，忙搶上前去行禮，嘴裏也喚嫂子；又問：「嫂子貴姓？」那女人站起身來，一手摸著鬢，笑盈盈的說道：「我母家姓董額氏，我丈夫名傅恆。」寶親王拍著手，笑說道：「我這傅恆哥哥，幾世修到嫂子這樣天仙似的美人兒？」一句話，說得董額氏粉腮兒上又紅暈起來；富察氏見嫂子害羞，忙把寶親王推出房去，這裏董額氏也告辭出園了。

寶親王自從見了董額氏以後，便時時把她的名兒提在嘴裏；從此私娃子也不玩了，終日怔怔的想著董額氏那副美麗的容貌。

第三十八回　帝子美人

卻說寶親王自從那日無意中闖進富察氏的臥房去，領略了董額氏的香澤以後，就時時把這美人兒擱在心裏；眼前常常現出那副嬌羞嫵媚的面貌來，鼻管裏常常好似有董額氏脖子上的粉花香味留著。因此，他把眼前的一班庸脂俗粉丟在腦後，常常慫恿著自己的福晉，去把她舅嫂子接進園來。

從來女人愛和自己娘家的人親近，如今得了王爺的允許，她姑嫂兩人常常見面；那董額氏也乖覺，見寶親王來了，她便立刻迴避，把個寶親王弄得心癢難搔。看看那董額氏一舉一動，飄飄欲仙，越看越愛，恨不得把她一口吞下肚去；祇是可惜沒有下手的機會。後來，富察氏也看出丈夫的心事來了，索性把董額氏藏在密室裏；姑嫂兩人談著心，不給寶親王見面。那寶親王許久不見董額氏了，心中好似熱鍋上的螞蟻；在屋子裏坐立不安，廢寢忘餐起來。

寶親王有一個心腹太監，名叫小富子，長得十分伶俐；見王爺有心事，便悄悄的獻計：「如此如此，一定叫王爺如了心願。」

寶親王聽了他的計策，連稱：「好孩子！快照辦去。」

那小富子奉了王爺的命令，先在園內竹林清響館裏，預備下床帳鏡臺，一面打發兩個小太監和兩個侍女，押著一輛車兒，到常明家裏去，把舅太太接了來。這董額氏見富察氏的貼身侍女前來迎接，也是常有的事，心中毫不疑惑；便略略梳裝，坐上車，向圓明園來。

照例車子到了藻園門外，停住，便有八個小太監出來，抬著車子進園去，曲曲折折，走了許多路；這時盛夏天氣，在外面赤日當空，十分悶熱，一進園來，樹蔭深密，清風吹拂，頓覺胸襟開爽起來。董額氏坐在車子裏，一路貪看景色，不覺到了一個清涼的所在。

車子停下，兩個侍女上來，把董額氏扶下地來；抬頭一看，祇見四面竹林，圍著一座小院子，耳中祇聽得風吹竹葉，那竹梢上掛著金鈴兒，一陣一陣叮鈴的聲音。走進院子去，小小一座客室，上面掛著一方匾額，寫著「竹林清響館」五個字；四壁掛著字畫，滿屋子都是紫竹几椅，十分清雅。

侍女引導著走進側室去，祇見珠簾牙榻，紗帳水簟；鏡臺上放著梳具脂粉，黑漆的桌子上，琉璃盆中，放著各色水果；窗前書桌上的一個水晶缸，養著幾尾金魚。窗外面一叢翠竹，映在窗紙上，一片綠色，連屋子裏人的衣襟上也綠了。

董額氏看了，不由得讚了一聲：「好一個清涼地方！」

見兩個侍女跟在她後面，不住的打扇；一個侍女送上涼茶來。董額氏便問：「怎麼不見妳家福晉？」

一個侍女回道：「福晉在荷靜軒洗澡，吩咐請舅太太在屋裏略坐一坐。」

董額氏便也不說話；過了一會，兩個年紀略大的侍女，捧著衣巾、盆鏡等物進來，說道：「請舅太太也洗個澡兒。」

這董額氏天性怕熱，在家裏又常洗澡慣的，聽說請她洗澡，她也十分歡喜；侍女們忙服侍她卸妝脫衣，披上浴衣，趿著睡鞋，兩個侍女領著到房後面一間密室裏洗澡去。待洗畢出來，自有侍女替她重行梳裝，再勻脂粉；便有一個人伸過手來，替她在鬢邊插上一朵蘭花。董額氏在鏡中望去，見站在她身後替她戴花的，不是什麼侍女，竟是那寶親王。

董額氏這一羞，直羞得她低著脖子，靠在妝臺上，抬不起頭來；溜過眼去看寶親王時，祇見他直挺挺的跪在地上，嘴裏不住的天仙美人的喚著。又說：「我自從見了嫂子以後，頓覺得我這人活在世上毫無趣味；那天在嫂子脖子上偷偷的嗅了一下，這香味直留到現在。可憐把我想得飯也不想吃，覺也不想睡；天下的女人，也不在我眼中。求嫂子可憐我，看我近來的形容消瘦，便知道我想得嫂子苦；嫂子倘再不救我，眼見得我這條命要保不住了。」說著，這寶親王真的嗚嗚咽咽的哭起來，哭得十分淒楚；他

一邊哭著，一邊還拿出手帕來抹眼淚。

董額氏認識這手帕是自己的；停了一會，又聽寶親王說道：「嫂子放心，今天的事，我俱已安排停當。這裏在園的極西面，離著福晉的屋子又遠；那班侍女內監們，都是我的心腹。嫂子倘然依順了我，我決不使外邊的人知道；嫂子倘然不依順我，聲張起來，一來，嫂子和我的臉面從此丟了，二來，便是聲張，這地方十分冷僻，也沒人聽得，把我們好好的交情反鬧翻了。嫂子倘然依從了我，我便到死也不忘了嫂子的恩德；嫂子倘然不依從我，我橫豎是個死，便死在嫂子跟前，也做個風流鬼。」寶親王說著，便從腰裏「颼」的拔出一柄寶劍來，向脖子上抹去。

任妳是鐵石心腸的女人，見人在她跟前尋死，她心腸便不由得軟下來；況且天下美人大都是風流性格，見寶親王又是一表人材，又明知道他將來要繼承大位做皇帝的，又動了幾分羨慕的心腸。如今聽他一聲聲喚著好嫂子，又見他要自刎，便又動了幾分憐惜的心腸；她自己看看浴罷出來，外面只披著一件薄紗的浴衣，玉雪也似的肌膚，映在紗衫外面，早已被寶親王看一個飽。再看看自己的衣服，一齊脫在床上，眼見得被寶親王攔住了，不能拿來；便是拿來，當著寶親王的面，也不能穿著。

董額氏想到這種種地方，不覺嘆了一口氣；轉過身來，奪去寶親王手中的寶劍，伸著一個手指，在他額上一戳，說道：「你真是我前世的冤家！」寶親王趁此機會，便過去把董額氏順手一拖，一個半推半就，一個輕憐輕愛，成就了好事。

事過以後，寶親王親自服侍她穿戴，兩人一時捨不得走開，又調笑了一回；直到傍晚才送她出房。那董額氏臨去的時候，轉過秋波來，向寶親王溜了一眼，低低的罵了一聲：「鬼精靈！」上車去了；寶親王心中十分得意。

從此以後，他兩人一遇機會，便偷偷的在園中冷僻的地方尋歡作樂去。看看天氣漸冷，寶親王便和董額氏在露香齋的一間密室裏私會；正快樂的時候，祇聽得隔院碧桐書院裏發一聲喊，頓時人聲大亂起來；寶親王忙丟下董額氏，趕到隔院去。一走進院子，祇見大小太監慌慌張張的說道：「皇上腦袋不見了！」

這座碧桐書院，正是雍正皇帝平日辦公的地方。雍正皇帝因住在宮裏十分拘束，又常常惦念著寶親王，便移到園中來住宿；在大宮門後面，依舊設立宗人府、內閣、吏部、禮部、兵部、都察院、理藩院、翰林院、詹事府、國子監、鑾儀衛、東四旗各衙門的直廬。又在大宮門西面，設立戶部、刑部、工部、欽天監、內務府、光祿寺、通政司、大理寺、鴻臚寺、太常寺、太僕寺、御書處、上駟院、武備院、西四旗各衙門的直廬。每天在「正大光明」殿坐朝，已有一年，十分安靜。不料到忽然出了這件大亂子。

皇帝每到秋天，總在碧桐書院批閱奏章，院子裏和書案前都有內監和宮女伺候著。這一天伺候到黃昏月上的時候，內監們點上宮燈，皇帝在燈下翻閱奏章；忽然院子裏梧桐上，飛過兩道白光來，飛進屋子去，盤旋一回便不見了。那班宮女太監眼見著兩道白光，頓覺昏迷過去，開不得口；待到醒來，見皇帝已倒在地下，急上去扶時，脖子上的腦袋已不知到什麼地方去了。

內監們發一聲喊，那班侍衛大臣們都一齊跑進來；見了這個情形，個個嚇得兩條腿發顫，沒了主意。停了一會，一班妃嬪和寶親王都從人叢裏搶進來，捧著雍正皇帝的屍首嚎啕大哭；後來還是寶親王有主意，吩咐內監，快請鄂爾泰和史貽直兩人來商議大事。那太監走出園來，跳上馬，分頭趕去。

鄂爾泰這時已經安睡，忽然外面大門打得應天價響，家僕去開著門，一個太監飛也似的搶步進來，滿頭淌著汗，氣喘吁吁的說道：「快語大人！快語大人！皇上腦袋丟了！」

這句話傳到鄂爾泰耳朵裏，慌得他從床上直跳起來，連爬帶跌的出去；也不及備馬，便騎了太監騎來的馬，沒命的跑到圓明園。跳下馬搶進園去，那史貽直已先到了。這時候，別的且不去管他，找皇上的腦袋要緊；大家拿著燈火四處找尋，後來還是惠妃在屍首的褲襠裏找到了。那惠妃捧著雍正皇帝的腦袋，嗚嗚咽咽的，哭得十分淒涼。

你道這惠妃是什麼人？便是那弘晳的妻子、胤礽的兒媳；雍正皇帝嫡親的姪兒媳婦，被雍正皇帝硬娶進宮來，待她十分有恩情，封她做惠妃。惠妃這時早已忘了她的故夫，見雍正皇帝死得淒慘，便哭得十分悲哀。

當時，鄂爾泰忙把皇上的頭裝在頸子上，吩咐宮人給屍體沐浴穿戴起來；一面和史貽直兩人，趕到「正大光明」殿裏，從匾額後面取出那金盒來，打開盒子，抓出遺詔來一讀，見上面寫著皇四子弘曆即皇帝位。便去拉了寶親王，帶著五百名勇健軍趕進京城，到了太和殿，打起鐘鼓來，滿朝文武齊集朝房；這時，鄂爾泰滿面淌著淚，訴說皇上被刺時的情形，眾大臣圍著他靜聽。

正聽到傷心的時候，忽然一個內監指著鄂爾泰說道：「鄂中堂，你還穿著短衣呢，等一會怎麼上朝？」

一句話提醒了他，才想到出來得匆忙，來不及穿外衣，便立刻打發人到家中，去拿朝衣朝帽穿戴齊全；正要上朝去，忽然史貽直想起一件事，對眾大臣說道：「皇上被人割去腦袋，說出去太不好聽；況且這件事，我們做臣子的，都有罪的。也得關起城門來，大大搜一下，一面行文各省，文武衙門捉拿兇手。這一聲張，給人人傳說著，豈不是笑話？如今，依下官的意思，不如把這件事隱過了；一來保住先皇的面子，二來也省了多少騷擾。咱們須把遺詔改成害急病的口氣，才得妥當。」

當時鄂爾泰也連說不錯，立刻動筆在朝房改好了；文官由鄂爾泰率領，武官由史貽直率領，走上太和殿；那班親王、貝勒、貝子和六部九卿文武官員，一齊跪倒。由鄂爾泰走上殿去，宣讀遺詔道：

朕攖急病，自知不起；皇四子弘曆，深肖朕躬，著繼朕即皇帝位。欽此。

當時寶親王也一同跪在階下，鄂爾泰讀過遺詔，便有一隊侍衛、宮女、太監們，個個手裏捧著儀仗，下來把他迎上殿去；換了龍袍，戴上大帽，簇擁著他上了寶座。階下眾大臣齊呼萬歲，趴下去行過禮。新皇帝便下旨，改年號爲乾隆元年，大赦天下；一面爲大行皇帝發喪，一面卻暗暗的下密旨給史貽直，叫他查拿兇手，秘密處死。

這史貽直奉了密旨，四處派下偵探，搜查行刺皇帝的兇手；那兇手見大仇已報，早已遠颺在深山僻靜地方逍遙自在去了，叫這史貽直到什麼地方去捉他呢？

如今我又要說呂四娘這邊的事了；呂四娘跟著虯髯公住在京城裏，和魚孃做著伴，還有一個朱蓉鏡，因捨不得丟下呂四娘，便離鄉背井，也跟著四娘到京裏來一塊兒住著。四娘感念朱蓉鏡的恩情，答應他待大仇報後，把終身許給他；從此以後，朱蓉鏡便格外和四娘親熱，兩人真是同坐同行，百般恩愛。便是魚孃，朱蓉鏡也用十分好心看待她；凡是魚孃有什麼事呼喚他，他便立刻做去，因此魚孃也和朱蓉鏡好。

他們三人常常坐在一間屋子裏，有說有笑；在外人望去，好似虯髯公一子一女一媳一家人，卻沒有人去疑心他們。便是虯髯公，也因住在京城裏閒著無事，叫旁人惹眼；便把自己家裏的骨董搬些出來，開一爿骨董舖子。他舖子裏常常有大臣太監們進出，虯髯公在他們嘴裏，打聽得宮裏的道路；四娘和魚孃兩人，便在夜靜更深的時候跳進宮牆去。

在月光下看去，只見殿角森森，宮瓦鱗鱗，映著冷靜的月光；一陣風來，夾著殿角的銅鈴聲，也不知道何處是皇帝的寢宮。她兩人既到了裏面，如何肯罷休；仗著她飛簷走壁的本領，東闖西闖。那宮裏的侍衛太監們，祇見兩條白光飛來飛去；那侍衛要上去捉拿，那白光來去又很快，如何捉得住她。

那時咸安宮有一個宮女，正在廊下走著；一道白光衝來，那宮女的腦袋便不見了，因此宮內的人便吵嚷起來。虯髯公深怕四娘在宮裏亂闖，壞了大事，便勸她再耐守幾時，打聽得皇帝確實住宿的地方，再動手也不遲；因此四娘和魚孃便暫時斂跡，那宮中也便安靜了許多。

這時，雍正皇帝已遷居在圓明園內；那圓明園卻不比得宮裏，地方又曠野，侍衛又稀少，有幾處庭院，竟有終年不見人跡的。四娘和魚孃兩人帶了乾糧，去躲在園中的冷僻去處，打聽皇帝的消息；有時也聽得那班宮女、太監們，嘴裏露出一兩句話來，知道皇帝每天在碧桐書院辦公；到更深人靜的時候，她兩人又悄悄的出來打探路徑。後來她們把園中出入的門路看得十分熟了，便動起手來，一動手便成功。

她們隨身帶著悶香，所以皇帝被殺的時候，那班左右侍衛都一時昏迷過去；四娘割下皇帝的頭來，意欲帶它回去，在她祖父、父親墳前祭祀。魚孃說：「這反叫人看出痕跡來，不如不拿去的好。」魚孃便把雍正皇帝的頭，拿來塞在屍首的褲襠裏，兩人相視一笑，便一縱身出了圓明園。

這時，虯髯公早已安排停當，悄悄的把骨董舖子收了，僱了一隻小船，泊在城外十里堡地方候著。連候了三天，祇見四娘和魚孃兩人，手拉著手兒笑嘻嘻的走來；跳上船頭，吩咐立刻開船。待到鄂爾泰進園去慌成一片的時候，四娘的船已如箭一般的搖過了楊村，向南去了。

說也奇怪，這呂四娘不曾報得父仇以前，便終日愁眉淚眼，淡裝素服，不施脂粉，不苟言笑；如今她見大仇已報，忽然滿臉堆下笑來，穿著鮮豔的衣裙，濃施脂粉，終日有說有笑。滿屋子祇聽得她的笑聲。朱蓉鏡看了，便說不出的歡喜，兩人一路裏同起同坐，十分親愛。

到了湖南地界，虯髯公送朱蓉鏡回家，朱蓉鏡的父親見兒子回來了，便好似得了寶貝一般。當下朱蓉鏡便和他父親說知，要娶四娘做妻子，虯髯公自願替他兩人做媒；當下便擇了吉期，給他兩人成親；四娘做了新娘，便一改從前嚴冷的態度，頓覺嫵媚嬌豔起來。魚孃伴著她在新房裏，終日逗著她玩笑；朱蓉鏡終日跟著四娘，寸步不離，每日做些調脂弄粉、畫眉拾釵的事情。

光陰很快，不覺過了一個月；虯髯公要告辭回去，朱家父子再三留他，仍不肯住下。四娘說：「我夫妻多仗師父，才有今日；如今師父要走，我夫妻須直送你到四川。」朱蓉鏡也說不錯。

這時猶有魚孃捨不得四娘，又想起父親被仇家害死，自己欲歸無家，心中十分淒涼，便止不住掉下眼淚來；四娘再三勸說，虯髯公也把魚孃認做自己的女兒，答應她，永遠不丟開她。當時依舊四個人一齊上路，沿著長江上去；一路山光水色，叫人看了忘卻不少憂愁。看看走進了四川地界，那一路上山勢雄峻，他四人各自騎著馬，從旱道走去；走出了劍閣，前面便是五老山。

他四人立馬在山頂上，忽見一個老頭兒、一個少年，也騎著馬從山坡上走來；魚孃眼快，認識那老人便是她父親魚殼，忙拍馬迎上前去；父女兩人，抱頭痛哭。這時，四娘夫婦兩人和虯髯公都跟了上來，問起情由。原來從前被于清瑞捉住殺死的，原是一個地痞，冒著魚殼的名字，在地方上橫行不法；後來被官廳捉去正了法。這真的魚殼反得逍遙自在，祇是常常想念女兒，也曾到虯髯公家裏去訪尋過；又因虯髯公帶著魚孃到京裏去了，如今得在此相會，真是喜出望外。

說起多虧虯髯公平日管教女兒，魚殼連連拜謝；又說起大仇已報，大家便覺得十分快意。五個人說得熱鬧，獨把那少年丟在一邊，還是魚殼介紹他們見面，說這位少年姓鄧，名禹九，是四川地方一個大財主，專好結識天下英雄好漢、豪商大賈。如今魚殼也被他留在家中，朝夕講論武藝，盤桓山水，十分投機。

當下，那鄧禹九便邀大家到他東莊裏去。這東莊，便在那五老峰下面，蓋著二百多間房屋，養著五六百名莊客，卻是懂得點武藝的；這鄧禹九，堂上還有老母，自己年紀三十八歲，還未娶得妻房。他立志要娶一個才貌雙全的女子，到今日還沒有他當意的人兒。

當日鄧禹九擺上筵席來，請他們父女、夫妻、師徒吃酒，吃酒中間，說起魚孃的武藝，虯髯公便吩咐魚孃當筵舞一回劍，給大眾下酒；魚孃聽了，便下來卸去外衣，抱住鴛鴦劍，走到當地舞動起來。

起初祇見劍光鬢影，一閃一閃的轉動，後來那劍光越轉得密了，祇見一團白光，著地滾來滾去。坐在席上的人，祇覺冷風淒淒，寒光逼人；那鄧禹九看了，忍不住喝了一聲好。祇見一道白光直射庭心，那魚孃收住劍，笑吟吟的走進屋子來。屋子的人各自拿著酒杯，對魚孃說一聲：「辛苦！」一齊吃乾了一杯酒；這一席酒，吃得賓主盡歡，直到夜深才散。

這夜，魚孃跟著她父親魚殼去睡，朱蓉鏡和四娘一房兒睡；獨有鄧禹九伴著虯髯公睡，兩人在房裏說起魚孃的武藝，那鄧禹九看看屋子裏沒有人，便連連向虯髯公作揖，求他做媒，和魚殼說去，說要魚孃做妻子。

那虯髯公一口擔承，拍著胸脯說：「這件親事，包在老漢身上。」

第二天，虯髯公真的找魚殼，替她女兒說媒去；那魚殼也很願意，祇怕父女多年不見，人大心大，不知魚孃心下如何？虯髯公便把四娘喚來，把鄧禹九求婚的意思對她說了，又託她去探問魚孃的意思。四娘走到房裏，先把丈夫打發開，拉著魚孃的手，兩人肩並肩兒的坐在床沿上，低低的告訴她鄧禹九求婚和魚殼心中願意的話；又問她：「可願意不願意？」那魚孃起初聽了這個話，羞得祇是低著頭，不做聲兒；後來四娘催得緊了，魚孃不覺掉下眼淚來。

四娘忙問時，魚孃說道：「和姊姊廝混熟了，祇是捨不下姊姊；我情願老不嫁人，跟著姊姊一輩子，豈不很好？」

四娘聽了，笑推著她說道：「小妮子！說孩子話呢。妳姊姊已嫁了姊夫了，來去總得聽丈夫的意思，如何由得我們做主呢？妹妹既捨不得我，我帶著妳姊夫常來看望妳便了。」

那魚孃祇是搖著頭不肯，又說：「那姓鄧的倘然有心，叫他離了家鄉，跟著姊姊一塊兒到湖南去住

著。」

四娘聽了，拍著魚孃的肩頭，笑說道：「妹妹說笑話了！叫人撇下這莊田家產，跟咱們到湖南喝西北風去麼？」

那魚孃一歪脖子，說道：「不相干，不去，我便不嫁！」

四娘正在爲難的當兒，忽然朱蓉鏡從床後跳出來，拍手笑道：「姊姊捨不得妹妹，妹妹捨不得姊姊，便是我也捨不得妹妹！如今我把湖南的家去搬來，在五老峰下住著，給妳們姊妹早晚見面，妹妹總可以嫁了。」

那魚孃聽了，白了朱蓉鏡一眼，說道：「我嫁不嫁，與你什麼相干？你們串通在一起，要逼我嫁？我偏不嫁，看你們怎麼樣？」

接著，四娘又說了許多好話，又答應她把家搬來，陪她一塊兒住；魚孃這時心裏雖肯了，嘴上卻是不做聲，低著脖子，手裏祇是弄著一方紅綢帕兒。朱蓉鏡暗暗地向四娘撇一撇嘴，又指指魚孃的手帕；四娘會意，劈手去把魚孃那方手帕奪來，急遞給朱蓉鏡，說道：「快把這手帕拿出去，對師傅說，我妹妹已答應了，拿這方手帕爲憑，叫師傅快說媒去。」

那朱蓉鏡接過手帕來，轉身飛也似的跑去；鄧禹九見魚孃答應了，真是喜出望外，一面選定吉日行禮；那魚孃見事已如此，便也無話可說。祇託四娘出來，說定三個條件：第一件，父親住在鄧家，要鄧禹九養老歸山；第二件，師傅虯髯公也要鄧禹九供養在家，不可怠慢；第三件，姊姊四娘、姊夫朱蓉鏡，也要留他們住在一塊兒。

那鄧禹九聽了件件答應，一面打掃房屋，安排魚殼和虯髯公兩位老人的住處；一面在隔院建造房屋，安頓朱蓉鏡夫妻兩人。那朱蓉鏡又趕回家去，把父親接上山來，一塊兒住著；到了魚孃的喜期，那江湖上一群英雄好漢都趕來賀喜；院中擺下一百二十桌喜酒，一班客人吃得河枯酒乾。

第三十九回　乾隆風流

卻說雍正皇帝自從被呂四娘、魚孃二人刺死以後，寶親王便安然登了大寶；第一個不能忘懷的，便是他舅嫂董額氏。他又怕他舅子傅恆從中作梗；便先下一道聖旨，把傅恆陞任為禮部尚書。這傅恆原是一個小京官，忽見皇上驟加恩寵，把他感激得肝腦塗地；任你皇上叫他做什麼，他都願意。

乾隆皇帝見傅恆一面已打通了，便假說皇后想念嫂嫂為名，常常把董額氏接進宮去；董額氏每一次進宮來，必先到一間密室裏和皇帝相會。那乾隆皇帝一見了董額氏，早已魂飛魄散、骨軟筋酥；皇帝也不像做皇帝了。那董額氏也實在長得美，每當她掩唇一笑，回眸一睞，乾隆皇帝便不覺對著她，天仙天仙的喚不住口；那董額氏又故意賣弄，那卸衣脫履、送茶搥腿的事情，都叫皇帝做去，皇帝也十分高興做。

董額氏常常脫去鞋子，把一隻腳擱在皇帝的膝蓋上，叫皇帝搥腿；那皇帝對董額氏屈著一膝，蹲在地下，一面替她搥腿，一面嘴裏嫂子長、嫂子短的說笑著。待他們玩夠多時，重行梳妝一番，再進坤寧

宮去見皇后；那皇后富察氏見了嫂子，也十分親熱，有時留她住在宮裏，姑嫂兩人同床睡著，說說笑笑。

那富察氏還矇在鼓裏，不知她嫂子和皇帝結下如此深厚的恩情，反時時把嫂子傳進宮來，敘家人之禮；這董額氏自從和皇帝有了私情以後，把自己看得十分尊貴，回家去，便不肯和她丈夫同房。那傅恆在家裏，常常被他夫人驅逐出來，和他的侍姬一塊兒睡去；傅恆有四個侍姬，相貌都趕不上董額氏；如今見董額氏十分冷淡他，傅恆也沒法，只得和他的侍姬胡纏去。

董額氏和皇帝暗地裏來去，看看已有兩年光陰了；這年春天，董額氏忽然有身了。這件事，第一個瞞不過丈夫，兩年裏邊，她不曾和丈夫同房，忽然肚子裏有了孩兒，便難免要受丈夫的責問；她心中十分害怕，後來悄悄的和皇帝商量了一條計策。這一天她從宮裏回家來，忽然在自己房裏擺下酒菜，把傅恆請進房來，陪他吃酒；那傅恆許久不見妻子的面了，如今看看妻子的面貌，越發標緻了，再加今夜董額氏看待他格外殷勤，早把個傅恆弄得神魂顛倒。

他兩人一邊吃著酒，一邊調笑著，酒罷以後，董額氏便把丈夫留在房裏；那傅恆真是受寵若驚，這一夜的恩典，真是鞠躬盡瘁，洽髓淪肌。隔了幾天，董額氏便對丈夫說道：「肚子裏已有孕了。」傅恆聽了，歡喜得什麼似的。

傅恆這時雖已生了三個兒子，但都是他的侍妾生的，董額氏卻不曾生過一個；如今聽說董額氏有了身孕，怎麼不叫他活活的快活死？到了時候，董額氏臨盆，果然生下一個男孩兒來；但是傅恆暗暗的一算，這孩子在肚子裏祇有八個月便出世了，忙悄悄的問他妻子去。

那董額氏見丈夫倒也十分精細，便哄著他說：「自己身體單薄，養不住胎，所以八個月便漏下來了。這孩兒先天不足，你須要好好的調養他。」

傅恆聽了妻子的話便信以為真，從此著意調養這個小孩；但是這小兒子養下地來，便已十分雄壯，啼聲也極宏亮。到了滿月以後，董額氏抱他進宮去朝見皇帝，求皇帝賞他一個名字。那乾隆皇帝看這孩子長得和自己一般，相貌魁梧；心中很是歡喜，想把他留在宮中，又怕在傅恆面子上太過不去，便賜他一個名兒，叫福康安，是希望他長大起來有福，康健平安的意思。

皇帝皇后賞了許多珍寶玩物，又怕外面的乳母不潔淨，這時，富察氏正生下一個皇子來，便從皇子的四十個乳媼裏面，選了二十個，到傅恆家裏去乳著福康安；又推說皇后愛這孩子，每月朔望，須把這孩子抱進宮去見一面。後來福康安到了五六歲，皇帝便把他召進宮去，跟著皇子一塊兒在上書房上學。

這時，董額氏姿色略減，乾隆皇帝在宮中已別有寵愛，他兩人的交情也略略冷淡了些；但是傅恆的官階，總不住的往上陞，一會兒已陞到文華殿大學士。傅恆的三個兒子，最小的也十四歲了，皇帝下旨，一齊選做駙馬，把三個公主下嫁給他們；獨有福康安，不得尚主。

但乾隆皇帝看待福康安，恩情十分隆重，十二歲時，便封他做貝子，又把自己的御林軍交給福康安統帶；暗地裏選了許多名將武士去保護他。那班武將知道皇帝的意思，每遇出兵，總讓福康安得頭功；每遇交戰，便自己故意敗下來，讓福康安搶上去，又在暗地裏幫著他打。待到打得勝仗，功勞全歸福康安一個人的。因此福康安每回出兵，總打勝仗；每打勝仗回來，皇帝必召他進宮去，賜宴賜物，福康安家裏御賜的東西，堆滿了屋子。

後來，回部大小和卓木舉兵謀反，乾隆皇帝要顯福康安的本領，下旨命他統領大兵，會合伊犁將軍兆惠出師回部。那兆惠臨行請訓的時候，乾隆皇帝悄悄的囑咐他照看福康安；又說：「朕久聽得大卓木有一個妃子，名叫香妃；不但面貌長得美麗，而且體有異香，將軍此去，須格外留意探訪香妃的下落。」

兆惠聽了皇上的話，心下已十分明白，便諾諾連聲，告退出宮；和福康安合兵在一處，浩浩蕩蕩，殺奔回部去了。

這時福康安年紀祇有十八歲，打扮得風流俊俏，每天騎著馬，帶一隊衛兵，在大營四周深山茂林中圍獵取樂；他雖受了皇命，官做到督師，卻把營盤駐紮在山峽邊界地方，並不出去打仗。自有一班名士，每日陪伴他彈棋飲酒，談笑消閒。那將軍兆惠，卻帶領十萬大兵，從烏什地方打進喀什嗚爾去；都統富德，又由和闐打進葉爾羌。和卓木兄弟兩人連吃敗仗，丟了這兩座城池，越過葱嶺逃去；兆惠派一支先鋒兵追殺傳羅尼都，直追到阿楚爾山，殺死敵軍人馬數萬。

兆惠看看得勝，便催動人馬長驅直入，殺到呂達克山地界的伊西渾河邊；大小和卓木兄弟兩人逃過河去，後來被巴達克山地方的酋長擒住，割下頭來，獻與兆惠將軍；那兆惠將軍不敢居功，忙把兩個人頭裝在匣子裏，派人連夜送到督師福康安營裏。福康安得到兆惠將軍的戰報，便專摺入奏；聖旨下來，封福康安爲靖安伯，准用親王儀仗，又把回部總名改做新疆，分設伊犁、塔爾巴哈台、烏魯木齊、喀什噶爾四鎮，陞兆惠爲新疆將軍兼辦事大臣，富德陞任參贊大臣，又令福康安刻日班師進京。

這時兆惠心中念念不忘的，便是那個香妃。那大卓木自從被巴達克山酋長殺死以後，這香妃便不知下落；看看福康安班師的日期，一天近似一天了，兆惠打發他手下人，四處打聽香妃的下落，總打聽不到。此番若不把香妃送進京去，皇帝定要惱恨，自己的前程怕要不保；後來還是富德說：「那大卓木既被巴達克酋長殺死，那香妃一定也流落在巴達克地方；咱們不如向巴達克酋長去要回來。」

富德這句話，果然被他猜著；那巴達克酋長原也見香妃長得美貌，所以把大卓木殺了，滿心要享這

豔福。誰知香妃見丈夫被巴達克酋長殺了，心中十分憤恨；任那酋長如何硬逼軟騙，她總不肯失節，你若逼得她厲害些，她便痛哭覓死。

那酋長見一塊肥羊肉上不得嘴，正在進退兩難，忽然兆惠將軍打發人來要這香妃，說她是罪人的妻孥，須要把她解進京去，獻俘朝廷；那酋長聽了，看看這香妃不肯從他，樂得做一個現成人情。祇說：「這香妃是回部地方第一個美人，得來很不容易；香花供養，保存顏色，更不容易。如今天朝須拿和闐白璧十對來交換。」

那兆惠爲要討好皇上，祇得把十對上好的和闐白璧送去；那酋長得了白璧，便把香妃送來。兆惠親自穿戴衣冠，迎進將軍衙門去，看香妃時，果然長得雪膚花貌，嬌豔動人；兆惠安慰了她一番，說：「此去皇上十分寵愛，享不盡的榮華，受不盡的富貴；他日得寵，休忘了我這遠臣推薦之功。」

那香妃聽了，祇是憨笑，也不說話；兆惠又問她：「此去萬里京華，可有什麼要攜帶的奴婢器物？早早吩咐我，都可以照辦。」

香妃聽了便說：「別的沒有什麼，祇有舊時的兩個心腹丫鬟，捨她們不下；求貴將軍許她們一塊兒跟進京去。」

兆惠聽了，便打發人到大卓木的宮裏去，把兩個丫鬟傳喚出來；又吩咐她們，凡是香妃平日裝飾服用的東西，一齊帶進京去。

新疆到北京，沿途造著客館，館裏面錦衾繡帷，鋪設得十分華麗；又怕香妃在路上冒了風霜，減卻了顏色，便造了一輛蒲輪寢車，四面用錦帳遮蔽。香妃睡在車子裏，一路走去，十分安適；到了一個客館裏，除她兩個貼身丫鬟伺候外，又派了二十名使女、二十名差官，在館內奔走供應，館外面自有福康安的兵隊駐紮保護。

那香妃每日要洗澡，福康安備了羊乳牛酪，奇花異香，供香妃洗用。據服侍香妃的使女傳說出來，香妃天天用羊乳牛酪擦洗，她的皮膚十分白嫩，每洗過澡，再用各種異香薰過，又用香茶漱口；因此香妃每說一句話，每坐一坐，那香味終日不散。講到她的面貌，莊端美麗，叫人見了又敬又愛；不用說是男子，便是女人見了她這白淨的肌膚，嫵媚的容顏，也要神魂顛倒。

一路行來，福康安因爲她是天子的禁臠，便也不敢和她親近；倒是香妃常常把福康安喚進客館去，笑談雜作。最動人的，便是她回眸一笑，瓠犀微露，齒白唇紅，真令人心意也銷；看她終日嬉笑，好似忘了國仇家恨。福康安少年倜儻，也算得是一個風流健將了；但是見了這香妃，也不覺得低頭斂息，退避三舍。

在路上走了半年，看看到了京師；乾隆皇帝第一個掛心的是福康安，第二個掛心的便是香妃。如今

兩個人都到了跟前，叫他如何不喜？他一面暗暗的吩咐內監，把香妃安置在西內；一面御殿受俘，福康安出殿朝拜，便把出師新疆，得勝回朝的情形，一一奏聞。乾隆皇帝看這少年將軍立功絕域，說不出的滿心歡喜；又因他是自己的私生子，便格外寵愛，恨不得把他拉往懷裏，撫慰一番，祇因礙著君臣的禮節，便著實的稱讚了一番。

接著又獻上俘虜來，這時回部的君臣和他們的眷屬，一齊被福康安押解進京，送上殿來；個個都匍匐在地，不敢抬頭。皇帝翻閱獻俘名冊，見頭一名便是回部酋長霍集占夫妻兩人，皇帝便命把他夫妻傳上殿去，跪在龍案下面；吩咐他抬起頭來。那霍集占見了皇帝，不住的碰頭求饒；又看那酋婦雲鬢飛蓬，玉容憔悴，雖說風塵勞頓，卻也嫵媚動人。

乾隆皇帝看了，心中詫異：「怎麼回部地方專出美人，我看這酋婦，也可算得是美人兒的了，不知那香妃又怎麼的美呢？」

皇帝這時忽然想起香妃，便潦潦草草的受過俘，吩咐把霍集占夫婦打入刑部牢獄，其餘都押赴刑場正法；可憐一聲旨下，不知送去了多少性命。這裏霍集占夫婦兩人，祇得孤孤淒淒的去享受牢獄風味。

乾隆皇帝一面吩咐在懋勤殿大開慶功筵宴，一面急急走進西內看香妃去；那香妃自從進了皇宮，見宮殿巍峨，人物富麗，便也十分快活，她終日和那些妃嬪宮女遊玩著。祇因她性情和順，舉動嬌憨，大家都和她好。有時和那宮女替換穿著衣服，有時和宮女們去一床兒睡；不多幾天，那宮中的妃嬪個個和她十分親熱。

到了第八天時，忽然傳說天子臨幸西內，那班宮女七手八腳的把她打扮起來，叫她出房去迎接聖駕；那香妃抵死不肯，也祇得罷了。過了一會，皇帝走進房來，香妃低著脖子，祇是坐在床前，動也不動；左右宮女連連喚她接駕，那香妃祇是低頭弄著帶兒，好似不曾聽得一般。皇帝急急擺手，叫宮女不要驚動美人，自己走上前去，在香妃身子前後細細觀看；祇見她長眉侵鬢，玉頤籠羞；那一點朱唇，紅得如櫻桃一般，十分鮮豔；看她後面，粉頸琢玉，低鬟垂雲，柳腰一搦，香肩雙斜；再看她兩手，玲瓏纖潔，幾疑是白玉雕成的。

乾隆皇帝靜靜的賞鑑了一回，覺得她神光高潔，秀美天成，反把他一股邪淫的念頭倒壓了下去；祇覺得一陣陣暖香，送入鼻管來，把個皇帝愛得他手尖兒也不敢去觸她一觸，祇是連連的嘆著氣，說道：「好一個美人！好一個天仙！天地靈秀之氣，都被妳一人佔盡了！祇恨朕無福，不能早與美人相見；今日相見，卻叫朕拿什麼來博妳的歡心呢？」

說著又嘆了幾口氣，便走出房去；叮囑宮女：「須小心伺候，美人離鄉萬里，也難怪她心中悲苦；妳們須竭力勸慰，美人要什麼，須立刻傳給總管太監辦到。誰敢怠慢美人，使朕知道了，立刻砍她的腦

袋！誰能叫美人歡喜，也重重有賞。美人沿途辛苦了，朕如今且去，讓她多休養幾天；妳們須靜靜的伺候，不可驚動了美人。」

那班宮女太監們聽了皇帝的吩咐，祇得諾諾連聲；皇帝這樣的溫柔禮貌，她們卻是第一次看見。待皇帝走了，大家不覺在暗地裏好笑。

說也奇怪，那位香妃見了皇帝，便鐵板著面孔，不言不笑；見皇帝走了，卻依舊嬉笑顏開，和宮女們玩耍去了。

這西內建得一座好大的園林，香妃生長在蠻荒地方，卻不曾見過這大內的景色；她帶著自己的兩個侍女和一班宮女，有時在西池蕩槳，有時在瑤島登高，有時在北港垂釣，有時在小苑射鹿。正遊玩得有趣，忽聽說：「皇帝頒賞香妃物件。」那宮女催香妃快謝恩領賞去，那香妃把粉頸兒一歪，逃到摘星樓上躲避去了；那送物件的太監見香妃嬌憨可掬，便也無可如何，祇得把這實在情形覆旨去了。

又隔了幾天，乾隆皇帝實在想得香妃厲害，朝罷回宮，悄悄的走到西內去，走進宮門，祇聽得內屋裏一片香妃的歡笑聲；那內監們見皇帝來了，正要喝威，皇帝忙搖著手，叫他們不要聲張，自己躡著腳，走進內屋去。

祇見香妃袒著酥胸，散著雲鬢，兩個宮女正服侍她梳頭；三五個侍女坐在地下，香妃赤著一雙白足，踏在侍女懷裏。面前幾個大盤，盤裏都是皇帝新近賞她的珠寶脂粉；她拿著一樣一樣的賞給侍女，那些侍女一邊笑著，一邊謝賞。香妃把賞剩的東西隨手亂抛，惹得那班侍女滿屋子搶著，一時嘻嘻嘩嘩，一片嬌聲，好似樹林中的鶯燕一般。

乾隆皇帝在簾外看了半天，忍不住哈哈大笑，掀著簾子進去。屋子裏的宮女見天子駕到，忙個個趴在地下接駕；獨有香妃好似不曾看見一般，自己對鏡理妝。皇帝也不去驚動她，靜悄悄的坐在鏡臺一邊看她梳頭，梳好了頭，穿衣著襪，一任皇帝怔怔的看著；香妃祇是撅著嘴，垂著眼，一睬也不睬。

乾隆皇帝細細的問宮女：「香妃飲食起居可有什麼不適？每天都做些什麼事情消遣？」又問她：「住在宮中，可快樂麼？」那宮女一一回奏。

皇帝看著香妃，嘆了一口氣說道：「天上神仙，可望而不可及！朕和這美人，怎的這般無緣？」便把兩個年長的宮女傳喚到跟前來，悄悄的吩咐她們，叫她們趁著香妃歡喜的時候，勸香妃趁早依順了皇帝，好處正多著呢；那宮女口稱領旨，送皇帝出宮。回進屋子來，便把皇帝諭旨對香妃勸說一番，那香妃卻嬉笑自若，好似沒聽得一般。到了第二天，皇帝又賞香妃許多珍寶衣飾；香妃拿來，依舊分賞給她的侍婢。從此以後，皇帝天天有東西賞給香妃；香妃有時拿來轉送給太監宮女們，有時便隨手

棄擲，從不愛惜。

如是又隔了幾天，有一天，乾隆皇帝酒醉了，想起香妃，便命太監扶著走到西內去；一走進宮門，內監們唵唵的喊了幾聲，宮女知道聖駕又到，忙催香妃出去接駕，香妃抵死不肯。宮女們沒法，祇得出來，把皇帝扶進內室去；香妃見皇帝來了，依舊氣憤憤的低著脖子坐著。皇帝連喚幾聲香妃，又喚美人，她都不理；皇帝哈哈大笑道：「美人兒害羞也！」說著，便把衣袖向門外一揮，那宮女太監們一齊退出門外去，祇把香妃和乾隆皇帝兩人留在屋子裏。

皇帝到了這時候，實在忍耐不住了，便走過去捏住香妃的手腕；祇說得一句：「好白嫩的臂兒！」祇見香妃「颼」的拔出一柄尖刀來，向臂上割去；皇帝手快，急奪住她的尖刀，那雪也似的臂兒上，已割了一個裂口，淌出鮮紅的血來。皇上的酒也嚇醒了，忙拿袍袖去替她遮掩；一面喚宮女進來，替她包紮傷口。乾隆皇帝見香妃性情節烈，便也不敢用威力去逼她，祇吩咐宮女，隨時規勸她。

香妃自從割臂以後，終日哭著嚷著要回家鄉去；皇帝可憐她異地孤悽，便吩咐內務府在香妃住的樓外空地上，連日連夜趕造回部的街市和回回營、回回教堂；又弄了許多回子，在街市上做買賣，跑來跑去，和回部的風俗一絲不差；又命宮女每日領著香妃在樓上看望。那香妃見了回部街市，知道皇帝怕她想念家鄉，爲她大興土木，造成這許多回部的房屋；她心中雖感念皇帝待她的一番深意，但她見了回部街市，心中想念家鄉卻越發得厲害，常常倚在樓窗口，對著那窗外風景淌眼抹淚。

有時皇帝親自到她宮中來，打疊起千萬溫柔，用好話勸她，無奈她一聽得皇帝提起回部，那眼淚便好似斷了線的珍珠一般，簌簌簌的濕透了衣襟。皇帝看了她這可憐樣子，便也不忍去逼她；祇來坐一回，看望一會便走了。後來那宮女暗地裏勸著香妃，說：「皇帝的威權很大，妃子總是拗不過去的；將來惱了皇帝的性子，說不定要恃強來姦污妳，也許綁出宮去殺了；到那時，妃子一般總是一個死，仍是守不住貞節，還不如趁早依順了皇帝，多享幾年快樂；皇帝也是一個多情種子，那個妃子得了寵，保不定和唐明皇寵楊貴妃一般，留下千古韻事，也不負上天生妃子這一副美麗容顏了。」

任妳宮女說得天花亂墜，那香妃聽了總當做耳邊風一般；遇勸得多了，那香妃便從袖子裏拿出一柄尖刀來，向脖子上抹去，嚇得那宮女魂不附體，忙上去奪下來。

那香妃冷笑數聲，說道：「妳奪去何用？我身邊藏著這樣的尖刀有四五十柄呢！妳們不逼我便罷，妳們倘然逼得我過狠了，我便自己結果我自己的性命。不然，那皇帝倘然來逼我，我有尖刀在此，叫他和我一塊兒死！」

宮女聽了香妃一番話，深怕將來闖出大禍來，便悄悄的去告訴了本宮總管；那總管太監想想擔不起這干係，便悄悄的去通報皇后。皇后富察氏得了這個消息，心中又氣又害怕；她們夫妻之間，因為董額氏的事情叫皇后知道了，從此禁止董額氏不許她進宮，皇帝恨極了皇后，從此也不進皇后的宮，兩口子鬧翻了。皇后知道自己不能勸諫皇上，便把這事情偷偷的去告訴了皇太后。

皇太后鈕鈷祿氏生平十分疼愛皇帝的，又知道皇帝有些任性，當面一定勸他不動，須得要想一個釜底抽薪的法子，去斷了皇帝的這條心。她婆媳兩人商量了半天，商量不出好法子來；後來還是坤寧宮裏的一個老太監，名叫余壽的，想出一條計策來；如此如此，對皇太后說了，皇太后連說：「不錯。」當下叮囑宮中上下人嚴守秘密，暫時不動聲色。

那乾隆皇帝又去看望過香妃幾趟，那香妃總是冷冰如霜，任你溫情軟意，她總是個不理不睬；乾隆皇帝看了這樣，暗地裏自己傷心；心想我貴爲天子，卻不能享這一段豔福，真是人生在世，各有姻緣。但眼看著這樣一個美人兒，叫朕如何放得了手？要用強威逼呢，心中卻又不忍；他日思夜想，心中十分鬱悶，任妳千嬌百媚的妃嬪在他跟前；山珍海味供在桌上，他也總是食不知味，寢不安席。

從來說的，憂能傷人，乾隆皇帝慢慢的積想成病；皇太后見他容顏一天消瘦似一天，心中便好似刀割，她知道要救皇帝的性命，這計策萬不能不做了。看看冬至節近，禮部奏請皇上祭天；這是每年的大禮，照例在祭天的前三日，皇上要齋戒沐浴，住宿在齋宮裏。

到了祭天的這一天，文武百官五更時候便起來，先到圜丘去迎接聖駕；那皇上祭過了天，心中念念

不忘香妃，心想：我四五天不見她，不知她的容顏怎麼樣了？一進宮門，便趕到西內去一看；見屋內靜悄悄的，不但不見香妃，連那班宮女也不知到什麼地方去了；再看看室內，衣物拋棄滿地。忙傳管宮太監時，那太監跪稱：「香妃和一班宮女，都被皇太后宣召去了。」

乾隆皇帝聽了，忙把靴底亂頓，嘴裏連說：「糟糕！糟糕！」一轉身，忙向坤寧宮趕去。

第四十回　深宮埋香

卻說皇太后見乾隆皇帝爲了想念香妃，弄出一身病痛來，心中十分不忍；祇因沒有機會，不好下手把香妃弄死。她和宮中太監早已預備下計策，這一天，趁皇帝住宿在齋宮裏，便派了一個總管太監到西內去，把香妃和服侍香妃的宮女太監們，一齊傳喚了來。

先盤問宮女：「香妃如何進宮？皇上如何看待她？香妃進宮來時，帶了多少奴婢器物？皇上又賞過多少珍寶衣物？皇上和香妃見過幾回面？見面的時候，皇上說些什麼？香妃說些什麼？香妃平日在宮裏做些什麼事？說些什麼話？皇上可曾親近過香妃的身體？香妃可有感激皇帝的話，或是惱恨皇帝的話？」

細細的問過一番，那宮女也一一照實的奏明了太后；太后吩咐宮女站過一邊，又把香妃傳進宮來；那香妃一走進屋子，滿屋子的人見了她的容顏，都吃了一驚。

皇太后回過頭去，對富察氏皇后笑著說道：「長得妖精似的，怪不得我們皇帝被她迷住了！」

那香妃見了皇太后和皇后也不下跪，祇低著頭站在一旁。皇太后第一個開口問道：「妳到我們宮中來，皇上用萬分恩情看待妳，妳知道感激麼？」

那香妃聽了，冷冷的說道：「我不知道感激皇上，我祇知道痛恨皇上！」

皇后說道：「妳為什麼要痛恨皇上？」

那香妃說道：「我夫妻好好的在回部，皇上為什麼要派兵來奪我土地，殺我酋長？殺我酋長也罷了，為什麼又要弄我進京來？弄我進京來，照俘虜定罪，一刀殺了也便罷了，為什麼獨不殺我，又把我弄進宮來？把我弄進宮來也罷了，那皇上為什麼要時時的來調戲我？」

香妃說到這裏，不覺氣憤填膺；祇見她柳眉倒豎，杏眼圓睜，粉腮兒上顯出兩朵紅雲來，那容貌越發美麗了。

皇太后聽她說到皇上調戲一句話，不覺微微一笑說道：「依妳現在的意思，打算怎麼樣？」

那香妃說道：「太后若肯開恩，放我回家鄉，待我召集丈夫的舊部殺進京來，報了我丈夫的仇恨。」

太后聽了，忙搖著手道：「這是做不到的，妳休妄想。」

香妃接著說道：「不然，仍舊放我回宮去，待有機會刺死了皇帝，也出了我胸中的怨氣。」

皇后聽了，忍不住惱恨起來，喝道：「賤婢！皇上什麼地方虧待了妳？妳卻要下這樣的毒手？」

太后忙攔住皇后道：「咱們且聽她再說些什麼。」

那香妃又說道：「再不啊，祇求太后開恩，賞我一個全屍，保全了我的貞節罷。」她說著，滿面淌下淚珠來，噗的跪下地去，連連磕著頭求著。

太后看了，心下也有些不忍，便點著頭說道：「看這孩子可憐，咱們便依了她的心願罷。」

皇后也說：「太后說的是。」

太后一面吩咐把香妃扶起來，一面傳進管事太監來，命他把香妃帶出去，吩咐侍衛，拉出去在月華門西廂房裏勒死，賜她一個全屍罷；那香妃聽了太后的諭旨，忙趴下地去，磕了三個頭，謝過恩，轉身跟著太監出去了。那兩旁站著的宮女內監們，個個忍不住掉下淚來。

這是乾隆皇帝祭天前一天的事；第二天，待到皇帝回進宮來，得到這個消息，趕快搶到坤寧宮去救時，已經來不及了；太后見了皇帝，便拉著他的手，把好話勸說一番；又說：「那回回女子，存心狠毒，倘然不勒死她，早晚便要闖出大禍來。到那時，叫我如何對得住你的列祖列宗呢？爲今那回回女人也死了，你也可以丟開手了；你看，你自己這幾天爲了她，消瘦得不成樣兒了。我的好孩子！快回宮去養息養息罷。」

太后說著，伸手去摸皇帝的臉；他們母子天性，皇帝被太后說了幾句，倒也不好說什麼。祇得退出宮來，悄悄的拉著一個太監，問他：「香妃的屍首，停在什麼地方？」

那太監悄悄的把皇帝領到月華宮西廂房裏，皇帝一見了香妃的屍身，忙搶過去抱住了，祇說得一句：「朕害了妳也！」那眼淚如潮水一般的湧了出來，香妃的衣襟下濕了一大塊，慌得那太監跪下來，再三求皇上回宮。

那皇上哭夠多時，又仔細端詳了一回香妃的臉面，又親手替她捺上了眼皮；說道：「香妃香妃！我和妳真是別離生死兩幽幽！」

乾隆皇帝還怔怔的站在屍身旁邊不肯走，經不得那太監一再催請，他便從屍首手上勒下一個戒指來，縮在袖子裏；走出屋子來，把月華門管事的太監傳喚過來，吩咐他：「用上好棺木收殮，須揀那風景山勝的地方去埋葬下。」

那太監連稱：「遵旨。」悄悄的去和內務府商量，買了一口上好的棺木，把香妃生前的衣服替她穿紮了；偷偷的抬出宮去，在南下窪陶然亭東北角上，堆了一個大塚；塚前豎一方石碑，上面刻著「香塚」兩個大字，碑的陰面，又刻著一首詞兒道：

浩浩愁，茫茫劫；短歌終，明月缺。鬱鬱佳城，中有碧血。碧亦有時盡，血亦有時滅；一縷香魂無斷絕，是耶非耶，化為蝴蝶！

這首詞兒，是乾隆皇帝託一位翰林編修做的，刻在碑陰，表明他終古遺恨的意思。這座香妃塚，直到如今還巍然獨存；凡遊陶然亭的，見了這座孤墳，人人要替當年的香妃灑幾點熱淚。這都是閒話，如今且不去說他。

再說乾隆皇帝自從香妃死了以後，心中十分煩悶；看看那香妃留下來的戒指，物在人亡，由不得他要掉下淚來。他住在宮中，任妳那班妃嬪宮女如何哄著他玩，他總是難開笑口；幸得福康安常常進宮來，乾隆皇帝見了他，任你有萬千擔愁恨，也便丟開了。福康安陪著皇帝在宮裏，有時下一盤棋，有時吃一杯酒；說說笑笑，倒也消遣了歲月。

看看過了殘冬，已到新春，乾隆皇帝慢慢的把憂愁忘了；有一天，睡到半夜裏，忽然又想起香妃來了。因想起香妃，猛記得還有去年那個回酋霍集占夫妻兩人，到如今還關在刑部監獄裏；那霍集占的妻子卻也長得俊俏動人，那時祇因一心在香妃身上，便把她忘了。如今，我何不把那女人喚進宮來玩耍一番，也解了我心中之悶。

當時，乾隆皇帝立刻吩咐管事太監到刑部大牢裏去，須在五更以前，把那霍集占的妻子提進宮來；那太監奉了聖旨，也不知皇上是什麼意思，便飛馬趕到刑部大堂裏，一疊連聲催提人犯。

這時已夜靜更深，所有值堂的侍郎郎中都早已回家去了；那值夜的提牢司員正在好睡，忽聽得外面一疊連聲的嚷著：「接旨！」把那司員嚇得跳下床來，披著衣服，趿著鞋子，一面發顫，一面說道：「吾輩官小職微，向來夠不上接旨的身分，這便如何是好？」

那太監大聲說道：「沒有旁的事，你祇把牢門開了，把那回回女人交給我帶走便完了。」

那司員聽了，越發嚇得他把雙手亂搖，說道：「堂官不在衙門裏，在這半夜三更開放牢門，倘有疏忽，叫我這芝麻綠豆似的小官，如何擔當得起？」

那太監急了，連連踱著腳說道：「好大膽的司員！有聖旨到來，你還敢抗不奉旨。我問你有幾個腦袋？」

那司員越聽越害怕，嚇得哭了；後來虧得一個提牢小吏想出一個主意來，說道：「我們不開牢門，又擔不起抗旨的罪；在這半夜三更開了牢門，卻又擔不起這風火。此時沒有別法，祇得請公公暫等一等，咱們把滿尚書請來接旨；得他一句話，咱們便沒事了。」

那太監到了此時也沒有法想，祇得叫他們快去把滿尚書請來；這司員答應了一聲是，便飛馬跑去，打開了滿尙書的門，把這情形說了。那滿尙書聽了，一時也摸不著頭路，祇得慌慌張張跟著司員到衙門裏來，接了聖旨，驗看了硃印，並無錯誤；立刻打開牢門，把那回回女子從睡夢中提出來，當堂驗過，交給內監。那內監早已把車輛備好，悄悄的送進宮去。

皇帝這時還擁著被窩等著；那回回女子在大牢裏，昏天黑地的關了大半年，自問總是一死的了，忽然在這半夜三更把她提進宮去。宮女推她跪在皇帝榻前，嚇得她低著脖子跪在地下，祇是索索的發顫；皇帝喚她抬起頭來，雖說她蓬頭垢面，卻也俊俏嫵媚。

皇帝命宮女傳喚敬事房太監來，那太監是專伺候皇帝房事的；得了聖旨，便來把回婦拉進浴室去，替她上下洗擦；再由宮女替她梳粧一番，赤條條的扶她盤腿兒坐在一方黃緞褥上，兩個太監把褥子的四角一提，送進皇帝的臥房去。皇帝看時，見她容光煥發、妖豔冶蕩，也不在香妃之下；便把她扶上榻去臨幸了。

第二天皇帝坐朝，那刑部滿尙書出班來，正要奏請把那回酋犯妻發還，乾隆皇帝知道他的意思，不待他開口，便先說道：「霍集占大逆不道，屢抗皇師，朕原意將他夫妻正法；祇因他罪大惡極，朕昨夜已經拿他的女人糟蹋了！」言畢，便哈哈大笑。

一時文武官員聽了，都十分詫異，大家面面相覷；殿角鐘鼓聲響，皇帝已退朝了。

誰知那霍集占的妻子卻是十分妖冶的，乾隆皇帝上了手，便夜夜捨她不得，把她留在景仁宮裏，朝朝取樂，並封她爲回妃；第二年，便生下一個皇子，皇帝越發寵愛她。

回妃說生長回部，不習慣清室的起居；乾隆皇帝便下旨意給內務府，叫他們在皇城海內造一座「寶月樓」，樓上造一座粧臺，高矗在半天裏。樓大九間，四壁都嵌著大鏡，屋子裏床帳帷幕，都從回部辦來，壁上滿畫著回部的風景。這寶月樓緊靠皇城，城外周圍二里地方都造著回回營；回妃每天倚在樓頭盼望。

有時回妃起了家鄉之念，不覺淌下眼淚來，皇帝便極力勸慰，又拿了許多珍寶來博她的歡心；回妃回嗔作喜，便和皇帝在密室裏淫樂一回。那密室建造得十分精巧，壁上用金銀珠寶嵌成精細的花紋，滿地鋪著厚軟的地毯；室中除一衣架外，一無所有。北向壁上嵌著一面大銅鏡，高一丈五尺，寬六尺；人走在室中，一舉一動都映射出來。皇帝和回妃天天在室中調笑取樂；如何取樂法，外人卻不得而知。

第三年時，回妃又生了一個皇子；皇帝便把回妃改做旗女裝束，去拜見太后，太后認做是皇帝新選的妃子，又因她生了皇子，便也十分寵愛她。

過了幾天，適値皇太后萬壽，皇帝爲博太后的歡心，命內務府傳集京城裏的伶人，在大內戲台上演劇；皇帝親自扮做老萊子，掛上白鬚，演「班衣戲綵」一齣。皇太后十分歡喜，命宮女拿了許多糖果撒上戲臺去，說：「賞老萊子！」那皇帝便在臺上謝賞。引得皇太后呵呵大笑，那班陪坐著看戲的文武大員，都一齊跪下來，喚皇太后、皇上萬壽無疆。

皇帝看了這情形，心中忽然想起聖祖在日，奉慈聖太后六巡江浙，萬民歡悅；如今朕登基十五年，天下太平，皇太后春秋正盛，正可以及時行樂。看看左右，沒有人可以商量的，便想起方恪敏公正從南方回京來，便在西書房召見恪敏。恪敏是一個先朝老臣，當下便竭力勸止，說：「皇上爲萬民所仰望，祇宜雍容坐守；不宜輕言出京。」

乾隆皇帝聽了他的話，一時裏打不定主意；心想和太后商量去，便也不帶侍衛，悄悄的向慈寧宮走去。走過月華門，正要向隆宗門走來，祇聽得門裏有竊竊私議的聲音；皇帝便站住了腳，隔著一座窟窿偷聽時，認得一個是自己逢格氏保母的聲音，一個不知是什麼人，對說著話。

那人問道：「如今公主還在陳家嗎？」

逢格氏保母說道：「那陳閣老被咱們換了他的兒子來，祇怕鬧出事來，告老回家，如今快四十年了，彼此信息也不通，不知那公主嫁給誰了？」

那人又問道：「照妳這樣說來，陳家的小姐，卻是咱皇太后的嫡親公主；當今的皇上，又是陳家的嫡親兒子嗎？」

那保母說道：「怎麼不是。」

那人說道：「這種大事，可不是玩的呢；妳確實不曾弄錯嗎？」

那保母又說道：「千真萬真，當年是我親手換出去的，那主意也還是我替皇太后想出來的；祇因自皇太后做了正宮，多年不育，又深怕別的皇子得了大位，恰巧這時皇太后有了身孕，那陳閣老太太也有了身孕，陳太太和咱皇太后先時原是十分要好的，皇太后常常召她進宮來遊玩。打聽得她的肚子，和咱皇太后肚裏是同月的，皇太后便和我商量：養下孩兒，倘是皇子，那不必說；倘是公主，也須瞞著先皇，假說是皇子。一面打聽陳家消息，倘陳家生下男孩子來，便哄著陳太太把那男孩子抱進宮來，暗地裏把公主換出去。

後來，果然陳家生了一個男孩子，咱皇太后生下一個公主；到兩家滿了月，太后哄著陳太太，把她兒子交乳母抱進宮來。咱們一面把乳母留在宮門口廂房裏，拿她弄醉了；皇太后悄悄的喚我去，把陳家孩子換下來，又把公主換出去。公主臉上罩著一方龍袱，那乳母醉眼朦朧，便也抱著公主出宮去了。」

那人聽保母說到這地方，便說道：「這樣說來，咱們的當今皇上，卻真正是陳家的種子了？」

那保母說道：「怎的不真？可嘆我當時白辛苦了一場，到如今，皇太后和皇上眼裏看我，好似沒事人兒一樣罷了！」

乾隆皇帝偷聽了這許多話，心中十分詫異；急輕輕的轉身回到御書房，一面打發人，悄悄的把那保母喚來，當面盤問。

那保母見皇上問她，嚇得她趴在地下連連磕頭，說：「皇上寬懷大量，莫計較小人的說話。奴才罪該萬死！衹求皇上饒奴才一條狗命！」

那乾隆皇帝便用好言安慰她，命她起來說話；又盤問她，當時把自己換進宮來的情形。

保母見皇上臉色十分和順，便大膽的把當時的情形細細的說了；又說道：「奴才雖該死，卻不敢欺瞞皇上。」

皇帝聽了她的話，知道這情形是真的，不覺嘆了一口氣，怔怔的半天不說話。那保母站在一旁，又不敢說話，也不敢退出；半晌，衹見皇帝把書桌一拍，說道：「我決意看他們去。」又叮囑保母：「從此以後，莫把這話去告訴別人。」吩咐她回房去罷。

那保母回到房裏，接著就有一個太監來，奉著皇帝的命，把她勒死在床上，悄悄的埋葬在院子的牆角裏。

當乾隆皇帝和保母說話的時候，是在御書房裏面的一間骨董房裏，早把左右侍衛和太監們打發開了，所以他們的一番談話，絕沒有第三個人聽得。但是皇帝得了這個消息以後，便處處留心，覺得自己

的面貌口音，和先皇確是截然不同的；心中便越發疑惑。

第二天，他到慈寧宮去請安，見了皇太后，便問道：「我的面貌，何以與先皇的面貌截然不同？」

皇太后聽了這句話，臉上陡的變了顏色，說不出話來。乾隆皇帝看了，心中越發雪亮；從此便打定主意，要到陳閣老家去，探望他的父母。但是皇帝深處簡出，不能輕言巡遊；如今要到江南去，須假託一件事故，才可免得臣下諫阻。忽然想起了皇太后萬壽的日子快到了，不妨說是承歡母后，奉遊江南；況且先皇奉慈聖太后六巡江浙，已有先例。這時，工部又報稱海塘工竣，更可以借閱海塘為名，悄悄的到海寧探望陳閣老去。

主意已定，便進宮去見太后，說奉母出巡江南，承歡膝下；那太后聽了，起初推託說：「此去又得勞動百姓，不如免了罷。」後來皇帝再三慫恿著，太后心想，從前慈聖太后也曾享過這個福，皇上有這一片孝心，我也可以享得；便也答應了。

第二天，皇帝坐朝，把奉母南巡、查閱海塘的意思說了；當時雖有裘曰修、陳大受幾個大臣出班諫阻，無奈乾隆皇帝南遊心已決，便也不去聽他。一面下旨，定於乾隆十六年四月南巡；一面命大學士劉統勳代理朝政，史貽直總攬軍務。

這個聖旨一下，把那班沿途的官員忙得走投無路；其中第一個自告奮勇的，要算揚州的鹽商。那商人平日持勢壟斷，得的不下數千萬；其中要算江、汪、馬、黃四姓，最是豪富，真是揮金如土，日食萬錢的。兩江總督知道他們有錢，便叫他們承辦皇差。有一個江鶴亭，是個首富；他家中有一座水竹園，十分清幽，養著一班小戲子，天天在園中演唱歌舞。如今聽得皇上南巡，他便把花園修改得十分華麗。那班戲子裏邊，有一個唱小旦的，名叫蕙風，長得玉膚花貌，又能妙舞清歌；江鶴亭又親自教授她許多新曲，預備供奉皇上。

同時有一個汪如龍，也是一位大鹽商；他打聽得江家的事情，便也預備接駕。他家卻有一班女戲子，個個長得仙姿國色，煙視媚行，這也不去說他；單說其中一個頂尖兒的，名叫雪如，荳蔻年紀，洛神風韻，整個揚州地方，誰不知道汪家有這個尤物？便是汪如龍自己，也萬分憐惜；雖說美玉當前，也不忍加以狂暴。所以雪如到了十八歲年紀，還是一塊無瑕美玉，未經採摘。此番聽說皇上南遊，那汪紳士便和總督說知，願以家伎全部供皇上娛樂。

到了兩宮動身那日，車馬如雲，帆檣相接；一路上花迎劍佩，露拂旌旗。看看到了清江，那兩岸的官紳手扳腳靴，匍匐在船頭上接駕；皇帝傳總督進艙問話：「此地何處可奉太后駐駕？」

總督奏稱：「有江紳的水竹園，聊堪駐足。」皇帝便吩咐移駕水竹園。一霎時，水竹園中人頭簇擁、車馬雜沓；園內笙歌鏜鎝，園外兵戟森嚴。那江鶴亭奔走駭汗，照料一切；皇帝奉著太后御宴觀

劇，席間見蕙風軟舞清唱，十分讚賞，直到日影西移，才登車回舟。

那江紳士送皇帝上船以後，因蕙風獻技，深得皇帝的歡心，意想明天總可以得到皇帝的賞識，心中十分欣慰，便是那地方上的大小官員，也都替她預先道賀。到了第二天早，兩江總督帶同文武官員到御舟上去叩問聖安，那江鶴亭也夾在裏面；誰知才到得埠頭，祇見太監們向他們搖手，悄悄的說：「皇上正在舟中聽歌，莫擾了皇上的清興。」嚇得那班官員躡手躡腳的不敢說一句話。

那兩江總督求太監放他們到船頭上去伺候，那太監也不肯；大家沒法，祇得一字兒站在岸上伺候；看看那汪紳士卻坐在船頭上，和一般太監們說笑自如。江紳士看了十分詫異；又看看那船上，四面黃幔低垂，那一陣陣的清歌細樂，傳上岸來，叫人聽了不覺神往。

那江紳士心中十分詫異，他想：揚州歌舞在全國中要算第一，而我家的集慶班，在揚州地方又算是最上乘了。如今什麼地方又來了這班清歌妙舞？竟叫聖上爲他顛倒至此；心中實在有些氣憤不過，便拉著一個太監，悄悄的問明。

第四十一回　江南韻事

卻說乾隆皇帝到了揚州，第一天聽江紳士家集慶班的歌舞，十分讚嘆；在江紳士和那兩江總督的心中，以為聖上一快活，總少不了一二百萬的賞賜，因此大家替江紳士高興。誰知到了第二天，大家到埠頭去伺候，那太監把許多官員一齊擋駕在岸，一個也不替他們通報；看看那御舟上繡幕沉沉，笙歌細細。江紳士急打聽是誰家戲班在裏面獻技，那太監不肯說，總督去打聽，他也不肯說。

這班官員從辰時直站到午時，站得腰酸腿軟；那御舟上歌聲才息，接著一陣嬌軟的笑聲。兩江總督求內監替他上船去通報，那內監一開口便要一萬；後來再三懇情，總算讓到六千塊錢。那太監得了銀錢，才告訴他：「在船上歌唱的，是汪紳士家的四喜班，那領班姑娘叫雪如，長得翩若驚鴻，矯如游龍；聖上已看中了，如今歌舞才罷，已傳命雪姑娘侍宴。各位大人，如要朝見，不如暫退，俟皇上宴罷，再替你們奏報不遲。」

那班官員聽了，也無可奈何，祇得暫時退回接駕廳中，匆匆用過了午飯，再到埠頭去候旨。那太監

替他們去奏報，忽然傳出聖旨來，獨傳汪紳士進艙去朝見；那汪紳士早在船頭上伺候，聽得一聲傳喚，忙整一整衣帽，彎著腰，低著頭，戰戰兢兢的走進艙去，半晌，又見他笑嘻嘻、喜揚揚的踱出艙來。

過了一會，聖旨下來，賞汪如龍二品頂戴，白銀八十萬兩，准他在御前當差，那汪如龍接了聖旨，走上岸來，自有許多官員前去趨奉他；汪如龍臉上不覺有了驕傲的神色，見了那江鶴亭，越發是瞧他不起。江鶴亭和他去攀談，他便愛理不理；江鶴亭滿面羞慚。那汪如龍祇向總督拱了一拱手，便上轎去了。

這裏看汪紳士去過以後，內監才傳出聖旨來，說：「著諸官紳退回衙門，皇上午倦欲眠，毋庸伺候。」裏面祇拿出一萬銀子來賞江紳士，那江紳士空盼望了一場，祇盼望到這一點一萬兩銀子，單是謝太監們也不夠，祇得垂頭喪氣的回去。

暗地裏打聽，原來那四喜班是汪如龍家的，皇上生長深宮，所見的都是北地胭脂，如何見過這江南嬌娃；況且這雪如是揚州地方第一個美人，嬌喉宛轉，玉肌溫柔，一度承恩，落紅滿茵；皇帝見她還是一個處女，便格外的寵愛起來，一連三天不傳見臣民，把那班官紳弄得徬徨莫定。到船邊悄悄的問時，那太監總說：「聖上和新進的美人在船中歌舞取樂。」直到第四天時，才召見兩江總督；這時皇上心中十分歡樂，當面褒獎那總督，說他設備周到，存心忠實，便賞他內帑四十萬兩，那總督急忙磕頭謝恩。

第二天，龍舟便行，沿途經過鎮江南京，供應十分繁盛；這時皇帝有雪如陪侍在身邊，日夜取樂，便也無心遊玩。祇是那江紳士吃了這個大虧以後，心中念念不忘；他回得家去，和那蕙風晝夜計議，總要想法拾回這個面子來，才不愧爲揚州的首富。那蕙風也因爲自己遭了這場沒趣，急欲挽回盛名來；便日夜思量，甚至廢寢忘餐。連想了幾天，忽然被他想出一個妙法來了。

這法子，名叫水戲臺；是把戲臺造在船上，戲臺上鋪設得十分華麗。這戲臺照樣造成兩隻，又編了許多皇母宴、封神傳、金山寺等熱鬧的戲文；又花了十萬銀錢，買通了總管太監。這時御舟已到了金山腳下。在半夜時分，江紳士悄悄督率著伕役，把這兩座水戲臺駛近御舟；兩旁用鐵鍊和御舟緊緊扣定。到了第二天，皇帝還和雪如睡在榻上，忽然聽得細樂悠揚；皇帝問時，那總督太監奏稱：「有揚州紳士，獻一班童伶，在艙外演唱。」

皇帝命把窗幃揭起，祇見船身左右造著兩座華麗的戲臺，左面臺上，正演著群仙舞；一群嬌憨的孩兒，個個打扮得嬌花弱柳似的，一邊唱著一邊舞著，那歌聲嫋嫋動人，舞態宛轉欲絕；合著笙簫悠揚，真好似在廣寒宮裏看天女的歌舞一般。左面才罷，右面又起；繡幕初啓，接著一個散花天女，唱著舞著

出來，歌喉嬌脆，容光嫵媚。

皇帝說道：「這般美貌，正合天仙的身分。」問：「是誰家的女兒？」

那總管太監早得了江紳士的好處，便奏說：「是揚州紳士江鶴亭家的集慶班；這扮天仙的，是領班的，名叫蕙風。」

皇帝聽了，點頭嘆賞；說道：「也難爲他一片忠心！這孩子也怪可憐的。」

皇帝睡在榻上，懷中撫著那雪如，一邊吃酒，一邊看戲；那戲臺上演過歌唱的戲以後，便大鑼大鼓的演起「天門陣」來；接著又演「法門寺」。第二天，依舊是兩面戲臺，輪流演著熱鬧的戲文。這樣一天一天的演著，皇帝如何見過這有趣熱鬧的戲文，早把個皇帝看出了神；夜裏又演「目蓮救母」，觀音遊地府的燈火戲，忽而神出鬼沒，忽而煙火漫天。皇帝看到高興的時候，便去後面船上把太后請來；那太后看了，也十分讚嘆。

這樣子不知過了幾天，忽然太監報稱，已到蘇州。那蘇州巡撫帶領全境官紳，在外面接駕；皇帝聽了十分詫異說：「御舟並不曾搖動，如何已到了蘇州？」

到這時候，總管太監才稱：「這都是江鶴亭的一片巧妙心思，祇怕皇上沿路寂寞，便造了這兩座水戲臺，練這班小戲子，孝敬皇上。」

乾隆皇帝聽了，說：「難得江鶴亭一片忠心！」傳旨，也賞他二品銜，又賞銀八十萬兩。那江鶴亭得了賞賜，便走上御舟去謝恩；皇帝當面獎勵了幾句，又吩咐那蕙風，每演完戲，許他遊船來伺候。從此皇帝，聲有蕙風，色有雪如，心下十分快樂。

那江鶴亭得了賞賜回去，故意穿了二品的頂戴，去拜見汪如龍；那汪紳士見他也得了好處，心中十分嫉妒；看他那副驕傲的神氣，心中又十分氣憤。從此以後，江汪兩家便暗暗的結下冤仇，那汪紳士日夜想法，總要壓倒那姓江的。這是後話。

如今再說乾隆皇帝從蘇州到了杭州，便把那水戲場搬在西湖中央，賞眾官員們看戲；又見西湖景色優勝，便坐著輕暖小轎，奉著太后，天天遊玩去。

在乾隆皇帝未到杭州的時候，省城裏那班官紳，早已忙亂著籌備接駕的事情。起初大家會議的時候，也想挑選一班絕色的船娘，在西湖裏採蓮盪槳，以悅聖心；後來打聽得揚州有一個雪如，國色天香，被她拔了頭籌；如今杭州再用這條老法子，未免落他人窠臼，給揚州人見笑，又辱沒省城大地方的場面。倘然蓋造園林，匆促之間，絕不能成偉大的工程；況且西湖有天然的圖畫，這人造的園林，也絕不能勝過這天然風景。

想不出法子的時候，忽然其中有一個韓紳士起來說道：「如今我有一個妙法了。咱西湖上淨慈寺、

海潮寺、昭慶寺、廣化寺、鳳林寺、清漣寺，上至靈隱天竺，儘多名山古剎、高僧大佛；當今皇上，天生聰慧，自幼便喜經典禪機。那五臺山清涼寺，聖駕時時去巡幸，寺中設有寶座，皇上常命眾僧高坐參禪；寺中方丈，法名慧安，原是世祖剃度時伺候過的，後經聖祖封爲智慧正覺佛。皇上和他最好，便拜他做師父。

慧安有八個徒弟，名曼如、智圓、皎然、高朗、心澄、大澈、智恆、無象；個個都是禪參上乘，舌妙蓮花。皇上稱他們爲師兄。這種情形，都是我託京中官員，從親近內監那裏打聽得來的；那揚州蘇州的官紳，還不知道呢。如今我們正可以趁此機會，搜尋天下的高僧，安插在西湖上各大叢林裏；待皇上駕到，各廟中高搭綵棚，大做法事，另築講臺，請各高僧上臺說法。皇上見了，一定歡喜，又可以見得我們省中官紳的清高。」

當時浙江巡撫聽了，便問他：「老兄如何知道皇上必定歡喜？」

那姓韓的說道：「皇上從揚州、蘇州一路行來，享受的盡是聲色繁華；忽然見這清靜佛地，好似服了一劑清涼散。皇上又是有佛根的，如何不喜？」一席話，說得在座諸人個個稱妙。

那巡撫又說：「咱們要求聖心愉悅，非得仍去請五臺山法師來主持各寺不可。」當下由巡撫修了一封密書，派人晝夜趲程，趕到五臺山去請求名僧。

這時清涼寺主持僧慧安，已告老退休，由大徒弟曼如當家；那曼如雖說參禪聰明，卻是一個貪財好色之徒。見杭州巡撫派人來請求高僧，知道這是發財的好機會，便冷笑著，對那來人說道：「你們杭州人也知道急來抱佛腳嗎？如今我山中正要修造銅殿鐵塔，最少也得一百萬銀元，才得造成；師兄弟都下山四處募化去了，誰有空兒來踏江南的齷齪地方！」

那人見曼如口氣決絕，杭州接駕的日子一天近似一天，心中焦急得不得了；便再三和曼如商量：「師兄弟既不在山，便求大和尚派幾位徒弟去，也是好的。」

那曼如祇是搖頭不應。那人急得沒法，便答應捐二十萬銀子，修造鐵塔；後來慢慢的加到四十萬塊錢，那曼如才答應下來。立刻在耳房裏喚出四個和尚來，吩咐他跟著來人到杭州說法去。

那班杭州官紳，聽說請到了五臺山高僧，便興高采烈，預備清潔的禪房、莊嚴的講座；這四個和尚到杭州的時候，全城官紳都前去迎接。誰知見面之下，談論起來，卻是一竅不通，舉動惡俗，不覺大失所望；祇因他們是五臺山來的，便也照常敬重他們。哪知這四個和尚住在寺裏，漸漸的不守清規起來；起初還不過是偷葷吃素，那寺院後門外，常常見許多雞毛鴨骨。後來索性偷起女人來了。

蘇杭女人本來是信佛的多，這時聽說杭州地方設廣大道場，那蘇杭一帶的名媛閨秀，便趁御駕未到以前，都搶著到西湖上來朝見名山，瞻禮佛像；那和尚便在寺中造著密室，見有略平頭整臉的婦女，便

拉去藏在密室裏。不上一個月工夫，被他們騙去的婦女已有三十六個。

那鄰舍人家和遠路香客，見走失了自己的妻女，便吵嚷起來，四處找尋；那和尚僱著工匠，天天在廟裏建造深房曲室，沒日沒夜和那班婦女在裏面宣淫作樂；又擅自把廟中產業押的押、賣的賣，他們仗著是皇上師弟兄的勢力，有誰敢去攔阻他們？便是走失了那班婦女，也明知道是這幾個和尚搞的鬼，雖有那班婦女的父兄丈夫告到官裏來，也祇好裝聾作啞，不去理他。那和尚膽子越鬧越大，後來索性連官家眷屬，也被他拐騙了去。

這時塘棲地方有一個紳士，姓楊，曾經做過關外總兵，因養病在家；他有一位姨太太，名叫琳娘，原是窯姐兒出身，祇因她面貌長得十分標緻，這楊總兵十分寵任她。琳娘一向信佛，聽說杭州地方迎接高僧，建設道場，便和總兵說知，要到杭州燒香去；總兵官也依她，親自陪她到杭州來。

誰知祇到了三天，那琳娘便不見了；四處找尋，毫無影蹤。這總兵急了，告到將軍衙門裏；那將軍派了幾個親兵，幫他找尋。後來，這總兵偶然從琳娘貼身的丫頭口風裏聽出來，才知道他的姨太太，是被那五臺山來的和尚騙去的。

他原是一個武夫，聽了這個話，如何忍得？便立刻帶了自己的跟隨打進廟去；果然在地窖裏找到了。這地窖打扮得錦帳繡帷，鋪著長枕大被，點著不夜天燈；那琳娘和別家十多個婦女，都關在窖子裏。總兵急找那和尚時，已逃得無影無蹤；氣得那總兵咆哮如雷，帶著琳娘，要趕上蘇州去叩閽上告。慌得那杭州一班官紳一齊起來勸阻，又由大家湊了十萬銀錢，算是遮羞錢，送他回鄉去；那走失的三十六個婦女一時都找得，由地方官備了船隻，各自送她們回家去。

這一場大鬧，把個莊嚴的佛場打得七零八落；看看接駕的日期一天近似一天，那道場須重新修建且不去說他，最爲難的，在這短促日期，到什麼地方去找請名僧來主持講壇？後來，也是那韓紳士想出了一個救急的法子來，說：「杭州人文薈粹之區，深通內典的讀書人，一定不少；我們何妨把他們請來，暫時剃度，分主講壇。」

韓紳士這個主意一出，那一班寒士略通內典的，都來應募。韓紳士自己也懂些大乘的法門，便一個個當面試過；揀了幾個文理通順，聰明有口才的，便給他們剃度了，分住各山寺院。並和他們約定，倘能奏對稱旨的，便永遠做和尚，送他兩萬兩銀錢；沒有接過駕的，待皇上回鑾以後，任聽還俗，另送他四千兩銀錢酬勞。

其中有一個姓程的，一個姓方的，一個姓余的，一個姓顧的，四個人都是深通內典，辯才無礙；韓紳士給他們都改了名字，姓程的改名法磬，住持昭慶寺；姓方的改名惠林，住持淨慈寺；姓余的改名拾得，住持天竺寺；姓顧的改名寶相，住持靈隱寺。其中要算法磬最是機警；便在昭慶寺前建設大法場，

設七七四十九日水陸道場，夜間請法磬大師登壇說法。

那法場在平地上搭蓋百丈綵棚，四面掛滿了幢旛寶蓋，莊嚴佛像；做起道場來，鐃鼓殷地，梵吹振天，燭光徹宵，火城列炬，香煙繚繞，薰聞數里。善男信女，憧憧往來，南無之聲，響徹雲霄。那講壇上更是莊嚴，綵結樓閣，高矗半天；蓮座上端坐著法磬大師，合掌閉目，金光滿面。

臺上燈燭輝煌，香煙氤氳；老僧入定，望去好似金裝佛像。臺下甬道兩旁，站立著五千僧人，整齊肅靜；地上鋪著尺許厚的花毯，人在上面走著，寂靜無嘩。那四方來瞻禮的男女，萬頭擁擠，如海潮生；走進門來，個個都合掌低頭，屏息待立。大門外用金地黃字繡成「奉旨建設道場」六個大字，兩旁豎起下馬牌；上寫「文武官員軍民人等至此下馬下車」字樣。

那和尚打坐一日，到夜裏說起法來，真是聲如洪鐘，舌粲蓮花；說得個個點頭，人人皈依。說到第十四日時，聖駕已到；接駕的官紳把名寺住持的名單進呈御覽。皇帝見設廣大道場，心中第一個歡喜，那皇太后也是信佛的，說起當初聖祖在日，如何與佛有緣；這杭州西湖又是一個佛地，是宜優禮僧人，廣闡佛法。那乾隆皇帝便奉著太后親臨道場。皇帝吩咐在場的都是佛門弟子，一列平等，許人民瞻仰聖顏，不用迴避。

那法磬和尚高坐講臺，見御駕降臨，他也若無其事，自在說法。那皇帝和皇太后帶了全城官員，便在壇下恭聽。直待講完了，那法磬才下臺來，恭接御駕。

皇帝笑問道：「和尚從何處來？」

法磬答道：「從來處來。」

皇帝這時手中正拿著一柄摺扇，猛向法磬頭上打了一下；這時候在兩旁侍從的官員見了，大驚失色，以爲天子震怒。再看看皇帝臉上，卻笑容滿面。大家正詫異的時候，忽聽得法磬喉中大喊一聲，哄哄的響著，好似打磬子一般；那聲音漸長漸遠。

皇帝聽了，大笑道：「和尚錯了！他磬等不得你磬，你磬乃不應此我磬；什麼道理？」

法磬大聲答道：「磬亦知守法，非法不敢出聲。」

皇帝說道：「和尚又錯了！你聲非聲，你法亦非法；那沒你磬也非磬。有什麼敢不敢？又有什麼守不守？又爲什麼要出聲？你要出聲便出聲，更何容得你守法？」

法磬也笑著答道：「和尚沒有扇子，所以和尚是磬；和尚是磬，不是磬聲，所以和尚是法。如今是和尚錯了，扇子來了，磬聲若出，和尚圓寂，和尚還是守的法。」

皇帝聽了，把扇子拋給法磬說道：「朕便把扇子給你。」

那法磬接了皇帝的扇子，便連連打著光頭，一邊打著，一邊嘴裏便哄哄的響著，輕重快慢跟著扇

子，好似在那打磬子一般。

皇帝看了又忍不住笑起來，問著他道：「和尚自己有了扇子，便不守法；這是和尚的錯呢，還是扇子的錯？」

法磬說道：「不是和尚錯，也不是扇子錯；是法磬錯，是給扇子與法磬的錯。」

皇帝莊容道：「原是扇子錯，卻不料累了和尚，還不如撇去扇子的乾淨。」說著，便伸手奪去法磬手中的扇子，摔在地下。

那法磬不慌不忙拾起扇子來，說道：「罪過！罪過！扇子不錯，原來是法磬錯了。」

皇帝略略思索一會，說道：「罷罷！和尚便留著這柄扇子，傳給世人，叫他們不要再錯了。」

法磬合掌閉目，唸著佛號道：「西天自在光明大善覺悟圓滿佛：南無聰明智慧無牽無礙佛！」

皇帝看了，也合掌答禮道：「什麼佛，什麼佛，竟是乾矢橛！」說著，便轉身到各殿隨喜去。遊畢，走出門來，法磬帶領五千僧人、男女信徒，恭送御駕。

皇帝走出了大門，回過頭來，笑著對法磬道：「破工夫明日早些來。」

法磬躬身答道：「和尚是沒有吞針的。」

皇帝說道：「管他則甚？你破工夫明日早些來。」

法磬又把扇子在自己頭上打了一下，卻不作聲；皇帝笑問道：「爲什麼這磬子不響了？」

法磬說道：「竟是乾矢橛，什麼佛，什麼佛！」

皇帝聽了，又不禁大笑；便吩咐法磬坐轎，也跟著到淨慈寺去。

那淨慈寺住持僧人，便是惠林，早在寺門口接駕。皇帝進寺去，瞻禮佛像以後，便帶著兩個和尚，上吳山去，站在最高峰上，見錢塘江中來往船隻甚多；乾隆皇帝忽然問惠林道：「和尚看江中有多少船隻往來？」

惠林略加思索，便得道：「祇有兩隻。」

皇帝一時解不過來，惠林替他解道：「這兩隻船，一隻名爭名，一隻名奪利。」

皇帝又問道：「和尚怎麼也見得名利？」

惠林道：「和尚不見得名利，所以見得這兩隻船中人是名利；倘然兩船中人見得是名利，所以不見得兩船以外，是見得兩船中人是名利。」

皇帝聽了，點著頭說道：「法磬便是惠林，惠林便是法磬！」

到了第二天，皇帝又帶著法磬、惠林到天竺寺去；那天竺寺住持僧，名叫拾得。這時八月天氣，雖還熱，天竺寺院子裏的木樨花，卻開得甚是熱鬧。

皇帝劈空問道：「聞木樨香否？」

拾得答道：「此是香，此不是木樨；此是木樨，此不是香。木樨與香，原是兩橛的。」

乾隆皇帝笑道：「和尚又錯了！此是木樨，即是香；此是香，即是木樨。香與木樨，原是一鼻孔出氣的。」

拾得合十說道：「那沒還他是無有木樨，無有香。并何有關？并何有問聞木樨香者？」

乾隆皇帝聽了又點頭稱妙。

這天竺地方，原是三面環山的，層巒疊嶂，隨處有茂林清泉；乾隆皇帝一時捨不得離開，天天帶著幾個高僧，覓勝尋幽，參禪悟道。他這時另有山林之樂，便把那雪如和蕙風的聲色脂粉都丟在腦後了；在天竺山上玩了幾天，便下山來，到靈隱寺去。

一進山門，便見危峰撲人，高樹障日，便讚嘆著道：「好一個清奇的所在！」

靈隱寺原有一個高僧，名叫法華；年紀已八十八歲，另在一間密室裏告老養靜，皇帝也頗知道他是道德高深的和尚。這時靈隱寺的住持，僧名叫寶相，在寺門外接駕；乾隆定要見法華。

寶相奏稱：「法華初次滅度，皇上讓他去罷。」

皇帝生氣說道：「朕要法華，他敢滅度，此是何法？」

寶相說道：「此不是法，此是初次滅度，皇上定要他，他便滅度了；便不是初次，此是色相的滅度。」

皇帝道：「你言色相，你是什麼色相？你敢是寶相？你便敢是法華的寶相？」

寶相回奏道：「和尚是無色，色即是空，空即是色；和尚是無相，無我相，無人相，無眾生相，無壽者相。」

皇帝聽到這裏，拿一個指兒一豎，說道：「和尚敢是有寶？」

寶相接著說道：「和尚是乾矢橛，和尚是金剛不壞身，所以和尚是寶。」

皇帝說道：「法華不是金剛不壞身，所以滅度，便不是寶。」

寶相指著山門口的飛來峰，答道：「說他也不是寶，人皆不信；他卻不是滅度，他卻是飛來，所以稱他是寶。」

皇帝便問道：「他是否寶相？」

答道：「是飛處飛來，也不是寶相；不是飛處飛來，也是寶相。」

皇帝聽了點頭道：「法華便是寶相，寶相便是法華！」

寶相便陪著御駕進大雄寶殿去，瞻禮佛像；又到羅漢堂去遊玩，見塑著五百尊羅漢，個個都現著金

身寶相。

乾隆嘆道：「這才是金剛不壞身呢！」

這句話被隨扈的太監聽得了，知道皇上的意思，便悄悄的去告訴了浙江撫臺；那撫臺便連夜傳集工匠，在羅漢堂中間塑了一個皇上的金身。

第四十二回　帝王秘豔

卻說乾隆皇帝見浙江撫臺替他塑了一個金身，在靈隱寺的羅漢堂裏，心中十分得意；笑說道：「朕從此也是龍華會上人了！」

這時，大學士梁詩正隨從左右；這梁詩正是一代的詩人，皇帝帶他在身旁，隨時叫他捉刀。乾隆帝見杭州山水明秀，寺院崇宏，便喚梁詩正做詩；裏面有兩句：「有山有古寺，無寺無名僧。」

乾隆帝看了，說道：「好一個無寺無名僧！朕家自有佛法，自有名僧；今朕足跡所到，便當佈此真理。」

管事太監聽了這個話，又悄悄的去告訴浙江巡撫；那巡撫又偷偷的問太監道：「皇上家有什麼佛法？有什麼名僧？」

那太監笑笑說道：「大人不聽得我宮中有雍和宮喇嘛僧嗎？」

那巡撫聽了恍然大悟，知道皇帝也要在西湖上造一座雍和宮，供養幾個喇嘛；便暗地裏託人進京去

探問，知道皇上和國師無遮十分有交情，便把無遮請來，請他主持一切。那無遮到了杭州，先見過皇上，說明要在靈隱寺附近建造喇嘛廟，開一個無遮大會；皇帝十分歡喜，便吩咐內務府發銀十萬，又示意江浙官紳捐銀，共得到五十多萬兩銀子，無遮便擘劃一切，動工建造。

這時，聖駕巡幸到海寧去了，先由浙江文武官員陪奉巡視海寧石塘，並看江潮；看過了潮，乾隆帝便把一班文武官員都留在城外，自己帶著幾個侍衛和太監進城，到陳閣老家裏去了。

這陳閣老，便是陳世倌；他自從兒子被鈕鈷祿妃換去以後，便告終養，帶著家眷回海寧去了；後來雍正皇帝和他情分很厚，再三下聖旨，喚他進京去做官，他實在推卻不過，又怕推卻得太過了，要起皇帝的疑心，便祇得進京應召。

雍正皇帝十分敬重他，他一家人陳說、陳元龍父子叔姪都做了頭品大員，位極人臣。陳世倌則官做到首相，封文勤公；直到乾隆年間才告老還家，皇帝賞銀五千兩，在家食祿。乾隆帝又製御詩賜他，詩裏面有兩句道：「老臣歸告能無惜，皇祖朝臣有幾人。」

到這時乾隆帝下江南，陳世倌已死。乾隆帝自從知道自己是陳閣老的兒子以後，便格外優禮陳家，凡是墳上的碑碣道，命一律參用王禮；陳家子孫怕觸犯忌諱，求別的御史一再奏請，始許他墓道中用王禮，外面碑碣仍用閣老常禮。乾隆帝又吩咐查明陳氏後代子孫有若干人，統統賞給大小官銜，進京去供職。

這時乾隆帝御駕忽然親臨陳家，陳家的子孫一個也不在家中；一聲聽說天子駕到，嚇得家中一班婦女孩童沒了手腳。後來還是陳老太太有主意，把族長去請了來。那族長雖也做過幾任知縣，但這接駕的事情，他一生也沒有經歷過；再加年紀已有八十歲了，耳聾眼昏，嚇得他渾身索索的抖，祇怕有得罪的地方。

誰知乾隆帝見了那族長，卻和顏悅色問他：「陳家有多少家產？陳老太太還健康嗎？」那族長謹慎小心的回對了幾句，乾隆帝便吩咐他領路，到閣老墓前去。那族長領著聖駕走到墓堂，皇帝回過頭來一看，見身後還有幾十個王公內監跟著；看看走到碑亭前，皇帝吩咐大家在亭中站著，祇帶著兩個太監直到墳前，先在墳園前後視察一周，忽然吩咐兩個太監，把黃幕遮起來。外面的王公太監們被黃幕遮住了，看不見皇帝在裏面做什麼；祇有那兩個扶著黃幕的太監，看得清清楚楚。

後來回京去，其中有一個太監露出口風來，說皇上在黃幕裏面，實在是對陳閣老的墳墓在那裏行跪拜禮。聽得人十分詫異，知道這件事關係重大，便從此不敢告訴第三個人知道。

當時皇帝行過禮出來，立刻下了一道上諭，頒發庫銀二十萬兩，給陳老太太作爲養膳之費；又添買祭田十頃，添種墳樹四百株，在墓道前蓋造御祭碑亭三座，亭上蓋著黃琉璃瓦；亭外面有皇帝親手種的

皮松兩株、古柏兩株。又吩咐地方官另立專祠，兼管著陳墓春秋兩季祭掃的事情。諸事停妥以後，皇帝還在陳墓前後徘徊不忍去；後來經王公大臣一再催請，才退出來。走過中門，回過頭來，吩咐陳家族長，把這中門封閉了，以後非有天子臨幸，此門不得再開。那族長諾諾連聲。

這裏皇帝回到行宮去，祇見案上擱著京中兵部的奏報；打開來看，那奏報上說，閩浙總督報稱臺灣逆賊林爽文舉兵叛亂，圍城嘉義；除派兵兜剿外，盼望京中救兵甚急。乾隆帝見了這奏章，便立刻下旨回京；到了京中，自有許多官員接駕。這時第一個蒙召見的，便是福康安。這時福康安賞嘉勇巴圖魯，賜御用鞍轡，又畫像在紫光閣上，十分榮耀。

第二日，皇上聖旨下來，授福康安爲鎮遠健軍，會同京中各武將帶領勇健軍，馳赴臺灣，剿滅賊寇。這個聖旨一下，那班武將都要討福康安的好，人人奮勇，個個爭先；一陣斬殺，殺得那林爽文大敗奔逃，逃到臺東深山中，被福康安手下的牙將活捉過來，獻上大營。福康安凱旋到北京，把林爽文獻上朝廷；乾隆帝心中格外歡喜，聖旨下來，封爲一等嘉義公，賜寶石頂，四團龍服，金黃帶，紫韁金黃辮珊瑚朝珠；命於臺灣郡城及嘉義縣，各建嘉義公生祠，再畫像在紫光閣，皇帝親製像贊。

在這時候，福康安忽然死了夫人，京中文武官員都去弔孝；福康安夫妻恩情很厚，那夫人又長得十分美貌，如今斷了絃，叫他如何不悲傷。乾隆帝也特意下詔勸慰他，又賞治喪費三萬元，特派大臣御祭。這種恩典，沒有第二個人比得上了。但是在福康安心中，總是念念不忘他夫人。

恰巧乾隆帝的六公主，已到了下嫁的年紀；便有大學士阿文成出來做媒，替福康安求婚，一面又由乾隆帝的岳母進宮去求富察后。不料乾隆帝一口回絕不准，那富察后也對她母親笑笑道：「這件事情，是萬萬使不得的。福康安的母親董額氏，也不願她兒子去做駙馬。」

這時福康安有兩個哥哥做駙馬的，乾隆帝卻不十分寵愛他們；如今這福康安是乾隆帝極寵愛的，卻又不肯招他做駙馬。這裏面的深意，卻祇有皇帝、皇后和董額氏三個知道。

後來那傅恆的母親實在求得厲害，皇后便答應把六公主下嫁給福康安的兄弟，卻把和碩親王的格格指婚給福康安。這時福康安年紀祇得二十六歲，當時奉旨完婚以後，接著又有廓爾喀賊匪侵犯後藏；聖旨下來，仍叫福康安親統六路兵馬，會同大學士阿文成，前去征剿。

說也奇怪，那賊匪一聽得嘉義公的名氣，便嚇得他們魂膽飄搖，連打敗仗；不到一個月，便平服下來。

接著又是甲爾古拉集寨酋長反叛，皇上便命福康安統領得勝兵馬，轉戰前去；那酋長聽說福康安人馬趕到，便嚇得他親自跪在帳前求降。一連得勝的文書送到京中，聖旨下來，許他班師；福康安官晉大學士，加封忠銳嘉勇公。兵馬走在路上，乾隆帝又賞他御製誌喜詩，親筆寫在扇子上；又賞御用佩囊六

枚，又加賞一等輕車都尉，照王公親軍校例，賞他僕從六品藍翎三缺。皇帝這樣看重他，那沿路的地方官，誰不趨奉他？

這時兩湖總督濮大年，要討福康安的好，便和他幕友商量，沿長江一帶，都紮著燈綵，吹打迎送；湖南巡撫又到杭州去借得水戲臺來，跟著福康安的坐船，日夜演戲。那福康安在船中吃酒看戲，十分快樂；船到洞庭湖中，那湖裏原有一種洞庭艇子，四面湘簾明窗，收拾得十分清潔。艇子頭尾上掛著五色玻璃燈，兩旁遮著繡帷；船梢頭都用船娘搖櫓，打扮得十分妖豔。一共有百十隻艇子，那船娘齊聲唱著皇上的誌喜詩，歌聲十分嬌脆。

福康安的坐船在中央，那許多洞庭艇子都圍繞著大船；慢慢的盪著槳，緩緩的唱著歌。福康安看了，讚嘆道：「她們真好似洛水神仙！」便吩咐艇子靠近大船，福康安跳過艇子去，見裏面明窗淨几，便吩咐設席，請過幾個幕友來，陪他吃酒。

席散以後，福康安偶然踱到後艙去閒望；祇見船尾一個女孩兒，赤著一雙白足，身上披著一件腥紅斗篷；豐容盛鬋，桃腮櫻唇，十分俊俏；手中搖著櫓，那一搦柳腰，臨風擺動，真是小巧輕盈，把個福康安看怔了。忽聽得那女孩兒輕展珠喉，唱起曲子來，嫋嫋動人；微風起處，掀開了斗篷的下幅，露出紅裳綠襖來。

那女孩兒回過頭來，見了福康安，不禁眼波一溜，嫣然一笑，露出十分蕩意；福康安不禁心旌搖盪，拍著手說道：「江南地方有這樣的妙人，我在京中如何見過！」忙回進艙來吩咐侍從，快把那船梢上的女孩兒喚來；那侍從去喚時，這女孩兒說道：「青天白日，羞答答的，叫人怎生見去？」

福康安聽了，笑了一笑說道：「吩咐她晚上來見我罷。」

到了昏夜，祇見那女孩兒打扮得異樣風流，走進艙來，盈盈拜下地去；福康安在燈下看時，見她容光煥發，和日間又是不同。福康安忙把她扶起來，拉在懷裏，問她名字；那女孩兒說名喚寶珍；福康安從此寵愛寶珍，一路南下，俱是寶珍伺候。看看到了揚州地方，福康安替寶珍買一座別墅給她住下；所有沿路官員的供獻和皇帝的賞賜，約有五六十萬銀錢，福康安統統交給寶珍，自己帶兵凱旋進京去。乾隆帝見了他，自然有一番獎勵稱讚；傳旨下去，賞戴三眼花翎，晉封貝子銜，仍帶四字佳號，照宗寶貝子例，給護衛。

這一天，福康安進宮去謝恩，由內監領他直走進骨董房；祇見皇上身旁有一個年輕大員，手中拿著一個古瓶，和皇帝說笑著。那舉動十分輕佻，皇帝非但不生氣，反拉著他的手，笑嘻嘻的說道：「你歡喜這瓶嗎？便賞給你拿回家去罷。」那大員謝也不謝，便拿著瓶去了。

福康安在一旁看了，心中十分狐疑，問又不好問得；退出宮來，悄悄的去問劉統勳。劉統勳說道：「這便是皇上新近識拔的總管儀仗大臣和珅的便是。」

福康安在京外時，也聽說皇上十分寵任和珅；但他也不曾見過和珅是怎麼樣的人，如今見他舉動輕佻，心中便厭惡他，暗暗的叮囑劉相國，須要好好的防著他。

列位，你知道和珅是什麼樣人？何以乾隆帝忽然寵任他到這地步？說起來，這裏面也有一段豔史。原來當初乾隆帝做太子的時候，祇因雍正帝和鈕鈷祿后十分寵愛，常常把他留在宮裏；乾隆帝這時還是寶親王，到底少年心性，見宮中十分好玩，便東溜西逛，什麼把戲都玩出來。

這時雍正皇帝有十六個妃嬪，其中最得寵的有四人：一是舒穆祿氏，一是伊爾根覺羅氏，一是馬佳氏，一是陳佳氏。那馬佳氏和陳佳氏，原是漢女冒充旗人入宮的；雍正皇帝因她倆人長得比別人格外白淨細膩，便格外寵愛她們些。

太子這時年紀已有十七歲，男女之愛正濃厚的時候，便終日和那班妃嬪、宮女調笑無忌。那妃嬪也因他是皇帝、皇后寵愛的太子，誰敢不依順他？再則，因那太子也長得英俊風流，那班宮女也愛和他逗著玩笑。其中，祇有一個馬佳氏，她自己仗著美貌，脾氣也冷僻，不肯和太子胡纏；這太子偏看中了她，時時趁她不防備的時候，便闖進宮去，嬲著馬佳氏，或是要吃她嘴上的胭脂，弄得那馬佳氏惱了，他才放。這種事情也不只一次了。

這一天合該有事；馬佳氏在宮中閒著無事，見自己的雲髻有些鬆懈下來；便喚宮女替她重理梳粧。青絲委地，正在梳理的時候，這寶親王忽然悄悄的走進屋子來；宮女見了，正要聲張，那寶親王站在馬佳氏身後，忙搖著手，叫她不要聲張，一面躡手躡腳的走上去，從馬佳氏身後伸過手去，掩住馬佳氏的兩眼。那馬佳氏猛不防有人來調戲她，顫著聲兒急問：「是誰？」

寶親王忍著笑，不做聲，那宮女也掩著嘴暗笑；馬佳氏認作是歹人，她這時手中正握著一柄牙梳，猛力便向身後打去；祇聽得哎唷一聲，不偏不倚的，正打在寶親王眉心裏，那血便直淌出來。寶親王忙放了手，捧著臉，轉身逃出宮去，這裏，馬佳氏知道是打壞了太子，心中又害怕又羞憤，暗地裏哭了一場。

誰知到了第二天，大禍來了，因爲恰巧第二天是初一日，宮中規矩，皇子皇女都要進宮去朝拜父皇母后；寶親王眉心裏受了傷，給鈕鈷祿后看見了十分心痛，便把寶親王接近身來，細細的一看，知是被人打破的；便十分詫異，連連的追問：「和誰打過架來？」

那寶親王見問，又是心慌，又是羞愧；便期期艾艾的說不出話來。鈕鈷祿后看了，越發起了疑心，便大聲喝問，寶親王被母后逼問不過，一時也無可推托，便說：「曾和馬佳妃玩兒，妃子失手打傷

的。」

這馬佳氏性情冷僻，又因皇帝寵愛她，鈕鈷祿后平日也厭惡她；如今聽了這個話，便十分動怒，一口咬定說馬佳妃調戲他兒子，立刻傳命把馬佳妃喚來，一頓棍子亂打；喝著太監，拉出月華門去，拿繩子勒死。寶親王見母后生了氣，又不敢勸，又不敢走；站在一旁，眼看著太監把馬佳妃橫拖豎拽的拉出宮去，他心中好似刺著十八把鋼刀一般的痛。好容易伺候母后進去了，他一轉身，急急趕到月華門去看時，那妃子粉頸上被繩子切住，祇剩得一絲氣息。

寶親王哭道：「我害了妳也！」忙把自己的指頭咬破，滴一點血在妃子頸子上，說道：「今生我無法救妳了，但願和妳來生有緣；認取頸子上的紅痣，我便拿我的性命報答妳，也是願意的。」

這一句話說完，妃子掛下兩點眼淚來死了。寶親王又花了一千塊錢，買通了宮女，把馬佳氏貼身的襯衣脫下來，拿去天天伴著他睡；直到寶親王登了皇位，才把這件事情漸漸的忘記了。

後來乾隆帝在大廟中拈香回宮，那班御前侍衛和鑾儀衛的人員都散去了；忽然宮裏太監傳話出來，皇上又要出宮去，探望協辦大學士陳大受的病。慌得那班鑾儀衛的人員，七手八腳的，又把御用儀仗拿出來伺候；不知怎麼，一時裏把那頂黃蓋不知丟到什麼地方去了，那皇上卻已踱出宮來，陞了鑾輿。那儀仗人員越發心慌了，東奔西跑的找那頂黃蓋，兀是找它不到。

乾隆帝坐在鑾輿中，十分惱怒，頓著腳說：「這是什麼人做的事情？這樣荒唐得厲害。」

這時有一個抬龍輿的官學生聽了，忙跪下來回奏道：「這事，典守者不得辭其責。」

乾隆帝看他年紀很輕，命他抬起頭來；一看，不覺把個皇帝看怔了。祇聽得乾隆帝嘴裏祇說得一個「咦！」字。

第四十三回　和珅掌權

卻說乾隆帝當時見了那抬轎的少年，不覺心裏一動；他心想：這人十分面善，在什麼地方見過的？朕和他從前是十分親熱的，怎麼一時想不起來了？他怎麼又替朕抬著鑾輿呢？乾隆帝這樣怔怔的想著，那班伺候的內監看見皇上這副神氣，也十分詫異；祇得靜悄悄的看著。忽然見皇帝走下鑾輿來，吩咐把儀仗收了，不出宮去了；一面自己踱進宮去，一面傳旨，把那抬轎的少年傳進宮來。

那少年也莫名其妙，他從來也不曾進宮去過；今見天子傳喚他，嚇得他渾身打顫，走進宮去，內監直領著他走進御書房，跪在地下，一動也不敢動。

皇帝在屋子裏踱來踱去，吩咐內監們一齊退出；便開口問：「你叫什麼名字？」

那人磕著頭，說：「名叫和珅。」

又問他：「多少年紀？」

回奏說：「二十四歲。」

又問他：「是什麼出身？」

回奏說：「是滿州官學生。」

這時乾隆帝忽然想起來了，原來這和珅的面貌，和從前那被勒死在月華門下的馬佳妃，一式一樣，絲毫不差；屈著指兒算一算，那馬佳妃死後到現在，恰恰二十四年。乾隆帝想起從前馬佳氏的一番情形，不覺心中一酸；自己在椅子上坐下，喚和珅跪近身來，又喚他把衣領解開來。乾隆帝看時，見他頸子上果然有一點鮮紅的血痣；乾隆帝忍不住伸手把和珅一抱，抱在懷裏，掉下眼淚來；說道：「妳怎麼投了一個男身呢？」

那和珅認做皇上發瘋了，慌得他動也不敢動，一任皇帝哭著說著。這和珅原是十分伶俐的，聽皇上說起從前和馬佳氏的一番情意，便撒癡撒嬌的說道：「陛下害得我好苦！」說著，也掉下眼淚來。

皇帝舉起龍袖替他拭淚，兩人唧唧噥噥的在御書房裏說了半天話，乾隆帝又送了他許多貴重的衣服骨董；另外又賞他五萬兩銀子。第二天，聖旨下來，特找他做掌管儀仗的內務大臣。

從此，乾隆帝把個和珅百般寵愛起來，那和珅也常常進宮去伺候皇帝；有時在御書房裏同榻而眠。和珅放出許多嬌媚的樣兒來迷住皇帝，那乾隆帝真的拿他當馬佳妃子一般看待；外面許多大臣，知道和珅得了寵，便又搶著去趨奉他。有的送錢鈔，有的送房產；有的送美人，有的送骨董珠寶。這和珅原是小人得志，不知道什麼禮法的；他仗著皇帝的寵愛，盡力的做那貪贓枉法的事。

不到幾年，和珅家裏居然宅第連雲，家財千萬，奴婢成群，美人滿室。不用說別的，便是和珅的家奴，也有許多官員去孝敬他；祇叫那家奴在他主人前說一句話，便可以立刻陞官發財。那乾隆帝心中祇有一個和珅，別人的話他都不信；祇有和珅說的話，他句句相信。有時遇到皇帝動怒的時候，祇叫和珅進來說一句話，立刻轉怒為喜。

皇帝常常喚和珅，稱他「我的人」；那四方進貢來的寶物，皇帝吩咐和珅自己挑選，把十成裏的三四成都賞給他。說到實在，和珅已是和皇帝對分了貢物；因為那進貢來的東西，先要經過和珅的手，他早已揀了好的東西，拿到自己家裏去藏起來，卻把揀剩的送給皇帝，皇帝又分給他。因此和珅家裏的珍寶越積越多，有許多還遠勝過大內的。

有一天，正是十五日，皇子皇女都進宮來朝見，皇后留他們在宮中遊玩。七阿哥和誠親王兩人在長春宮中遊玩，那七阿哥一不小心，打碎了陳設在宮中的一雙碧玉盤；那玉盤直量有一尺寬，顏色翠綠，是乾隆帝最心愛的；如今七阿哥見打破了，嚇得他祇是守著那破盤哭泣。

卻巧和珅從院子裏走來，誠親王年紀大些，知道這件事祇有求和珅幫忙；他兩人忙給和珅磕頭，和珅起初不肯管閒事，後來看七阿哥真急了，誠親王又許他回家去對父母說知，情願孝敬他一萬塊錢，求他想一個法子；和珅才答應。

到了第二天，那誠親王的父親真的送過一萬塊錢去；和珅便在家中拿了一隻碧玉盤，悄悄的依舊去安放在長春宮裏。那碧玉盤卻比宮中舊時的要大一倍，這原也是進貢來的，和珅卻把大的留在家裏去用了。

那和珅不獨要偷皇帝的寶物，他平日到大臣家去，見了珍貴的東西，便也老實不客氣的向那主人要了去；那大臣雖也心愛，見和珅向他要，他也沒有法想，祇得送給他。因此各大臣相約都把珍寶收藏起來，不給他看見。

有一天早朝時候，和珅先到朝房去；見一個大臣，名叫孫士毅，封文靖公的，也先在房裏了。那孫士毅閒著無事，從懷裏掏出一隻鼻煙壺來把玩著；和珅湊過身去看時，見那鼻煙壺是用一顆雞蛋般大的珍珠雕刻成功的。和珅看了歡喜，伸手向他要；那孫士毅急了，說：「這是此番我出征越南得來的，昨天已奏明皇上，今天須拿它去孝敬皇上，萬萬不能再送給大人的了。」

和珅看他急得厲害，便笑著說道：「我和大人說著玩的，誰要你的來？」

隔不到三天，孫士毅又在朝房裏遇到了和珅，和珅便從懷裏掏出一個鼻煙壺來給孫士毅看，說道：

「我也得了一個。」

孫士毅看時，和他孝敬皇上的那個一模一樣；便問他：「從什麼地方得來的？」和珅說道：「我向皇上去要來的。」

和珅這種肆無忌憚的事情，看在那班御史的眼裏，實在有些忍不住；便今天一本，明天一本，大家雪片也似的奏參和珅。無奈乾隆帝認定和珅便是馬佳氏的替身，總是放縱他；更常對和珅說道：「我們是一家人，有福同享；朕的錢便是你的，你多要些，也不礙事的。」非但不降他的官，還飛也似的陞他的官；不多幾年，直陞到大學士，拜他做首相。

那劉文正反做了一個協辦大學士；那劉文正是一個正直的人，見和珅鬧得太不像樣了，常常當面責備，他兩人又常常掀到皇帝跟前去，辯論曲直。乾隆帝看劉文正是正直的老臣，自己又不肯責備和珅，便借劉文正監督著和珅，叫和珅不敢十分放肆。因此，每見劉文正來奏告和珅如何貪贓，如何枉法，便用好言安慰他。

這一年，平定準回，凱旋受俘，立碑太學；乾隆帝硬把這個功勞加在和珅頭上，說他有贊畫之功，封他令爵。和珅受賀的時候，家中擺下七天的戲酒。第一天請皇上臨幸；乾隆帝在傍晚時候擺駕出宮。沿途燈火，照徹天地，直到相府門口，好似一條火龍。那和珅府中越發熱鬧；燈燭輝煌，遠望去好似一座火城。上面搭著五色漫天帳，地下鋪著尺許厚的錦毯，從大門口直到內室；馬腳踏在上面，好似踏在

草地上，肅靜無聲。

和珅親自在門口接駕，禮部尚書做招待官；九門提督，在鼓臺上打鼓；那吹鼓亭中吹打的，都是三品以上的大員。停了一會，皇上坐席開宴；戲劇開場，皇帝親自點了一齣「堯舜禪讓」的故事，在兩旁伺候的大臣見了，都十分詫異。那皇帝和和珅有說有笑，和珅竭力勸酒，皇上不覺酒吃醉了，大臣們都退出在外面。和珅把家妓喚出來歌舞著，勸皇上吃酒，皇帝十分快樂，和那班家妓調笑著，不覺酩酊大醉。

和珅命其中最美的一個家妓，扶著皇帝進裏屋去睡下；那家妓便被皇帝臨幸了。皇帝醒來，已是三更時候；他拖著那家妓，洗盞再酌。吃到高興的時候，皇帝把自己的御服脫下，把扮戲穿的龍袍穿在身上，笑問著妓女道：「朕似漢家天子否？」

那和珅這時也吃醉了酒，把皇帝脫下的御服穿在身上；笑問皇帝道：「臣可以陛下否？」

君臣調笑了一陣，不覺東方已白；乾隆帝見和珅襯衣的領子上繡著金龍，問他：「什麼意思？」

和珅回奏說道：「這頸子曾經陛下御手撫摩過，因此用繡龍的領子保護著。」

乾隆帝伸手摸著和珅的頸子，說道：「卿真能善體朕意。」

他兩人說說笑笑延挨著，那第二天的賀客都已到了門口；打聽得皇上尚未回宮，嚇得他們一齊退出。獨有劉統勳知道，便直闖進裏屋去，請皇上回宮。乾隆帝見劉文正來了，心中卻有幾分忌憚，祇得擺駕回宮去。

後來，和珅暗暗的把自己的一個妹子送進宮去，說：「見臣妹如見臣。」乾隆帝便也把他妹子十分寵愛起來。從此和珅不但引導皇上在宮內淫樂，且慢慢的引著皇帝出禁城來，暗地裏逛私娼去。

這時京城裏有一個鼎鼎大名的私娼，名叫三姑娘；一般達官貴人，都在她粧閣裏進出，便是和珅，也是一位入幕之賓。因此京城裏有一班官員要鑽營門路的，都來求三姑娘；這三姑娘頤指氣使，氣焰萬丈。她門口常常有二三品的大員伺候了一天進不得門的。如今和珅又把個天子引到三姑娘房裏去，那三姑娘越發不把這班官員放在眼睛裏，天天哄著那皇帝。

講到這三姑娘的姿色，綺年玉貌，再加上一段旖旎的風韻，任妳宮中第一等美人也趕不上；不用說別的，便是床第的工夫，也叫這位皇帝拜倒在石榴裙下。從此，皇帝時刻捨不得三姑娘，天天溜出宮來，尋歡買笑去。

那時有一位頤親王的公子，打聽得三姑娘的名氣，便花了上萬的金錢，祇圖得和三姑娘見一面兒；那公子實在愛三姑娘愛得厲害，天天把整千整萬的銀子送進去，想和她一親肌膚。但在三姑娘眼裏，看得一錢不值。那公子銀錢越花越多，整整的花了二十萬銀錢；被頤親王知道了，追問他的兒子，才知道

都花在三姑娘一人身上，不覺勃然大怒，立刻趕到步軍統領和九門提督兩衙門去，一陣咆哮，逼著他派出差役去，向三姑娘要回銀錢來，立刻把三姑娘驅逐出境。

那統領和提督聽說有這樣放肆的窯姐兒，便也十分震怒；立刻派了差役，趕到三姑娘那裏。那班人奉著上官的命令，如狼似虎，見人便捉，見物便毀；院子裏的鴇母龜兒，一齊被他們綑綁起來。看看打進後院去，忽然迎出一個老漢來伸手攔住；那班差役如何肯依，一擁上去，要推翻這老漢。

誰知那老漢的兩條臂兒和鐵棒相似，任你三五十人的氣力，休想推得他動。那班人沒法，正要向老漢脅下攢進去，早被老漢伸著一個指兒，在他們肩窩裏一點；那班差役，個個都目定口呆的直挺挺的站在地上，好似拿釘子釘住的一般。後面的差役，看這個情形不妙，一轉身逃回衙門去。

這時做步軍統領的，是富察后的叔父，得了這個消息，氣得他三屍神咆哮、七竅內生煙；便立刻親自帶了一隊親兵，趕到三姑娘院子裏去。這時已是黃昏人靜，院子裏靜悄悄的不見一個人出來；那位統領直闖進後院去，祇見文窗繡幕，裏面隱隱射出燈火來。裏面一陣調笑的聲音，夾著三姑娘的絃索歌唱的聲音。

統領站在院子裏，喝一聲：「抓！」那班親兵正要搶進房去，忽見那三姑娘穿著一件銀紅小襖兒，款步出來；後面跟著一個俏丫鬟，手中捧著風燈罩兒，照在三姑娘粉臉上，越顯得她唇紅齒白，俊俏動人。

祇聽得她嚦嚦鶯聲似的說道：「噤聲些，裏面貴人正要睡呢；你們倘若驚動了貴人，我問你們有幾個腦袋？」

那統領聽了，愈加生氣，喝一聲：「打進去！休聽這賤人的花言巧語。」正在危急的時候，忽然房裏面走出一個小丫頭來，手裏拿著一張紙條兒，直送到統領手裏；那統領看了嚇了一跳，頓時矮了一截。

原來那張紙條上寫著：「汝且去，明日朕當有旨。欽此。」十一個字，下面蓋著一顆鮮紅的皇帝之璽。

統領到了此時，一句話也不敢說，悄悄的帶著原來的親兵，退回衙門去；一面另派了一大隊守衛兵，暗暗的在三姑娘的屋子四圍保護著。第二天，統領朝見皇帝，正要奉諫皇上不可微行；誰知他不曾開得口，那乾隆帝早已對他笑著說道：「卿辦事甚勤，但也不必過於認真，殺了風景。」

那統領聽了，嚇得他連連磕頭。乾隆帝嘴裏雖這般說，心中卻疑惑是皇后指使這統領來的，因此十分厭惡皇后。

那富察后夫妻恩情很厚的，又生性爽直，因為皇帝好色，多寵妃嬪的事情，常常暗地裏勸諫他。清宮裏有背祖訓的規矩，富察后祇怕皇帝荒淫無度，打聽得皇帝睡在妃子房裏，到五更還不起身；便打發太監，頭頂著祖訓，直到皇帝的臥房門外跪下，嘴裏滔滔不絕的背著祖訓，一遍背完，又是一遍；那皇帝一聽得太監背祖訓，便要立刻披衣下床，跪聽祖訓。那皇帝倘然不下床，那太監便背誦不休，總以到皇帝起身爲度。

富察后常常拿這個法子去治著皇帝，皇帝因此心中越發厭惡皇后。這一天，皇帝從三姑娘那裏回宮來，給富察后知道了，便拔下簪子，披散了頭髮，再三苦諫。

乾隆帝看了，冷冷的說道：「皇后竟要打通內外，壓制朕躬嗎？只是朕非李唐諸兒柔懦無能的可比，皇后不必枉費心血罷。」說著，便轉身走出宮去了。

從此，乾隆帝天天在三姑娘院子裏尋樂，回宮去，總要聽富察后嘰咕幾聲；乾隆帝覺得宮中的箝制，不復可忘，便又打算恭奉太后慈駕南巡去，借此可以物色美人，快遂平生之願。主意已定，便下詔巡幸江南。

他此番卻把大權交給和珅，又叫劉統勳在一旁監督著；自己奉著皇太后，動身出京去。滿朝文武百官都齊集在午門外送行，獨有和珅直送出京城。

乾隆帝看和珅滿面愁容，認是他不捨得離開皇上，便對他說道：「朕原打算和你一塊兒到江南遊玩去，如今國事沒有人照料，祇得偏勞你了；待朕回京時候，再和你吃酒尋樂。你也不可憂愁。」
和珅回奏道：「皇上旨意，臣敢不奉命；祇因臣家中近日死了一個愛妾，心中萬分悽楚，因此不覺憂形於色，還求皇上寬恕。」
皇帝聽了，哈哈笑道：「莫傷心，朕此去，江南儘多佳麗，便當替你物色一個美人來，解你的憂愁。」和珅聽了，忙跪下地來謝恩。
乾隆帝離了京城，母子兩人坐了大號龍船兩隻，又跟著一百號官船，沿著運河下駛；過了天津，入了山東界。那沿途地方官的供應接送，十分忙碌，這且不去說他；單說那揚州地方的鹽商，仗著有千萬的家財，都要在皇帝跟前討好；他們從前也曾辦過接駕，如今聽說乾隆帝又要南巡，便個個興高彩烈的準備接駕，炫奇鬥富，各窮心力。
就中單表那江鶴亭和汪如龍兩人，從前因承辦接駕，結下冤仇；如今，他兩人豈肯錯過機會，便用盡心計，想出奇妙的玩意兒來，討皇帝的好。因此這一番揚州紳士的接駕，又要算汪、江兩人第一精妙。
你道，汪如龍是拿什麼來接駕？原來汪如龍自從第一次接駕以後，便暗地預備第二次接駕的事情。那雪如自從得了皇帝寵幸以後，汪如龍便把她安頓在藻水園裏；她的兩肩因爲乾隆帝的手扶搭過，便在

小襖的兩肩上，繡著兩條小龍。從此汪紳士喚她雪娘娘，十分敬重她；另外買了二十幾個女孩子，在園中請雪如教授歌舞。那雪如便揀皇帝愛聽的曲兒教給她們，又教她們新樣兒的跳舞。

汪紳士又請了許多名士，編了幾齣新曲文，教她們練習；練習純熟了，恰巧得了乾隆帝南巡的消息；汪紳士便趕上一程，在清江浦地方接駕。這清江浦是出山東地界的第一個碼頭，皇上御舟從濟南克州一帶行來，忽看了這奇異的玩意兒，容易叫聖心快活。

那汪紳士帶了工匠人等，早在江邊忙碌了許多日子，待得御舟一到，那兩岸接駕的官紳排列跪著，好似長蛇陣；乾隆帝在御舟中望去，祇見遠山含黛，近樹列屏。停了一會，御舟到了船埠，那接駕的臣民齊齊歡呼：「皇太后、皇上萬歲！」

皇帝正含笑倚著船窗望時，祇見岸上大樹上，掛著一枚大桃子。

第四十四回　江南金粉

卻說乾隆帝兩眼正看著那樹上的大桃子，那個桃子，忽然自己移動起來；看它離了樹枝，落下地來，又慢慢的在地上轉動，移近岸來，直到龍舟邊。到移近看時，卻也有房屋一般高大；外面鮮豔紅潤，配著兩大瓣綠葉，引得那班官員都圍著觀看。

正看時，祇聽得一棒鑼響，桃子裏面打起十番鼓來；鼓聲才住，豁的一聲，那桃子縫裂開，變成兩半個；裏面露出一座小戲臺來，正搬演那群仙祝壽的故事。一串珠喉，唱著年壽無疆的曲兒；皇帝看時，那扮皇母的，正是那雪如，豐容盛鬋，越發出落得美豔了。皇帝和她幾年不見，想起舊情，未免動心，再看那些祝壽的仙子，個個都是輕盈嬌小，風光流動。

正看得出神的時候，忽然走出一個垂髫女郎來，輕雲冉冉，豔絕人寰；身披羽衣，下曳霓裳，珠喉巧轉，舞袖翩翩。歌舞多時，看她直走下臺，手中捧著玉盤寶瓶，走近船窗，獻與皇上；乾隆帝看她秀眉入畫，笑靨承睫，早不覺心旌怡蕩。

看她翠袖裏露出纖纖玉指，養著尺許長的指爪兒；乾隆帝笑問道：「卿可是麻姑再世？朕卻要問妳的小名兒是什麼？」

女郎見問，便低低的奏稱：「小女子，賤名叫昭容。」接著掩袖一笑，橫眸一轉。

皇帝急喚內監拉住她的裙角兒，祇見她驚鴻一瞥，早已跑上臺去，唱起「霓裳羽衣曲」來。滿臺的女孩兒和著歌唱；歌聲嫋嫋，動人心魄。

乾隆帝吩咐：「賞雪如玉如意一柄，碧霞洗搬指及粉盒各一個，金瓶一對，綠玉簪一對，赤瑛杯一，白玉杯一，珠串一掛；昭容也賞玉如意一柄，金瓶一對，珠串一掛；其餘女郎，各賜綠玉簪一支，珠串一掛。」

雪如在臺上，領著一班女孩兒謝賞；到了晚上，把雪如、昭容兩人傳上御舟去侍寢。那昭容原是雪如的妹子，荳蔻年華，洛神風韻；皇帝看她嬌憨可憐，越發寵愛她。

第二天，把那汪如龍宣上御舟去，又賞他二品頂戴，銀錢五十萬兩；叫他先趕回揚州去照料一切。那汪如龍領了聖旨，謝恩出來，回到揚州，便耀武揚威的越發不把江鶴亭放在眼裏。

那江鶴亭見汪如龍得了好處，便和蕙風在暗地裏預備別的新奇玩意兒，和汪如龍爭勝，那汪如龍卻矇在鼓裏。待皇上御駕到揚州的時候，他又預備下了一套新奇的煙火。到了那日，皇帝坐在高樓上，文武百官在兩旁陪侍；起初衹見對面漆黑一片，慢慢的露出一點火星來；那火星四處亂滾，愈滾愈大，忽然「啪」的一聲，火星爆裂，滿地紅光。

紅光現出一株大樹來，滿樹桃花，在火光中展動；那花朵兒愈開愈大，一霎時花謝蒂落，花蒂上結著一串桃子。那桃子又漸漸的大起來，其中有一個最大的從樹上落下來；那樹枝葉都不見了，這桃子從中裂開兩半個桃子，向左右移動，變成兩座戲臺。一座臺上搬演「西遊記」的故事，妖魔鬼怪，變幻無窮；另一座戲臺上裝出莊嚴寶相，上面蓮臺上坐著一尊觀音，眾仙女在下面膜拜。

停了一會，那邊戲臺上的孫行者，正演一齣偷桃的戲，把一盤仙桃偷了出來；這邊戲臺上，走下一個仙女來，接過盤子去，直獻到皇帝座前。乾隆帝看時，又是一個絕色的女郎；見她低鬟斂袖，嫵媚天然，便笑道：「江南地方，真多美人！」

這句話一說，早有一個內監上去，把她留下了。三位美人，輪流著伺候皇上；皇上好似進了迷魂陣。那御舟在河心裏行著，兩岸的官紳忙著迎送，皇帝也沒工夫傳見。

那御舟出了揚州地界，忽然聽得兩岸有嬌聲唱曲子的；皇帝推窗一望，衹見兩岸有兩隊婦女，一隊穿著青色衫裙，一隊穿著紅色衣褲。兩隊約有一百個女人，個個都長得妖嬈白淨；每人肩上都揹著一條五色的綷繩，那一百支小繩子，都歸總在兩大支綷繩上面。

這兩大支縴繩，用五色綢帶子纏著，綁在御舟的一株牙杆上；牙杆下面插著繡花的小龍旗，從船頭上密密的直插到船尾上。船的兩舷，又有兩隊婦女打槳，一隊是女尼，穿著紺色的衣衫，一隊是道姑，穿著絳色衣裳，個個臉上施著脂粉，嫵媚萬狀。船上的打著槳，岸上的拉著線，一遞一聲，輪流唱著嬌豔的替兒。

皇帝看了，不覺心花怒放，回頭問太監們道：「這是什麼？」

那總管太監回奏說：「這是揚州紳士江鶴亭孝敬的，名叫龍鬚縴。」

皇帝再看時，見岸上通種著桃柳，桃花如火，柳葉成蔭；一紅一綠，相間成色。那桃柳樹下，又攔著錦幛；每隔一里，築著一座錦亭，亭中帷帳茵褥，色色齊備。

皇帝問：「那亭子做什麼用？」

總管回奏說：「是預備那婦女們休息住宿用的。」

乾隆帝笑道：「兩岸風景很美，朕也上岸看她們去。」

太監聽了，忙吩咐停船；皇帝踏上船頭，百官們上來迎接，扈從著皇帝，走進錦亭去。見裏面粧臺鏡屏，陳設得十分精美。

皇帝吩咐，傳那四班婦女進來。第一班穿紅色衣褲的是孤女，長得柳眉杏靨，嬌小可憐；第二班穿青色衣裙的是寡婦，雅淡梳粧，別饒風韻。第三班便是女尼，第四班便是道姑，妖冶風流，動人心魄。

皇帝見了她們，不禁笑逐顏開，伸過手去，撫著她們的粉頸，捏著她們的纖手；那班婦女，便覺得十分榮耀。傳旨下去，每人賞一個金瓶，銀錢五百塊；又叫留下陳四姨、王氏、汪二姑、玉尼四人。那陳四姨，是青衣隊魁首；雖說是一個孀婦，卻是年輕貌美，萬分妖嬈。那王氏，是道姑的魁首；長得玉立亭亭，神韻清遠。兩人得了皇帝的召幸，便曲意逢迎；拿出全副本領來勾引，把個皇帝弄得顛倒昏迷，十分快樂。

那汪二姑，是紅衣隊的班頭；玉尼，是女尼的班頭。講到她兩人的姿色，實在勝過陳四姨和王氏兩人；一笑傾城，雪膚花貌。這四隊中的婦女，有誰趕得上她倆那種美豔？無奈她倆人都長得桃李之姿、冰霜之操，卻都因為不合皇上的心意，可憐一個死在亂棍之下，一個死在水裏。

那汪二姑原是窮村家女，她父親賣著瓜果度日；二姑因從小死了母親，便自操井臼。雖說亂頭粗服，但她那副美麗容光，總是不能遮掩的；村坊上見了這個天仙的女孩兒，如何肯輕輕放過她；便有幾個無賴，常常到二姑家裏去胡鬧。後來惱了二姑的父親，把那無賴告到官裏，官廳派了幾個差役來，把無賴捉去，從此這汪二姑的美貌，連官府也知道了。

此番江鶴亭承辦接駕，要討皇帝的好兒，便想出「龍鬚縴」的法子來，四處搜尋婦女；知道二姑的

美名，便託官府用重金去請來。那二姑起初不肯，後來她父親貪圖錢多，再三勸說；又說：「不用去見皇帝，那拉縴也是裝做樣兒，不用費力的事情。」二姑沒奈何，也祇得去了。到了那裏，自有管事婆婆給她香湯沐浴，披上錦繡，施上脂粉；頓覺容光煥發，嫵媚動人，管事婆婆便派她做紅衣隊的領班。

這時皇帝先召陳四姨和王氏進去，傳說出來，她兩人得了皇帝的臨幸，得了萬銀錢的賞賜；那班婦女聽了，誰不羨慕。過了一會，聖旨出來，傳汪二姑進去；那二姑知道這一進去，凶多吉少，便抵死不肯進去。無奈那兩個太監氣力很大，拉著她兩條臂兒，硬拽著進去；在亭外的人，祇聽得亭子裏二姑的哭聲，十分悽慘。

接著兩個太監慌慌張張的出來，把個朱家女兒拉了進去，那朱家女兒姿色也長得不差，現當著紅衣隊的副班頭；祇因汪二姑見了皇帝，十分倔強，便喚朱家女兒進去替她。這時亭子裏面有許多婦女伺候著，半晌，祇見一個小太監，扶著那朱家女兒出來；大家看時，祇見她雲鬢蓬鬆，紅霞滿臉，低著脖子出來，那髻兒上早已插著一支雙鳳珠釵，鳳嘴含著一粒桂圓似大的明珠；祇說著一粒珠子，也值到一萬塊錢，再看她臂上，套著一對金鑲玉琢的釧兒。眾婦女圍著看她，口中嘖嘖稱羨。

又過了一會，太監出來傳喚侍衛們，把汪二姑的屍首拖出去；便有兩個侍衛進去，把汪二姑的屍首橫拖豎拽的拋出亭外來；祇見那屍首雙目緊閉，血跡模糊。大家見了這情形，便去問那朱家女兒。

那朱家女兒說道：「我走進亭子去，祇見皇帝手裏拖著那汪二姑；二姑一邊哭吵著，一邊抵拒著。惱了皇上，把她推在地下，喝聲：『拉下去打死！』祇見走過兩個太監來，手中拿著硃漆長棍；揪住二姑頭髮，到隔室去。這時我正受著皇帝的臨幸，耳中聽著二姑的慘號聲，嚇得早已魂靈出了腔子，想來那二姑是被太監打死的了。」

大家聽了朱家女兒的話，不覺寒毛倒豎；後來二姑的父親尋到這地方來，地方官推說二姑是急病死的。她父親也無可奈何，祇得把女兒的棺材拿回去埋葬。

當時還有一個玉尼，見二姑死得如此悽慘，知道自己當著女尼的班頭，免不了這醜事；她覷著旁人不留心的時候，噗咚一聲，跳在水裏。那管事的，怕給皇上知道了，惹起公案來，便也任她淹死，不去救她；一面另選了一個尼姑，獻進去伺候皇上。

皇上此次一路遊玩，召幸的共有十六個女人；這都是江鶴亭一人的心思財力，皇帝心中也感激他，便把江鶴亭宣召進去，當面稱讚了一番，賞他紅頂花翎，又吩咐江寧藩司，賞銀六十萬兩。那江鶴亭感激皇帝的恩德，便把自己家裏的「櫄園」獻與皇上。他那「櫄園」造得曲折幽勝，原是隋煬皇「迷樓」的舊址，揚州人便稱它做小迷樓；園裏面有挹勝軒、延曦閣、當風亭、楊柳臺、藏春塢、萝蕉廊、碧城十二樓，這幾處名勝的地方。

皇帝得了這座「欙園」，便把那班召幸過的女人，安置在各處名勝地方；裏面那碧城十二樓，又算得是風景最好的地方。江鶴亭又把自己最寵愛的姨太太郭氏獻與皇上；那郭氏雖說嫁了江鶴亭，卻因她年紀太小，還不曾破身。那郭氏伺候皇上的第一晚，還是一個處女；皇帝萬分歡喜，讓她住在碧城十二樓上，封她做煙花院主。

那郭氏有一個大丫頭，姓蔣，年紀也有十八歲了，生性卻十分放蕩；她伺候男人的時候，卻什麼把戲都玩得出來。這時候不知怎的，卻勾搭上了皇帝；皇帝一生玩女人，卻不曾經過這味兒，便又把蔣氏百般的寵愛起來，皇帝到杭州去，把這些婦女都寄在「欙園」裏面，獨把這蔣氏帶在身旁。

船到蘇州地方，皇帝忽然想起閶女閭妙甲天下，朕貴爲天子，深恨不能享民間之樂；當時便把這意思對總管太監說了，那太監十分解事，便悄悄的去叮嚀接駕的官員。又因爲日間皇帝公然宿娼，會招人議論，便在夜靜時候，用蒲輪小車，把那金閶名花送上御舟來；粉白黛綠，共有三十六個，吳儂軟語，花柳嬌態，早把這位風流天子的心眼兒醉倒了。皇帝吩咐設宴，那三十六枝名花輪流把盞；又各唱豔曲一齣，皇帝左擁右抱，目眩心迷，早忍不住摟著幾個絕色的，真個銷魂去了。直玩到四更向盡，那班妓女個個辭謝了皇帝，上岸坐車去了。

這皇帝一路來眠花宿柳，都瞞著皇太后的耳目；一來因皇太后的坐船在御舟後面，不甚覺得，二來那太后手下的宮監，都得了皇帝的好處，凡事替他遮瞞。況且皇帝如有臨幸，不是上岸去在官紳家裏，便是在深夜悄悄的弄上船來；叫這位年老龍鍾的太后，如何知道？但皇帝此番南下，種種風流事情，卻瞞不住那正宮富察后；在皇帝心中，祇道富察后遠在京城，耳目決不能及，誰知她這時卻悄悄的躲在太后舟中。

那富察后，少年時候和皇上十分恩愛；她如今見皇帝愛偷香竊玉，心中如何不惱？又打聽得皇上第一次南巡，寵愛雪如，在京城裏，又寵幸三姑娘；此番南巡，皇后便求著皇帝，要一塊兒出去，皇帝不願意，皇后便和太后說通了，扮著太后的侍女混出京來，悄悄的躲在太后船中；一路上派幾個心腹太監，打聽皇帝的舉動。

她見皇帝如此荒淫，心中如何不惱？祇因太后十分溺愛皇帝，皇帝種種無道的事情，也不便告訴太后；自己又是私自出京的，更不能直接去見皇上，因此她一路忍耐著。如今見太監來報說：「皇上把許多窯姐兒接上船來玩耍。」把個富察后氣得愁眉雙鎖，玉容失色。

她原想立刻趕到御舟上去勸諫，又怕當了窯姐兒的面，羞了皇上；聽御舟中一陣陣歌舞歡笑，皇后心中十分難受。她原是深通文墨的，便回進艙去拿起筆來，寫了一本極長的奏章；勸皇上須注重身體，不可荒淫；寫到傷心的地方不禁掩面痛哭，哭過了又寫。那宮女太監在一旁伺候著，勸又不好勸得。皇

后寫完了奏章，看岸上時，正是燈火通明，車馬雜沓，那班妓女辭別皇上，登岸回院的時候。

皇后悄悄的說道：「這班妖精走了，我可以見皇上去了。」她便匆匆梳粧了一回，抹去臉上的淚痕；手中拿著奏章，任你太監宮女們拉住皇后的衣角如何勸諫，她總不肯聽。

那總管太監急得趴在皇后腳下，連連磕著頭說道：「皇上正快活時候，娘娘這一去，不但得不到好處，反叫皇上生氣；那時不但奴才的腦袋不保，怕娘娘也未便。況且時候已四更打過，那班窯姐兒也走了，皇上正好睡；娘娘縱有奏章，待天明以後，奴才替娘娘送去，豈不是好？」

娘娘聽了，止不住又流下淚來，嗚嗚咽咽的說道：「皇上這樣荒淫下去，眼見得天怒民怨，國亡家破，便在眼前，我和皇上終是夫妻的情份，如何忍得？如今我主意已定，拚著一死，總要去見他一面！我倘然死在御舟上，你們便把我的貼身衣服和皇后寶璽，送去我父親大將軍家裏，祇說我因苦諫皇上而死。」

皇后說到這裏，便忍不住哽咽萬分，不能說話了；一倒身坐在椅子上，宮女上去服侍，洗臉送茶。停了一會，止住了哭，皇后一縱身，從椅子上直跳起來；嘴裏說道：「我終須要見皇上去。」一飛也似的走出後艙，祇因前艙有太后睡著，怕驚醒了她；皇后這時便從後艙踏上跳板，那宮女太監們忙去攙扶著。

皇后一邊走著，兩眼望著前面的御舟；忽然見那御舟桅杆上掛著一盞紅燈，閃閃爍爍的射出光來，射在皇后眼睛裏，祇把個皇后氣得話也不出來，伸著手向那紅燈指著，兩眼一翻，倒在宮女們的懷裏，暈絕過去了。慌得那班宮女不敢聲張，又不敢叫喚；扶著皇后回船艙去，輕輕的拍著皇后的胸口，又灌下參湯去，皇后才慢慢的清醒過來，那眼淚又不覺直淌下來。

你道皇后見了御舟上的紅燈，爲何如此傷心？祇因宮中的規矩，皇帝在屋子裏，倘有召幸，那屋子外面，便點著一盞紅燈，叫人知道迴避，又叫人不可驚動皇上的意思；如今在御舟上，那盞紅燈沒有地方可以掛，便掛在桅杆上，因此皇后見了，知道皇上有寵幸的人，心中不覺一酸，眼前一陣黑，便暈絕過去。待到醒來，吩咐到御舟上去打聽，誰在那裏侍寢？

那太監去打聽了回來，悄悄的報說：「如今在御舟上侍寢的有三個人：一個是蔣氏，是從揚州帶來的；另兩個是方才留下的窯姐兒。」

皇后聽了，不覺嘆了一口氣，說道：「皇上敢是不要命了嗎？我越發不能不去勸諫了。」說著，聽得遠遠的雞聲喔喔，皇后說道：「五更時分了，皇上也可以叫起了。」便整一整衣裳，悄悄的走上岸去；宮女們扶著，太監們隨著，前面照著一對羊角小燈，慢慢的走近御舟來。

那御舟上值夜的侍衛和岸上守衛的兵士，見皇后忽然到來，慌得他們忙趴下地去跪見。太監傳著皇

后的懿旨，不許聲張，驚動了皇上；那守頭艙的太監見皇后突如其來，臉上的氣色十分嚴厲，慌得他們都縮過一邊，不敢聲張。皇后也不用人通報，走進中艙；見桌上放著三五隻酒杯兒，杯中殘酒未冷，桌下落著一隻小腳鞋兒，金繡紅菱，十分鮮豔。

皇后看了，輕輕嘆了一口氣，她便直入後艙，錦帳繡帷，正是皇帝的寢室。

第四十五回　皇后之殉

卻說富察后直走到御榻前，也不喚醒皇帝，突然在當地跪倒，拔去頭上的簪子，一縷雲鬢直瀉下地來；懷中捧出一本祖訓來，朗朗的背著。那皇帝正摟著兩個妓女好睡，那妓女卻不敢合眼；見忽然走進一個貴婦人來，知道不是平常的妃嬪，忙悄悄的把皇帝推醒。皇帝在睡夢中，聽得有人背祖訓；他沒奈何，祇得從被裏跳起身來，披上衣服，便在被面上跪倒，恭恭敬敬的聽著。

待聽完了祖訓，皇帝走下床來，十分惱怒；直問上皇后的臉去，說道：「妳什麼時候出京來的？」那富察后低頭答道：「臣妾萬死，不曾奏明皇上，實是和陛下同時出京的；一向伴著太后，不曾來請得聖安。」

皇上聽了這個話，越發生氣；冷笑說道：「好一個不知體統的皇后！妳悄悄的跟著朕出京來，敢是在暗地裏監察朕躬？」

一句話問得皇后無可回答；接著，皇帝又說道：「妳在暗地裏監察朕躬，倒也罷了；如今在這夜靜

更深的時候，妳悄悄的闖進寢室來，敢是要謀刺朕躬嗎？」

這句話說得太重了，皇后慍的變了臉色，掛下了兩行珠淚來；說道：「陛下這句話，叫賤妾如何擔當得起？賤妾既已備位中宮，便和皇上是一體；聖駕起居，是賤妾應當伺候的。如今聽說皇上有過當的行爲，賤妾不自揣量，竊欲有所規勸；又怕在白天拋頭露面，失了體統，特於深夜到此，務請陛下三思。煙花賤娼，人盡可夫，陛下不宜狎近；倘有不測，賤妾罪該萬死了。」

皇帝因驚醒了他的好夢，心中萬分憤怒；又聽皇后罵那妓女，越發忍耐不住，把床頭的小鐘打了一下，進來四個太監。皇帝喝聲：「拉出去！」太監看見是皇后，卻不敢怠慢，便恭恭敬敬走上去，扶皇后起來；皇后直挺挺的跪著，抵死不肯起來，哭著說道：「陛下不顧念賤妾的名位，也須顧念夫妻一場；怎麼沒有一點香火情呢？陛下無論如何憤怒，祇求看了臣妾的奏章，臣妾便是死了也不怨的。」說著，把那奏章高高捧起。

皇帝無可奈何，把奏章接過來，約略看了幾句；見上面拿他比著隋煬帝、正德帝，不覺大怒，把奏章拋在地上，直搶上前去，揚手一巴掌，打在皇后左面粉頰上，接著右面臉上又是一下，打得皇后兩腮紅暈，嘴裏淌出血來。

太監忙上去遮住，皇帝氣憤憤的披上風兜，走出艙去；說：「見太后去。」

這皇后拿膝蓋走著路，搶上幾步，抱住皇帝的右腿，抵死不放；說道：「陛下今日便是殺了臣妾，也要求看完了賤妾的奏章再走也不遲。」

皇帝被皇后抱住了，脫不得身；一時火起，提起靴腳來奮力一踢。可憐皇后脅骨上著了一下，痛得暈倒在地，皇帝也不回頭，直搶出船頭；跳上岸去，自有侍衛保護著，走進太后船中。

這時天色已明，太后正在梳洗，侍女們報說：「萬歲駕到。」太后不覺驚嚇了一跳，忙看時，祇見皇帝衣服不整，滿面怒氣，走進艙來；一開口，便把皇后如何胡鬧，如何失體統的話說了。又說：「她深夜直入，居心不測，請太后下詔賜死。」

皇太后聽了十分詫異，說：「皇后好好的住在後艙，什麼時候到御舟上去的？」立刻把伺候皇后的宮女太監喚來，吩咐拉下去交給總管，用大棍打死；一面打發內監，拿著皇太后的節，去到御舟上，把皇后召來。

過了一會，皇后來了，太后見她披頭散髮，血淚滿面；嘆了一口氣，說道：「鬧成這個樣兒！皇后的體面何在？」

皇后祇是痛哭，說不出一句話來。皇帝在一旁，祇是催著太后下詔賜死；皇后看皇上一點香火情也沒了，心中不覺灰冷，趁著旁人不防備的時候，搶到船頭上去，噗咚一聲，向河心裏一跳。可憐一代母

后，一陣火花動盪，早已去得無影無蹤了！皇帝看了，卻好似沒事人兒一般。到底太后看看皇后可憐，便傳下命去，吩咐太監侍衛們四處打撈，兩岸的兵士和官民，都在上流頭、下流頭處撈救；直在玉龍橋下面撈得，皇后已被水灌得昏迷不醒，內監們七手八腳的抬上船去，仍在後艙頭榻上睡下，嘔出了許多水，才清醒過來。

從此皇后睡床三日不起，她的心中好似萬箭攢刺，十分悲傷；到了第四天時，她忽然心地開朗，主意已定，趁著宮女們不在跟前的時候，袖子裏拿出金剪來，「颼」的一聲，把一縷青絲齊根剪下；走到前艙去，跪在太后跟前，求太后開恩，准她剪髮爲尼。

太后看看事已如此，又明知道皇帝和皇后決不能和好了，便把皇后扶起，說道：「我過山東的時候，見大明湖有一座清心庵，水木明瑟，很可以修靜；如今，我打發人送妳到那邊去住著，俟皇上回鑾的時候，再帶妳進京去，妳可願意麼？」

皇后聽了，又跪下去謝太后的恩典；太后便喚過四個小太監來，吩咐他另雇一號大船，把皇后應用的衣服器物搬過船去，陪著皇后過船去，直送到濟南府清心庵去。

那山東省城裏的文武官員見皇后駕到，一齊前來迎接；到進庵的一日，那官家眷屬都來陪伴她，又常常送禮物進去。皇后祇和庵中的一個老尼姑好，所有官府來往，她一概謝絕。後來打聽得皇太后、皇上都回京去了，皇上便下旨，廢了孝賢皇后的名號；皇后知道了，在庵中痛哭了三日三夜，粒米不進，後來還是那老尼姑再三勸說，才慢慢的吃些粥飯。

從來說的，福無雙至，禍不單行；皇后自從被皇帝廢了名號，那地方官的供養也從此斷絕，官家眷屬也從此不來看她，庵中的女尼也從此冷淡她起來；連那帶來的四個小太監，也一個一個逃走，祇剩了一個。這且不去說他。

到了八月十五的夜裏，忽然來了十多個強盜，打進庵門；別的都不拿，獨把皇后的衣服首飾、箱籠器具，搶得乾乾淨淨，一些也不留。皇后受了驚嚇，又是傷心；自己跑到州縣衙門裏去報失，求那官府替她追捉強盜。那州縣官見皇后失了勢，便含糊答應；皇后看看那強盜去得無影無蹤，自己一生的財寶都丟得寸草不留，一個金枝玉葉的皇后，祇落得自己燒茶煮飯，祇有一個小太監伺候著她。皇后到了這水窮山盡的時候，也曾尋過幾次短見，都被小太監救活；從此她和小太監兩人孤苦相依，度著歲月。

在皇帝心中，早已忘了這故劍之情；皇后登舟永別的時候，正是皇帝醉倒花前的時候。

這時扈從大臣裏面有一個梁詩正，見皇帝荒淫無度，也上了一本奏章，勸皇帝愛惜身體，保持令名；那皇帝正落在迷魂陣中，如何肯聽？他把梁詩正傳上御舟去，當面訓斥了一場。說道：「你雖做了大學士，祇因朕賞識你的詩做得好，也好似娼優一般，養著你們玩兒罷了！怎麼這樣大膽，來管起朕的事情來了？」這一頓教訓，嚇得文武百官從此箝口結舌，不敢勸諫。那皇帝還因為自己住在御舟裏，有衛兵內監們伺候著，耳目眾多，不能十分放縱；他便暗暗的和幾個親信的太監商量，打算在夜靜的時候上岸微行，到娼家住宿去。他在妓女言語中，打聽得蘇州地方，妓女的面貌，要算銀紅最美；銀紅有一個妹妹，名叫小紅，比她姊姊還要美。祇因那小紅生性冷僻，不肯接客，到如今還是一個處女。

皇帝聽了，十分羨慕；便逼著太監，領他到銀紅院子裏去；誰知這一去，一連七天，不見皇帝回船來，把個皇太后和全城的文武百官慌得沒了手腳。江蘇撫臺發落全班的巡撫和元和縣的捕快，在城裏城外大街小巷搜查；直到第八天時，皇帝被人捉去綁在馬房裏，打發一個小校，到撫臺衙門裏去報信。嚇得那文武官員齊趕到馬房裏去，把皇帝接出來，送到船上去，太后才放心。

原來蘇州地方，有一個橫行不法的惡少，終日在三瓦兩舍尋是生非；又生成十分好色，凡有絕色的娼妓，都被他霸佔住了，別的客人都不敢去問津。他仗著父親做過大同總兵，家中有錢有勢；又仗著自己有水牛般的氣力，手下又有一二十個幫閒的大漢，到處敲詐恐嚇，人人見了他便害怕。因此把這惡少取了一個綽號，名叫「小霸王」。

小霸王最心愛的妓女，便是那銀紅。講到那銀紅的姿色，真可以壓倒煙花隊；此番皇帝召幸，那銀紅仗著小霸王的勢力，不曾接駕，但那銀紅心中另有一個知己，便是徐翰林的兒子徐大華。這人風流年少，貌美多才；祇因小霸王佔住了銀紅的院子，徐大華不能公然在銀紅院子裏出入，但他兩人也曾背著小霸王私會過幾次，十分恩愛，已經約定婚姻之事了。趁著小霸王不防備的時候，徐大華一肩綵輿，把銀紅娶了過去。那鴇母怕小霸王到她院子裏來吵鬧，便把院子門關了，帶了小紅，躲在一條小巷裏住著。

這時忽然來了一個闊客，見了鴇母，一擲萬金，指名要小紅侍寢，小紅抵死不肯；無奈鴇母愛這客人有錢，再三勸著小紅。這時小霸王得了消息，帶了一班無賴，趕到銀紅院子裏，撲了一個空，十分憤恨；打聽得銀紅是被徐大華娶去的，又趕到徐家。虧得徐大華早得了消息，忙帶了銀紅從後門逃出。小霸王趕到徐家，又撲了一個空，便無可發洩，喝一聲打，眾無賴一齊動手，把徐家房屋打成雪片；臨走的時候，放一把火，燒成白地。

那徐大華帶了銀紅無地投奔，便找到小紅院子裏來；這小紅院子裏正到了一個闊客，肯出一萬銀錢梳攏小紅。他如今見銀紅和徐大華如此恩愛，又見徐大華走投無路，便出來打抱不平；對徐大華說道：「你們好好的住著，不用害怕；我明天和你打抱不平去，管叫那小霸王送了性命。」

那小紅見這客人肯幫姊姊的忙，便也敬重他，當夜陪他吃酒，又給他梳攏了。這客人一住三天，外面的風聲一天緊似一天；那小霸王天天帶著一班無賴，在大街小巷中搜查著，把個徐大華嚇得躲在家

裏，不敢向外面探頭兒。那小紅在枕上，夜夜催著那客人；到第四天時，那客人打聽得這小霸王每日在片石山房吃茶，他便拉著徐大華，直走到片石山房。那徐大華嚇得渾身亂抖，那客人拍著胸脯，叫他放大膽子。

片石山房裏有一個座位，錦墊交椅，桌上排列著一色白胎的江西窯磁茶壺茶杯，特留著候小霸王到來時坐的；這時那小霸王未到，這客人便大模大樣的上去，坐在交椅上，命徐大華坐在一旁。

茶博士上來，裝著笑臉，說：「請客人這邊坐，這座位是小霸王的。」

那客人聽了，把雙目一瞪，提著醋缽似大的拳頭，在桌上一按；惡狠狠的說道：「我大爺不知道什麼小霸王不小霸王！大爺有的是錢，愛坐哪裏便是哪裏；你若怕事，快把招牌除下來不賣茶了，我便出去。」

那茶博士碰了一個釘子，嚇得他忙縮著脖子下去；他知道這客人來得不妙，今天不免有一場惡打，便悄悄的把那碗盞茶壺收拾起來，兩臂兒交叉著打著結，站在一旁看冷眼。

過了一會，那小霸王果然來了；徐大華見了他，早嚇得嘴唇失色，兩排牙齒捉對兒廝打起來。小霸王身後跟著五七個豎眉橫眼的大漢，一手忒楞楞的轉著兩粒鐵彈子；一擁搶到徐大華跟前。

小霸王伸手，直指上徐大華的臉來，惡狠狠的說道：「你今天也敢來送死嗎？拐賣婦女，應得什麼罪？快快自己供來，莫再煩你老爺親自動手。」說著，便伸手來拉那客人的衣袖，叫他讓座的意思。

祇見那客人雙眉一豎，猛向地下一蹲，捏住他的小腿，把個小霸王倒提起來；眾人上來救時，那客人便拿小霸王做了兵器，提著他東盪西掃，那小霸王把兩手捧著頭嚷痛，他也不理會，把那班人打得東倒西歪。

看看小霸王腦袋上直淌下血來，那客人冷笑一聲，直把他提出窗外去；說一聲：「去你媽的！」啪搭一聲，那小霸王從樓上直撞下街心來，早跌得三魂邈邈，六魄悠悠，看看死了；那班大漢一齊抱頭鼠竄逃去。茶舖子掌櫃的見鬧出人命來，便不肯放那客人走，那客人也不走，吩咐茶博士再泡上茶來，和徐大華兩人慢慢的喝著。

過了一會，那小霸王的父親總兵官，親自借了營裏的一千兵丁，帶著到茶舖子裏來；把那茶樓圍得鐵桶似得，一片聲嚷著：「該死的囚囊！快下來送死！」

這一聲喊，如山崩海嘯一般，把個徐大華嚇得躲在桌子底下瑟瑟的抖動；那客人上去，把徐大華扶起來，拉著他一同下樓去。他站在扶梯上，對大眾說道：「諸位不用動惱。從來說的，殺人者抵命；我如今打死了小霸王，我倆人準備抵他的命。但是抵命的事情，自有官府在，你們快把我倆人綁起來，送到官府裏去。」

那總兵聽了便吩咐：「上去把他兩人綑綁起來，帶回家去再說。」

那客人也不抵抗，任他們用麻繩左一道右一道的綁住；徐大華也叫他們綁起來，牽豬羊似的，提到總兵官家裏。總兵吩咐去吊在後園馬棚裏，待小霸王收殮時候，再把這兩個囚囊拉出來，破心活祭。

徐大華和那客人被綁在馬棚裏，有兩個小校看守著；徐大華自分是死定的了，那眼淚如雨似的落下來，祇有那客人談笑自若，常常和那小校講著話。趁著一個小校走到牆根撒尿的時候，那客人便悄悄的把一個小校喚近身來，低低的對他說了幾句話。那小校聽了，嚇了一跳；怔怔的對那客人臉上看著。

那客人對他說道：「你不用害怕，你倘然給我去報了信，這總兵家裏的產業、妻小，一齊賞給你，可好嗎？」

那小校說：「別的我不愛，祇愛他家那三小姐，長得好似水蔥兒似的，勾人魂魄。」

那客人便點點頭說道：「便把他家三小姐賞給你。」

那小校聽了便高興起來，說道：「這樣空手白眼的去報信，有誰來相信我？」

那客人便叫小校走近身來，在自己懷裏摸出一顆小印來；吩咐他：「快把這粒印送到官府裏去，你自有好處。」那小校得了印，便飛也似的出去報信了。

這裏總兵官正忙著收殮兒子，又吩咐家裏的劊子手，看小霸王的屍首擱在棺材蓋上時，便把馬棚裏吊著的兩個囚犯拉出來破肚子。這總兵仗著自己勢焰薰天，地方官也趨奉他；便是他在家裏用私刑殺死人，地方官也不敢去問他。他曾經在家打死一個丫頭，踢死一個書僮，又逼死一個姨太太，私自埋葬了，也沒人敢去問他。何況如今兒子被人打死，拿兇手來抵命，越發是名正言順了。

總兵家裏正忙亂的時候，忽然牆外一棒鑼響，門丁進來報說：「全城文武官員，上自巡撫大人，下至縣太爺，都來了。」

那總兵官認做是來弔他兒子孝的，忙穿戴衣帽迎接出去；待到見了撫臺大人的面，正要作下揖去，祇聽得耳根邊一聲：「抓！」那撫臺早已放下臉來，走過四個中軍官來，把總兵官揪住。總兵問：「我犯了什麼罪？」那撫臺也不說話，帶他直走到後馬棚去；那班文武官員見了那客人，一齊跪倒。

徐大華在一旁看了，也十分詫異。撫臺親自上來替那客人鬆了綁，又叫人把徐大華也鬆了綁；祇見那撫臺又趴下地去，在馬糞堆裏碰著頭，口稱：「臣罪該萬死！」

到這時，那總兵才明白過來，他便是當今的聖天子；嚇得他忙跪下地去，連連碰著頭說道：「罪臣該死！祇求皇上賞一個全屍！」

那皇帝也不去理他，踱出大門去；外面早已預備下龍輿，皇帝坐著回船了。

太后七八天不見皇上了，如今見了，便捧住了不放手；又再三勸說：「皇上萬乘之尊，切不可微行出外；倘有不測，叫天下臣民負罪先皇。」便有許多臣子也紛紛上章勸諫；皇上吃了這個驚嚇，從此也膽小了，祇是捨不下那小紅，便把她用軟轎悄悄的抬上御舟來，朝朝寵幸。那徐大華和銀紅兩人受了這一番磨折，皇帝賞徐大華做刑部侍郎，准他把銀紅帶進京去供職。這裏連下三道上諭：第一道，把那總兵官立即正法，他兒子戮屍；第二道，把全城的文武官員一齊革職；第三道，把總兵官的家產妻孥，全沒入官，分一半家產賞給這報信的小校，又賞他都司的官職；且暗把三小姐配給他做妻子。

此時乾隆帝也厭倦了，匆匆到杭州去了一趟，便下旨回鑾。御駕走到山東涿州地方，忽然又出了一宗離奇案件；把好好一個皇孫殺死了。

第四十六回　血染皇室

卻說乾隆帝回鑾，御舟經過涿州地方，皇帝吩咐停泊；自有一班地方官上船去叩請聖安。官員退出以後，皇帝便把鄉間的父老傳上船來，親自問他們民情風俗和稻麥的收成。正問話時，忽見一個老和尚，攙著一個六七歲的男孩兒上船來，跪在當地，不住的磕頭；這時御舟上的人看了，都十分詫異。

乾隆帝打發總管太監下去盤問，那老和尚自己說：「名叫圓真，當年和四皇子多羅履端郡王永城十分要好；郡王在日，常常蒙召進府去，談經說道。如今郡王死了，老僧便出京來，在這涿州地方聖明寺裏做住持；這個孩子，便是當年郡王的親生子，當今皇上的嫡親孫兒。祇因家庭大變，流落在外面，一向是老僧收養著；現在聽說聖駕過此，老僧想這孩子是貴子龍孫，不可拋棄在外邊，特把他帶來送還皇上。一來，叫這孩子回京去，享用富貴；二來，也不負了當年和郡王的一番交情。」

這件事來得離奇特兀，那總管太監聽說是皇孫，便也不敢怠慢，急進去奏明皇上。乾隆帝聽了，也覺得十分詫異，吩咐把那小孩傳進艙去，皇帝看那小孩生得方臉大耳，舉動從容，談吐宏亮，一時也看

不出他的真假來，便傳旨去，把那和尚和小孩一起帶進京去審問。

到了京裏，乾隆帝把這案件交給和珅；和珅回府去，先把那小孩傳進來問時，那小孩朗朗的說道：

「我從小便養在圓真和尚廟裏，認圓真是我的父親；後來我到五歲時，懂得事了，圓真和尚便對我說知，你是多羅履端郡王的兒子。祇因你是側福晉生的，那大福晉時時想弄死你；是我偷偷的把你救出來，養在廟中。我聽了和尚的話，知道自己是當今的皇孫，便時時對和尚說，要進京見皇祖父去；圓真和尚說：『九重深嚴，如何可以去得？須待皇上下次南巡過涿州的時候，我再領你見皇上去。』如今既蒙皇祖父把我帶進京來，便請貴大臣替我奏明皇上，快快放我回家去。」

和珅聽了他的話，看了他的神情，一時也猜不出他是真是假，便暫把他留在府裏。又傳那和尚進來審問，那圓真和尚供說：「郡王在日，和老僧十分知己，常常把老僧傳進府去談道參禪，下棋吃酒；又把內室的事情告訴老僧。原來郡王有兩位福晉，一位正福晉，一位側福晉。那正福晉是豐貝勒的閨女，面貌美麗，性情十分豁辣；側福音原是小家碧玉，常常被正福晉虐待，郡王有時勸說幾句，連郡王也被辱罵在裏面。因此郡王十分生氣，常常對老僧說起；老僧勸郡王，閨房裏面，總以忍耐爲是。

後來不多幾年，那側福晉生下一位公子來，那大福晉知道了，越發懷恨；她趁著郡王出差在外面的時候，悄悄的打發一個丫頭，把那公子偷出府去，意欲把他丟在空野地方餓死他。那時，老僧正到郡王府去，被我撞見了，便求他們布施給老僧，抱回廟剃度做小和尚去。那丫頭進去對福晉說知，福晉也答應了；一面叫老僧把這小公子偷偷的抱去，一面報到宗人府，假說是害天花死了。那側福晉同時也被大福晉弄走了。待到郡王回來，見母子兩人都不見，把他一氣，便吐血死了。如今老僧念郡王身後祇有這個種子，又是皇上的嫡親孫兒，因此把他送還皇上，給他骨肉團圓。老僧看在郡王的交好面上，原沒有別的貪圖，祇求大人早早審問明白，老僧也得早早回廟去。」

那和珅得了兩人的口供，便急急進宮去回奏。那乾隆帝聽說那和尚重翻舊案，心中也有幾分著慌；忙進宮到「綠天深處」，和春阿妃商量去。

列位，你知道這春阿妃是什麼人？原來便是多羅履端郡王的大福晉，如今給皇帝收下，封了妃子，住在「綠天深處」，十分寵愛她。

當初宗人府奏報永城郡王生了一個兒子，乾隆帝心中也十分歡喜；後來又報說害天花死了，皇上想起皇嗣單薄，便也覺得不歡。傳旨把郡王喚進宮去，問起皇孫害天花的情形；那永城便回奏：「皇孫死時，臣兒恰恰出差在外，當時實在情形，臣兒不曾親見，不敢謊奏，須問兒媳春阿氏才能明白。」待到把永城的大福晉傳來，不覺把個公公看怔了。

那大福晉花容玉貌，舉止風流，果然是極好的了；她說話的時候，口齒伶俐，笑靨承睫，越發把個

風流天子勾引得神魂顛倒。乾隆帝暗暗的留心她一言一笑，絕似從前死去的香妃；便勾起了皇帝的一片癡心，這時也忘了翁媳的名分，竟把個大福晉著意憐惜起來。那大福晉原是一個聰明人，見了皇上這一副神氣，便放出她迷人的手段來，一派花言巧語，回眸低笑；早把個皇帝揑在手掌裏。

乾隆帝聽春阿氏說完了話，便對郡王說道：「這個媳婦兒真能說話，好似朕院子裏的鸚哥，聽了叫人忘倦；如今皇太后正早少一個陪伴說話的人，朕如今把她留在宮裏，每日陪著皇太后說話消遣兒。朕也做了一個孝子，你也不失爲賢孫。」

永城郡王雖明知皇帝不懷好意，但也不好說得，祇得把他的福晉留在宮裏，垂頭喪氣的出來，冷冷清清住在家裏；他想起愛妾亡兒，鬱鬱寡歡，不多幾天，便成了咯血之症，一病死了。永城郡王死了以後，那春阿氏便陞做妃子，每天和皇上尋歡作樂，調笑無間。

正快活的時候，忽然那皇孫出現了。在乾隆帝心中還不免有子孫骨肉之念，去和春阿妃一商量，那妃子一口咬定，說：「陛下收留不得的；無論事隔多年，真假不可知，即使果是真的，他日繼嗣郡王，長大起來，知道妾尙在宮中，乃不甘心於妾，爲他生母報仇。那時外間傳播，皇上也有不便的地方。倘然一定要招認他做皇孫，便請陛下賜妾一死，妾也無顏侍奉陛下了。」說著，便掩袖嬌啼起來。皇帝最寵愛這個妃子，見她一哭，便心疼起來；忙拉著她，說了許多安慰的話。

到了第二天，又把和珅傳進來，忽然換了一副嚴冷的面色，說道：「那皇孫死已七年，宗人府中有案可查；現在忽然外面又有一個皇孫出現，定是那奸僧妄圖富貴，欲仿宋明的故事；卿須傳集刑部官員，另立特別法庭，從嚴審問明白，莫叫村野小兒冒認天家骨肉。」

那和珅聽了這番話，心中早已明白；退出宮去，把皇上的意旨宣佈了。第二天，由刑部主審，請大學士都御史諸官員們在一旁陪審，公堂設在乾淸門左面空屋內；和珅和劉統勳兩位大學士高坐中間，兩旁坐著六部人員。刑部有一個章京，名保成，口才敏利，性情狡猾；和珅知道他是一個能員，便委他做主審官，坐在公案下面。

過了一會，便把那和尚和孩子兩人提上堂來，先由保成照例把他兩人的來蹤去跡審問一回；便站起來對堂上說道：「諸位大人，據卑職看來，這裏面大有疑竇；諸位大人倘肯給卑職審問的權柄，卑職立刻可以把這案件問個水落石出。」

和珅聽了保成的話，便微微的點頭答應他。

保成轉過臉來，喝聲：「把妖僧捉出去！」便走上來兩個虎狼一般的差役來，揪住圓真和尚的衣領，直拉出堂外去。保成又慢慢的踱到那孩子跟前，舉手便是兩個嘴巴，打得那孩子哇的哭起來；滿堂官員看了都大驚失色。

祇聽那保成大聲問道：「你是什麼地方的村野小兒？受那妖僧的欺哄，膽敢在朝廷上冒認皇孫。這是犯的死罪，你若不好好招供出來，便當砍下你的腦袋來！」說著，擎起佩刀來，擱在那孩子的頭頸上。

那孩子嚇得直叫起來；一邊哭著，一邊說道：「我原不知道什麼是皇孫，我祇知道那和尚是我的爸爸。我記得四五歲的時候，和尚常常指著我，對別人說道：『這孩子姓劉。』這樣看來，我是劉家的孩子，原不是什麼皇孫；我本不知道皇孫是什麼，那和尚對我說：『到了皇家去，可讀書做官，有好飯好菜，穿好衣服，出門騎小馬、坐小轎，有許多人侍奉我。』如今你們不給我騎小馬、坐小轎，又要拿刀殺我；我也不願做皇孫了！求你們放了我，仍舊跟著和尚一塊兒回去，可好嗎？」這孩子說完了話，又大哭起來。

堂上許多官員看這孩子可憐，便都替他抱屈；祇因怕和珅的威勢，大家不敢多嘴。

保成聽這孩子招供了，心上十分得意，回過頭來，對堂上笑說道：「諸位大人聽得麼？他原不是什麼皇孫，竟是劉家的孩子。如今卑職審問明白了，請大人們定案。」

這時劉統勳坐在堂上，忍不住站起來說道：「這案且慢定。試問三尺孩童在威嚇之下，何求不得？況且據那和尚說，這孩子生下地不多幾月便抱出府去；究竟是不是皇孫，莫說這孩子自己不知道，便是我們活到偌大年紀，那自己在父母懷抱中的情形，怕也不能明白。據本大臣看來，今日這樁案件，非得再把那和尚傳上來審問一番不可。」

和珅聽了他的話，心中好不耐煩；便冷冷的說道：「貴大臣若不嫌煩，便再把和尚傳上來審問也不妨事。」

保成在下面一疊連聲喊：「傳和尚！」

那差役又把和尚擁上堂來；這孩子一見那和尚，便指著和尚哭道：「我好好的姓劉，怎麼叫我來冒認皇家孫子？如今卻害我殺頭了！」說著，又拉住和尚的衣角，大哭起來。

這和尚露出十分詫異的神色來，說道：「你明明是一位皇孫，如何今天變了口供？從前我對人說你姓劉，原是怕人知道，爲遮人耳目起見。」

那保成不容他說話，把公案一拍，喝聲：「妖僧胡說！這孩子自己已供認了，你還不快招麼？」又喝一聲：「用刑！」

那左右差役接著一聲喊，忽榔榔鐵鍊夾棍一齊丟在那和尚身旁；嚇得這孩子又大哭起來，說道：「我們快回去罷！我不願做皇帝家裏的人，皇帝家裏嚇死人也！」

和尚氣憤憤的指著堂上說道：「都是你們這班奸臣！上欺君皇，下虐人民。你們都吃的是清朝俸祿，永城郡王是嫡親的皇子，和你們有什麼仇怨？卻要滅絕他的後代。我死了做鬼，也要和郡王來吃你們的魂靈呢！」

圓真和尙說罷，還咬著牙齒，奸臣奸臣罵不絕口；罵得和珅火起，喝一聲：「打死這賊禿！」那左右差役正要動手打時，那劉相國起來攔住，說道：「且慢！如今我們屈打成招，叫天下人說我們不公平。據本大臣意思，須把那舊日偷這皇孫的丫頭找來，叫她當堂認明，究竟是否皇孫，我們方可定案。」

這時天色已晚，和珅吩咐退堂；當夜進宮去，奏明皇上，皇帝便傳旨，所有從前郡王府中的丫頭老媽子，一齊上堂去證明。

那丫頭老媽子早已得了春阿妃的好處，第二日上了公堂，把那孩子喚上堂來，給她們指認；她們齊口說不像，又說：「從前的皇孫，是瘦小長頰臉兒，手臂上有一塊紅斑的；如今這孩子卻沒有。」其中有一個丫頭供說：「當年皇孫死了，是我親手收殮的；如何現在又有一個皇孫出現？」又有一個老媽子供說是從前皇孫的乳母；那皇孫確實是死在她懷中的，決不有錯。妳一句，我一句，說得那和尙啞口無言。

那劉相國坐在上面，明知他冤枉，也無法挽救他。過了一會，眾大臣商量定下罪來，圓真和尙立即正法；那孩子發配伊犁。圓真和尚臨刑的這一天，大罵昏君奸臣；那孩子到了伊犁，年紀慢慢的大起來，自己知道確是當今的皇孫，便去和伊犁將軍說知。那將軍替他轉奏朝廷；和珅見了奏章，便悄悄的先去通報春阿妃子。那春阿妃子便和皇帝撒癡撒嬌，要皇帝下旨，把伊犁將軍革了，放和珅的親戚名叫松筠的，去做伊犁將軍，又要把那孩子在伊犁地方正法。這皇帝聽了妃子的話，統統依她；可憐堂堂一位皇孫，祇落得一刀結果了性命。

這裏，皇帝越發把春阿妃寵上天去；雖說皇上從江南回來，帶了一個郭佳氏，一個蔣佳氏進宮；但也總爬不到春阿氏上面去。那蔣佳氏、郭佳氏又是蘇州人，性情和順，語言伶俐，一味趨奉著春阿妃子；春阿妃子也和她們好。妃子自幼深居閨閣，不曾見過外面的情形；郭蔣兩氏告訴她江南地方，如何如何好玩，那街市上又如何如何熱鬧，把個春阿氏哄得心裏熱辣辣的，常常和乾隆帝說，要一塊兒到江南遊玩去。

乾隆帝說：「朕才從江南回來，如今又要到江南去，怕給臣子們說話。」

後來還是春阿氏想出一個法子來，在圓明園裏造一條買賣街；那店堂格局，統照蘇杭式樣。古玩店、衣裝店、酒樓、茶爐，色色俱全；那店舖中夥計、值堂的，也都從蘇杭地方覓來；下至賣花的、賣水果的、賣瓜子的，都拿著籃在街上叫賣。宮裏的太監各個拿出錢來做店東；各種貨物，由崇文門監督

在外城各店肆中採辦進來。把各種貨物，記明價目；賣去的貨物，照值還價，不曾賣去的，仍將貨物退還。

到正月初一開園，皇帝下諭，准滿漢各大臣進園遊戲。那班官員在大街上來往觀看，見有賣食物、水果的，大家搶著購買；有時邀集許多同寅，上酒樓、茶館去沽飲品茗，那跑堂的來往招呼，和在外城店舖中一模一樣。有時皇上穿著便服，後面跟著幾位妃嬪，到飯館中來吃飯；見了大臣們，彼此點一點頭，好似朋友一般。店小二來往搬菜，呼酒報賬；吃酒的客人猜拳行令，有說有笑。一時諸聲雜作，皇帝和妃嬪們看了這樣子，不覺大笑。

有時，皇帝也寫著請帖，請客一二人，大概都是宗室的閒散大臣和西清館中的供奉，陪著皇帝吃酒；一般的也談笑豁拳，毫不拘束。那大臣們吃到高興的時候，也叫幾個條子來侑酒；有時皇帝一個人出來遊玩，在酒館中叫了許多條子，和那班窯姐兒糾纏捉弄。倘遇到皇帝酒醉的時候，便擁著妓女走到套房裏睡去，直睡到天晚，也不肯回宮。太監們無法可想，便在房外打著雲板。原來宮中的規矩，皇帝一聽得雲板響，便當起身離開這地方。

皇帝有時也陪著太后來遊園，那太后也打扮得和平常婦人一般；見園中那些走江湖、賣膏藥、變把戲、賣草藥、卦卜字的，也擠在人堆裏去看熱鬧，那侍衛遠遠的站著保護著。

在正月十三到十八這六天裏面，稱做燈節。皇帝吩咐把園門開放，傳諭滿漢臣民眷屬，下至小家夫婦，都許他進園來遊玩，算是與民同樂的意思。皇帝在這時候，也在人堆裏擠來擠去，和那班小家女兒、宦室夫人調笑著，十分快樂。太監們爲迎合皇帝的心意，在各處套房裏鋪設下床帳，可任皇帝隨意坐臥。

到了第三天時，忽然有一個大漢闖進套房來，手中握著一柄尖刀，四處找人的樣子；被侍衛看見了，搶上去把那大漢捉住，發交步軍衙門問時，那大漢氣憤憤的說道：「我妻子進園去遊玩，被昏君誘進套房去姦淫了。我如今找昏君去和他拚命！」

那問官聽他嘴裏說得十分齷齪，便也不問下去，打入死囚牢；第二天，便在牢監裏被殺死了。自從出了這案件以後，那園中便禁止男人出入；但圓明園中，自從這一年設了買賣街以後，每年正月便成了例規。皇帝和妃嬪們在園中遊玩，直到燈節以後，才把街市收拾起來。乾隆帝取「與民同樂」的意思，把這買賣市稱做「同樂園」。

到第二年同樂園開門的時候，園裏又鬧出一樁風流案件來。原來京裏有一位禮部侍郎姓莊的，他的年紀已六十歲了，祇因死了結髮妻子，便在窯子裏去娶一個姑娘來；那姑娘名賽昭君，她面貌的華麗，且不去說他；她年紀祇二十四歲，生性十分好動，常常愛在外面閒逛，凡是京城裏香廠、廟會熱鬧的地

方，到處有她的足跡。那莊侍郎前妻生下一個女兒，也生成風流性格，俊俏容貌，和這後母十分投機；她母女兩人瞞著侍郎，終日在大街小巷閒闖，引得那班遊蜂浪蝶，終日跟在她母女兩人後面，評頭品足，調笑無忌。

那賽昭君有一種極淫賤的脾氣，愛和人調笑，愛聽人稱讚她美貌；因此那些賣買店家的夥計，都和她閒談笑謔，無所不爲。那女兒到底是大家閨秀，初見她繼母這種輕狂的樣兒，不覺羞得她低著頸子說不出話來；後來漸漸的也看慣了，連她自己也和人調笑無忌起來。

這女兒名叫秋官，年紀祇十八歲，人人都知道她是莊侍郎的小姐；那班油頭光棍便如一盆火似的向著她，秋官又故意賣弄風騷，若近若拒，到後來，到底受了風流的孽報。

第四十七回　帝國腐蝕

卻說賽昭君和秋官母女兩人，終年在京城裏遊玩也玩厭了；忽然異想天開，打聽得那圓明園每年開同樂園一次，准官民婦女進去遊玩。她母女兩人，打扮得萬分妖嬈；到燈節時候，也進園去遊玩，每日在街上招搖過市。

太監們打聽得她母女兩人的來歷，便也大著膽和賽昭君兜搭去；後來那班侍衛和店家夥計，都來和她戲嬲，她母女兩人不但不惱，反以爲得意。賽昭君最愛打聽宮中的事情，那太監侍衛們都趕著告訴她，說皇上如何風流，妃嬪如何美貌；說到動神的地方，大家捉搦玩弄一陣。那秋官嬌憨跳擲，最是有趣；大家和她調笑，她從沒有惱恨的，大家背後取她綽號，稱她「小玩意兒」。

有一天，賽昭君和太監們在酒樓中閒談說道：「皇上的面，我雖見過幾次，但總在街心裏，不曾看得真切，且不能和皇上對面講話兒；倘得和皇上對面講一句話兒，或是同坐著吃一杯酒兒，便是一生榮幸的事情了。」

那秋官也接著說道：「皇上長得好一部三綹鬍子，我倘能摸一摸，也是十分榮耀的了。」

那太監們聽了，說道：「這也不難，待皇上來時，我們替妳報名上去；奏明妳母女二人如何美貌，皇上必當召見。」

其中又有一個太監說道：「話雖如此，那皇上到園中來，是沒有一定的時候；也許一日裏來幾趟，又許三五天來一趟。你母女既要見皇上，須得住在園中候駕；但是園中每天房飯吃用，很要費錢的，如何是好？」

那賽昭君又有一種脾氣，她仗著丈夫有錢；有誰說她拿不出錢，她便生氣。如今聽太監說了這句話，她便一生氣，立刻從懷裏掏出一扣錢莊摺子來，向桌子上一擲；說道：「花幾個錢，算得什麼事。這扣摺子請你們拿著，我倆人便在園中住上十天，怎麼樣？」

那太監見了錢摺，早眉開眼笑，忙收拾錦繡的床鋪、精美的食物，供養她母女兩人；賽昭君住在園子裏，和那班侍衛謔浪戲嬲，什麼醜樣兒都做出來；那秋官到底是女孩兒，還不敢怎樣放蕩。

賽昭君住在園裏，一天又一天，不覺到了第五天時！這時已是上燈時候，忽然那班太監慌慌張張的進來，說道：「萬歲爺來了！快接駕去！」

賽昭君忙拉著秋官出去，祇見一個高大男子，臉上長著三溜鬍子，大模大樣的走進屋子來，後面跟著許多侍衛們；那男子坐下，一回頭叫大家出去，侍衛們一齊退出去了。店小二送上酒菜來，那男子吃了幾杯酒，才向她母女兩人招手兒。

賽昭君和秋官走近身去坐下，男子問：「妳倆是什麼人？」

賽昭君回說：「是姊妹兩人，爲奸人所賣，誤落在窯子裏。」

這幾句話，是太監教導她的；那男人慢慢的酒醉了，便拉著她母女兩人百般狎弄，秋官被這男人破了身。賽昭君認做他是皇上，便放出迷人的本領來，出奇的媚惑他；直到深夜才去。這樣接連三夜，到第四夜，賞出許多大內的珠寶玩器來；那男子也就不來了。她母女二人打算回家去，看看那錢摺上，又支去了八萬多兩銀子；賽昭君看了，不覺嚇了一大跳，急問時，太監說：「這裏面的食物住宿原是很貴的。」

她也無可奈何，滿想把皇帝賞她的珠寶拿出去賣錢，補滿摺子上的虧空；誰知把那珠寶拿出去一估價，原來都是假的。後來那侍郎發覺了這一筆錢，查問時，賽昭君推說：「是替老爺謀缺分花去的。」又說：去求了某福晉去轉求某王爺，在王爺家，親自見到萬歲爺；萬歲爺又如何親口答應她，給老爺好缺分，叫老爺耐心守著；一派花言巧語，說得個侍郎無可奈何。從此這莊侍郎便常露出窮相來。

這侍郎有一個兄弟，家中人稱他四爺；見哥哥娶了一個窯姐兒在家裏，心裏已經不舒服了。後來不

知怎麼，他嫂子和姪女兒在同樂園裏的事情被他打聽出來了，便寫了狀紙，告到京兆尹衙門裏。那京兆尹見告的是皇上，嚇得他不敢受理；這事情卻傳到都老爺的耳朵裏。

有一個姓江的御史聽得了，也不問他三七二十一，拉起來就是一本，奏明皇上，說：「太監不該炫色攫金，罪在不赦。」皇帝看了這奏本十分詫異，便悄悄的把和珅傳進宮來，著他承審這樁案件。

和珅領了旨意，立時把那謊騙的太監捉來，一面又把賽昭君母女兩人傳到案下，邀集滿漢軍機大臣和京兆尹，當堂會審。那賽昭君一一招認出來，說皇上如何姦污她，如何拿假珠寶哄騙她；那聽審的大臣聽她供出皇上來，嚇得他們臉上一齊變了顏色。和珅急把賽昭君拉下堂去，那賽昭君還是滿嘴的嚷著皇上姦淫命婦，那秋官也哭得和淚人兒一般。

這裏和珅和眾大臣商量，要定賽昭君一個反座的罪，一面卻把那太監殺死了滅口；又定那莊侍郎一個教唆的罪。獨有劉統勳說：「這事不可猛浪，我們先入奏去，看皇上神色如何；倘這案情是真的，便當償還侍郎的銀兩，定太監一個充軍的罪。倘這案件沒有皇上的事，便該拿太監正法，把太監的家產抵給侍郎；另由御史彈劾這侍郎治家不嚴的罪。」

和珅一時打不定主意，劉統勳便獨自進宮去奏聞；皇上聽說有人告他姦淫命婦，便傳諭說：「朕之不德，十數年來，固多遺議，但亦未敢爲傷風敗俗之行；今莊氏母女一案，著滿漢軍機秉公審理，務期水落石出，切勿有所顧忌。」

劉統勳得了這個聖旨，便把那太監用刑審問；這太監熬刑不過，便招認說：「祇因貪圖她母女多財，便拿一個假皇帝去哄她。」又問：「假皇帝是什麼人？」供說：「是外城西大街驢馬坊的掌櫃。」當堂出簽，把那掌櫃提來，一審便服。劉統勳判定那太監和掌櫃一併正法，把他兩人的家產判償莊侍郎；又把賽昭君母女兩人發配功臣家為奴。

這案件出了以後，從此同樂園中便不許民間婦女出入。一過正月，皇帝又閒著無事可做，每天和春阿妃、郭佳氏、蔣佳氏三人在宮裏調笑無間。

後來郭佳氏奏說：「陛下從江南回來，原搜羅了許多珍寶，又陛下常常記念江南的風景，何不便在這圓明園中，照江南名勝的模樣蓋造起來？把那些珍寶都陳列在園中，賤妾們終日得陪奉陛下在裏面遊玩著；一來也免得陛下牽掛江南，二來賤妾們在這裏面遊玩著，也好似回到江南去一般。」

皇帝聽了，也便高興起來，傳諭內務府和西清館中的供奉人員，把江南各處名勝地方的風景，細細的畫在紙上，進呈御覽。這個聖旨一下，那班供事人員天天一幅一幅的畫著；什麼西湖風景、金山風景、揚州風景、大明湖風景、蘇州風景，一處一處的細細畫成圖樣，共有三百六十幅。皇帝和三位妃子挑選了四十個景子，發交和珅，叫他監督工程，從速建造。

那和珅得了這個聖旨，便打發許多人員，到山陝江南一帶去採辦木料；在山東、河南、山西幾省地方，捉拿人夫。又假說是皇上的旨意，著各省地方官紳捐助銀錢；打聽得有錢人家，便派人去勒索，稍不如意，便說他違背聖旨，辦他的罪。因此和珅又得了許多錢財，弄得地方上怨聲載道。

其中有一個湖北太守，名亢雨蒼的，死得最苦。那亢雨蒼，家裏原是很有錢的，祇因他沒有官做，常常受官府的敲詐；他便發狠，獨力捐助海塘工程洋三萬元。山東巡撫替他奏明皇上，聖旨下來，賞他四品頂戴，分發在湖北做武昌知府。亢雨蒼雖說捐了三萬塊錢，但他卻是十分貪財的，在任上拚命括地皮，不消一年工夫，那三萬塊錢早已被他拿回來了。接連做了六年知府，那家財越發富厚；在揚州一帶，置了許多鹽田，和那鹽商住如能，又是十分要好。

誰知他有錢的名氣一天大似一天，居然傳進和珅耳朵裏；這和珅正當著監造圓明園四十景的差使，四處搜括銀錢，便派一個人到湖北去，向亢知府要錢，一開口便是一百萬。那亢雨蒼原是一個守財奴，聽了這樣大的數目，豈不要把他嚇倒；況且，他實在也拿不出這許多錢，勉強報效，送了三萬兩銀子去。

和珅見他不肯出力報效，便心生一計：這時山東正捉住一大群海盜，和珅便叫人暗暗的買通那強盜頭目，教他誣供說，亢雨蒼是他們的窩家。這個口供一報上去，皇上十分動怒，立刻下諭把亢雨蒼革職，滿門抄斬；亢雨蒼家裏有一個五個月的小孩兒，也不免一刀之罪。這樁案件，和珅辦得痛快；那亢雨蒼的家產，老實不客氣，被和珅一人獨吞了。

誰知亢雨蒼家裏還留下一個禍種，這人姓余，名大海；原是亢雨蒼朋友的兒子。那朋友和亢雨蒼有八拜之交，朋友臨死的時候，把他兒子託給亢雨蒼的；亢雨蒼便把余大海留在家裏，教讀成人，替他娶了媳婦。這余大海又生成一副神力，任你一千斤鐵石，他都一手擎得起來。後來亢家查抄了，亢雨蒼卻給余大海一萬塊錢，悄悄的打發他走開。

這時余大海新死了妻子，祇有一個女兒；一時無可投奔，便去投在汪如龍家裏。他得了亢雨蒼的好處，卻時時不忘替亢家報仇；汪如龍卻不知他心中的事情，見他氣力強大，便請他在家中做一個鏢師。後來乾隆帝第三次下江南，吃了總兵官的虧，便暗地裏搜尋有氣力的人，編一隊神機營，保護聖駕；汪如龍便把余大海保舉上去，皇帝面試過，見余大海氣力驚人，便十分重用他，待到兩宮回鑾，余大海也隨駕進京。他臨走的時候，便把自己一個女兒，交託給汪如龍。

余大海的女兒，名叫小梅，長得姿色嬌艷，風韻翩坤；汪如龍原是好色之徒，早已看中了她，待到余大海進京，汪如龍便仗著自己有勢力，逼淫了小梅，把她收做侍妾。那小梅念在父親面上，便含垢忍辱的忍守著。

她父親佘大海也因爲要替亢家報仇，在宮中竭力和和珅拉攏，常常送他禮物；又打聽得宮中有機密的事情，便悄悄的去通報和珅。和珅也在皇帝跟前，常常讚著佘大海的好處。皇帝聽了和珅的話，便把佘大海陞做神機營長，終日在宮中保駕。大海初進京來，原想刺死和珅，替亢家報了仇；後來天天近著皇帝，看看皇帝那種荒淫無道的樣子，心想我中國全國的百姓，都吃著他一個人的苦，我不如連皇帝也殺死了，也替幾千萬百姓出了這口怨氣。他便想了一個一舉兩得的計策。

原來宮中規矩，無論親信大臣、王公貝勒，進宮來都不許帶刀；便是那神機營侍衛們，也祇許帶長刀，不許帶短刀，祇怕臣下行刺，長刀容易看見，短刀不容易搜檢。祇有和珅，皇上賞他一柄金柄的短刀，柄上刻著和珅的名字，終日掛著身旁；不知怎的，這柄短刀忽然落在佘大海手裏。

有一天夜裏，皇上懷中擁著春阿妃，朦朧欲睡；忽然眼前一晃，一個大漢跳進屋子來，皇帝眼快，一聲喊，那柄短刀已直向皇帝臉上飛來。虧得春阿妃子手快，忙拿拂塵的柄兒打去，那柄兒被削斷，短刀也落在床上。皇上拾起刀來看時，只見那金柄上，端端正正的刻著和珅兩個字。這時那刺客早已去得無影無蹤，那班侍衛聽得喊聲，也都趕到屋子裏來。

皇帝因那兇器上有和珅的名字，祇怕和珅受人的指摘，便把那柄短刀藏過了；祇說：「有一個刺客闖進屋子來謀刺朕躬；如今這刺客逃出院子去了。」

那班侍衛聽了，便搶出院子去，四下裏搜尋；直鬧到天明，也不見那刺客的影子。第二天一查點，獨不見那神機營長佘大海，立刻把內外城關閉起來，大搜三日，也杳無消息。

這時滿朝文武都齊集武英殿，恭叩聖安；眾官員齊奏說：「那佘大海既是汪如龍推薦的，便該星夜派人去把汪如龍提進京來，嚴加審問。」

一句話，提醒了乾隆帝，便立刻下諭給兩江總督，著他把汪如龍拿解進京。這汪如龍家裏有千萬家財，平日常常有財物孝敬和珅的；如今和珅見要拿解汪如龍，便一面將聖旨按住，一面進宮去替他求情。說：「陛下莫問，暫把這案件交臣辦理，臣總可以把佘大海這人著落在汪如龍身上，叫他把佘大海交出，由臣審問；那時臣的嫌疑也洗清了，汪如龍的罪也沒有了。」皇帝聽了他的話，便把這大案交給和珅辦去。

那和珅得了旨意，暗地裏打發一個親信人員趕到揚州去，會同揚州的鹽大使，去見汪如龍。這時佘大海一擊不中，便立刻逃出京城，連夜到汪如龍家裏躲著；在佘大海的意思，雖不能刺死皇帝，丟下那柄短刀，刀柄上有和珅的名字，那和珅的性命總也不保的了。誰知那乾隆帝實在把個和珅寵得厲害，不但不辦他的罪，還要叫他來辦佘大海的罪。

佘大海躲在汪如龍家裏，風聲一天緊急似一天；他知道自己存身不住了，便和汪如龍說，要躲在別

處去。汪如龍這時已得了北京的消息，如何肯放他脫身？他原有一座別墅造在江心裏，那地方是一個小洲，四面都是江水；汪如龍便把余大海藏在別墅裏，一面暗暗的告到官裏。那揚州知府會同守備官，帶了五百人馬，悄悄的去把別墅圍住；那余大海好似被甕中捉鱉，手到擒來，解到京城裏，也不問口供，立即綁出法場砍頭示眾。

這裏，余大海的女兒小梅得了信息，大哭了一場；埋怨汪如龍，說他不該看死不救。那汪如龍一派花言，把自己的罪惡瞞過了。誰知和珅殺了余大海以後，又在皇帝跟前保舉汪如龍擒盜有功；聖旨下來，賞汪如龍雙眼孔雀翎，以道員用。

汪如龍出賣了余大海，強佔了小梅，又得了功名；他常常戴著欽賜的翎毛，到親戚朋友家去吃酒，誇說自己如何得和相的看重，又如何用計擒住余大海，如何得到皇上的恩典，洋洋得意。早有他手下的小廝，悄悄的去對小梅說知；小梅才明白這汪如龍，非但是姦污自己的仇人，且是賣去父親性命的仇人；她索性糟蹋了自己的身子，結識那小廝，從此以後，汪如龍在外面的一言一動，小梅統統知道。

這時，乾隆帝因爲要造圓明園的四十景，又下旨南巡，到江南去參觀風景；那沿路的大臣，自有一番忙碌。在揚州接駕的，依舊是那汪如龍、江鶴亭一班富紳。那時聖駕還未到揚州，汪如龍爲了預備接駕的事情，日夜忙碌得連吃飯也沒有空兒，因此不常到小梅房中來；小梅覷空，便把那小廝喚進房去，悄悄的和他商量大事。這小廝原是汪如龍最親信的，無論到什麼地方，總把這小廝帶在身旁；這時汪如龍仍把個「樗園」收拾起來，爲皇上駐蹕之所，園中頓時收拾得花柳招展、燈彩輝煌。

不多幾天，果然皇上到了，一走進園門，便想起從前風流的事情；便傳汪如龍進去，問起：「從前的煙花女子，如今可還在嗎？」

汪如龍回奏說：「昔日美人，今日已退歸房老，不堪再侍奉聖上了。臣如今有十二金釵，敢獻與皇上玩弄。」

皇帝聽了便十分歡喜，忙喚他把十二金釵送上來；汪如龍早已預備下了，出來把十二個揚州名妓，打扮著獻上去。

這十二個妓女裏面，有兩個長著絕世容貌，可稱得脂粉魁首；一個名叫倩霞，年紀十八歲，一個名叫絳霞，年紀十七歲。原是一對姊妹花，如今見了皇帝，皇帝出奇的寵愛她們；日間命十二金釵輪流歌舞勸酒，夜間卻祇喚她姊妹兩人進去侍寢。裏面皇帝飲酒調笑著，外面汪如龍卻奔走照料，十分辛勞。

到第四天傍晚，汪如龍在「樗園」裏照料，正忙亂的時候，忽然內急起來；他便走到一個冷靜的牆角裏小便去。正在這個當兒，見他那小廝悄悄的從身後走來，這小廝原是汪如龍親信的，便也不去防備他；不料那小廝走到汪如龍身旁，卻舉起尖刀來，向他主人頸子上狠命的一刺，祇聽得啊喲一聲，汪如

龍便倒在地下死了。

那小廝正要轉身逃時，卻早驚動了園中的一班侍衛四面趕來，要抓住這個兇手。

第四十八回　滿漢畛域

卻說汪如龍被他小廝刺死以後，那小廝正打算逃走，卻被那班侍衛四面攔住，脫身不得。祇見他回手擎著尖刀，向自己胸口刺去；低低的喚了一聲：「父親！」便也瞪著眼死去了。侍衛們忙上去拔去那尖刀，解開衣襟，忽然露出那一抹酥胸兩個高聳白嫩的乳頭來。大家看了詫異，揭去他的帽子，便露出一頭雲髻來；脫去他的靴子，露出兩隻紅菱似的小腳來。原是一個絕色的少女。

侍衛們不敢怠慢，一面忙去稟報侍衛長，一面去通報汪如龍家裏；汪如龍的夫人趕來一看，認識這女刺客便是那小梅。她身上穿著小廝的衣服，那小廝卻不知到什麼地方去了；又在小梅衣袋裏搜出一張冤單來，上面寫著和珅如何誣害亢家，他父親余大海又如何替亢家報仇，汪如龍又如何強姦她自己，如何賣去她父親的性命。她如今刺死汪如龍，一來是爲父親報仇，二來是爲自己雪恨。一張紙上，原原本本，寫著蠅頭小楷；又說和珅貪贓枉法，是一個誤國奸臣，求皇上立刻拿他正法。

那班侍衛都是和珅的心腹，見了這張冤單，早給它銷燬了；卻謊奏皇上，說：「這刺客手拿尖刀，

闖到御樓下面東張西望，原想行刺皇上；給汪如龍眼快，看見了，上去攔捉，那刺客便將汪如龍刺死。」

乾隆帝聽了臣下這一番謊奏，信以爲真；便下旨追贈汪如龍頭品頂戴，派梁詩正代皇上到他家去御祭，又給他治喪費一萬兩。

皇帝自從出了這樁案件以後，便處處留心；疑那倩霞、絳霞和那十個妓女都不懷好意，便連夜打發她們出園去，一面調集扈從人馬，日夜在園外梭巡著。那倩霞和絳霞姊妹兩人，正得皇上的寵幸，忽然見要打發她們出園去，不知皇上是什麼意思，還和皇上撒癡撒嬌的依戀著不肯出去。

後來皇帝哄她們說：「回鑾的時侯，再帶妳們進京去。」又問她們：「老住在什麼地方？」

倩霞回奏說：「我姊妹的粧閣，在河樓上；樓下種著一株高大柳樹的便是。」

皇帝吩咐她們：「妳兩人打聽得朕回鑾過揚州的時候，快在樓上點一盞紅燈，朕便能打發人，來帶妳姊妹兩人進京。」

她姊妹兩人聽了皇上的話十分歡喜，便真的去住在河樓上，天天守著。

這裏，乾隆帝因常常遇到刺客，疑心人民還存滿漢的意見，要刺死滿清皇帝，替漢人報仇；他想，這報仇的思想，都是讀書人鼓吹出來的，如今朕欲查驗民心的向背，須先從讀書人身上下手。便下詔，凡御駕經過的地方，許沿途讀書的士子，把他的詩文著作獻上來，由皇上過目；做得好的，賞他銀錢，十分好的，又賞他官銜。這個旨意下去，那班士子妄想名利，便大家搶著獻詩獻文；由皇帝分派給幾個文學侍從大臣察看。雖說沒有好文章，卻也沒有悖逆的句子。

這時江陰地方，有一個姓繆的老名士；他因功名失意，在家中著了一部小說，名叫「野叟曝言」，他自己仗著多才，書上天文地理、兵農禮樂、曆數音律，沒有一種學問不講。書中的主人，便是他自己的化身；說那西湖殺龍的一段，頗有自命不凡的氣概，說到那李又全春娘的一段，又是十分淫穢。

姓繆的有一個女兒，名叫蘅娘；知書識字，十分聰明。她見父親著的書裏面，有許多犯忌的地方，又描寫淫穢，必遭燬禁；常常勸著她父親。無奈這姓繆的高自期許，他逼著女兒，把這部「野叟曝言」用恭楷抄寫，裝潢成一百本，藏在一隻小箱子裏，打算趁乾隆帝御駕過路的時候，把這部書獻上去。平日見了親友，也拿出這書本給親友觀看，誇耀他自己的博學。

他親友中，有一個金蘭甫，原也是一個讀書少年，家中富有錢財；見蘅娘面貌美麗，幾次託媒人到繆家去求婚。這姓繆的嫌蘭甫舉動輕佻，便一口回絕他；蘭甫含恨在心。蘭甫的叔叔金藕舫，也因田地糾葛的事情，和姓繆的打過官司；因此他兩家積不相容。如今打聽得這姓繆的有這一部書，蘭甫也曾到

繆家去讀過一遍，見上面有許多觸犯忌諱的話；便悄悄的到江陰府衙門裏去告密。

那知府官原得到內廷的密旨，專搜查這種叛逆的著作；如今見蘭甫來告密，便親自去拜望那姓繆的。這姓繆的不知他們是計，又拿出那部「野叟曝言」來給知府看；知府見上面有許多誇大的說話，那殺龍一段，顯係是殺皇帝的意思，當下假作稱讚幾句，又慫恿他，定須獻與皇上，方可得皇上的獎賞，姓繆的聽了，便十分得意。

到了聖駕過江陰的這一天，姓繆的便穿著袍褂，手中捧著書匣子，恭恭敬敬的跪在岸旁獻稿；那江陰府知府早已預備下了，祇須御舟上說一聲拿下，他便動手。誰知待到那部「野叟曝言」送上御舟去看時，打開書箱，裏面藏著一百本白紙本兒，上面一個字也沒有。皇帝看了詫異，傳話出去問他：「什麼意思？」那姓繆的見他的書忽然變了白紙，也嚇得一句話也說不出來；皇帝認做他是個呆子，便傳旨申斥了幾句，也便放他回去了。

那金蘭甫和江陰知府枉費了一場心計，依舊是抓不著姓繆的把柄；這姓繆的也因爲一生心血，都在這部書上，如今一個字也不留，叫他如何不傷心?他在家中便長吁短嘆；卻不知道他那部書，早已被他女兒偷出，裝在小缸裏，悄悄的拿去後園，埋在地下了；卻拿白紙照樣的裝釘成一部假的書，藏在書箱裏。這也是使她父親免罪的法子。後來直到姓繆的死了以後，蘅娘嫁了丈夫，才悄悄的又把這部「野叟曝言」掘出來，藏在家裏，直傳到現在。這都是後話。

如今再說乾隆帝因防漢人反叛，有意興文字之獄；當時到底被他找出兩樁案件來。一樁是「黑牡丹詩」，一樁是「一柱樓詩稿」。

那「黑牡丹詩」，原是大學士沈德潛著的。那沈德潛，名歸愚，做得一手好詩；乾隆帝自命是文學士，常常和臣下和詩作文。祇因他詩文根底很淺，做出來總不十分討巧；祇怕給臣下見笑，便請兩位大臣在他身旁，常常叫他們捉刀。一個是紀曉嵐，專代皇上做文章的；一個便是沈歸愚，專代皇上做詩詞的。後來沈歸愚死了，便由梁詩正代作。

那沈歸愚因皇帝看重他，他在皇帝跟前，便常常露出驕傲的樣子來；皇帝因爲諸事要仰仗他，便也不和他計較，反格外敬重他。沈歸愚六十歲時，還是一個秀才；到七十歲時，便拜做宰相，到八十歲時，予告還鄉。皇帝還常常打發官員，到他家中去問好。這是何等榮耀的事情！後來乾隆帝作了十二本御製詩集，特送到沈歸愚家裏去，請他改削；那沈歸愚卻老實不客氣，在御製詩上批評了許多壞話，又刪去了許多詩詞。送回京中，乾隆帝看了，心中雖說不高興，但看在他老臣面上，便也不說什麼；隔了一年，沈歸愚便死了。

此番乾隆帝南巡過蘇州地方，想起老臣沈歸愚來，便擺駕到他墳前去弔奠；又傳他的子孫到跟前

來，問了幾句話。忽然想起沈德潛是一代詩人，家中必有遺著，便向他子孫查問。他子孫享著祖父的家產，卻是一竅不通的；終日裏搞著嫖賭吃著的事情，也鬧不清楚。這時皇帝忽然查問沈德潛的遺著，他們平日既不留心先人的手澤，也不知道什麼是犯諱不犯諱，便把沈歸愚的原稿一股腦兒獻出去。

乾隆帝一看，上面有許多詩是詩集上不曾刻入的；又有許多代皇帝作的詩，他也一齊收入詩稿，下面註明「代帝作」三字。乾隆看了不覺老羞成怒；他想：朕的御製詩已經刻印出去了，這詩稿裏又有代作的字樣，豈不要壞了朕的名氣？但心中雖不樂，卻也無法處置。後來看到他的未定稿裏面，有一首「黑牡丹詩」，劈頭一聯，便是「奪朱非正色，異種亦稱王」兩句；乾隆帝看了，不覺勃然大怒，說道：「好一個大逆不道的沈歸愚！他明說朕是奪了朱家的天下，又罵朕是異種。這如何可忍得？」

便立刻下旨，沈歸愚生前受朝廷厚恩，今觀其遺著，有意誹謗本朝，跡近叛亂，著即發墓仆碑；又把沈歸愚的屍首從棺材裏拖出來，砍下頭來；沈氏子孫，一律充軍到黑龍江，祇留下一個五歲的孫兒，免爲平民。這一樁文字獄，把那班讀書人嚇得縮著脖子，躲在家裏；從此以後，也不敢獻什麼詩文了。

這時，揚州東臺地方有一個紳士，名叫傅永佳的，忽然獻一部「一柱樓詩集」；又在江蘇巡撫衙門裏告密，說這作「一柱樓詩」的徐述夔，是個叛逆。他詩中有許多叛逆的說話，如「詠正德杯詩」裏有兩句：「大明天子重相見，且把壺兒擱半邊。」這個壺兒，便是說胡兒，他說當今天子是胡兒；胡兒擱半邊，是說要推翻大清天下，重立明朝天子的意思。

這時乾隆帝正四處搜尋叛逆的文字，那地方官也求討皇帝的好；如今江蘇巡撫見了這本詩集，便知道這是陞官的路，當即把詩集獻與皇上。聖旨下來，果然挖掘徐家的墳墓，又斬徐述夔屍首的腦袋；徐家子孫一律正法，徐家田產賞給傅永佳。揚州知府謝啓昆、江蘇藩臺陶易；說他們是同黨庇護，隱匿不報，一齊發充新疆效力。那江蘇撫臺果然陞做了兩江總督。可憐徐述夔一家性命，都送在這兩句詩上，你道悽慘不悽慘？

講到那傅永佳的告密，原是和徐家有私怨的；傅永佳的父親做過一任御史，告老回家，他卻極愛風流的；那時東臺地方有一個土娼，名叫小五子的，長得清艷雅淡，傅紳士在她身上，已經花了整萬銀子了，頗想娶她回去，做一個金屋姬人。誰知那小五子卻暗地裏愛上了那徐述夔，這徐述夔當時在揚州府衙門裏當幕友，年紀又輕，才學又好；後來調到江蘇藩司裏去，勢力越發大了，便把小五子娶回家去，寵擅專房。給傅紳士知道了，氣得他發昏。

後來揚州出了鬧漕案件，傅紳士也在裏面，徐述夔告密，說傅紳士主使抗漕；公文下來，捉拿傅紳士，傅紳士上下行賄，才免了這場禍水，但是家財也花盡了，人也氣成病了。傅紳士臨死的時候，叮囑

他兒子傅永佳，務必要報了這個私仇；傅永佳留心了多年，才得到這部「一柱樓詩集」，害得徐家家破人亡，傅永佳又得了徐家的田產，他是何等快樂？

這時，皇上御駕已從杭州回來，船過揚州地方，又出了一樁離奇案件。

原來揚州有一個紳富人家，姓孫，那孫紳士已在五年前死了，那孫太太管教著兩個女兒，大女兒名叫孫含芳，第二個名叫孫漱芳；調理得好似月裏嫦娥、流水仙子一般，知書識字，又做得一手好針線。含芳年紀十七歲，漱芳年紀十六歲；揚州全城的人，都知道孫家有這兩個美人兒，誰不願去娶她做媳婦。今天張家，明天李家，那說媒的人，幾乎把她家的門檻要踏斷了；那孫太太是寵愛女兒的，諸事去問她的女兒。

誰知她女兒一口回絕，說：「待到二十歲再提婚事；須得要揀一個才貌雙全的郎君，才肯嫁他。」她姊妹兩人還有一個心願，祇因姊妹兩人感情十分濃厚，今生今世不願分離，要兩人同嫁一個丈夫；倘不如她們的心願，情願終身不嫁。她姊妹兩人立了這個誓願，叫她母親如何知道？姊妹兩人同住在一個河樓上，樓下一簇楊柳，遮著一個石埠；姊妹兩人，倦繡下樓，常常並肩兒坐在石埠上垂釣。這河面十分幽靜，來往船隻很少；因此她姊妹也不怕給人看了姿色去。

誰知這時，早有一個少年郎君，在河對面飽看了美人兒了。那少年名叫顧少椿，也是紳宦人家；

他父親顧大椿，在京中做御史，母親胡氏，在家裏督率著兒子讀書。少椿的書房是在樓下臨河的，恰恰和孫家的粧樓相對，每逢含芳姊妹在石埠上垂釣，那少椿從窗欞裏望去，好一幅綠蔭垂釣的仕女畫兒。

少椿到底年輕害羞，天天看著，卻不敢去驚動她們；又因生性溫柔，也不肯做這殺風景的事情。後來實在忍不住了，便對他母親說知，託人去說媒；她姊妹兩人依舊是一句老話，要到二十歲才嫁，少椿無可奈何，祇得每天在窗欞中望望罷了。從此以後，書也無心讀，眠食都無味；終日坐在書房中長吁短嘆，他母親認做他在書房裏用功，便也不去留心察看他。

講到那含芳姊妹兩人，越發不知道有人在隔河望著她們，為她們腸斷。天下事有湊巧，這時候是初夏天氣，那臨河一帶，花明水秀，越發叫人看了迷戀；含芳姊妹兩人常常到埠頭上來閒坐納涼。有一天午後，正是晝長人靜；含芳一個人悄悄的走出河埠來垂釣，不知怎麼一個失足，倒栽蔥跌入河心去了。這時兩岸靜悄悄的，竟沒有一個人知道；那顧少椿卻是刻刻留心看的，見他心上人跌入河心去了，把他嚇了一大跳。他也顧不得了，忙脫下長衣，開出後門，一縱身，也向河心裏跳下去。

在少椿心中，原想去救那孫小姐的，誰知他兩人都是不識水性的，一個頭暈，早已昏昏沉沉，隨水氽去了；在少椿心裏，一心要去救他的孫小姐，他在水中奮力掙扎著，見孫小姐在河心裏顛來顛去，那一縷雲鬟，早已被水沖散了。少椿奮力向前撲去，給他拉住了孫小姐的衣襟；那孫小姐見有人救他，她掙命要緊，也顧不得含羞了，一伸手把那少椿緊緊的拖住；少椿也拉住她的領子，他倆人便在水中胸腰緊貼，香腮廝溫。

誰知在水中的人，越是用力，越往下沉；他倆人漸漸的沉到河底裏去了。顧少椿在水底裏，還是竭力的把孫小姐的身子往上擎著。正在危急的時候，她妹妹漱芳也到河埠來尋她姊姊，一看水面上靜悄悄的，祇見河中心的水勢打著漩渦兒，又見一隻小腳兒伸出水面來；漱芳認得是她姊姊的腳，發一聲喊，噗通一聲，也跳下河心去。

這一喊，卻把兩岸的人家喊出來，一齊推出窗來一看，見一個姑娘氽在水面上，便有許多人七手八腳的，拿著長篙，把漱芳小姐救上岸來。這漱芳小姐指著河心裏，哭著說：「姊姊落在河裏了！」

大家聽了，又再去把她姊姊救起來。那含芳這時已被水灌飽了，救上岸來，昏昏沉沉，開不得口；可憐那顧少椿沉在河底裏，也沒人去救他。孫太太把大女兒摟在懷裏，一聲兒一聲肉的喊著，大家又幫著施救，還有誰去顧著河心裏的顧少椿？直待他母親胡氏在隔岸看熱鬧，回進屋子來，到書房裏去看他兒子時；見屋子裏靜悄悄的，地下丟著少椿的一件長衣。

胡氏看了，知道事情不妙；忙回身出來到河埠喊時，一眼見那石條上擱著他兒子的一雙鞋兒；那胡氏大哭起來，指著河心裏，求著大家救她的兒子。其中有幾個識水性的，一齊跳下水去，再救她的兒子去，直從河底裏把少椿拖上岸來。胡氏看時，早已兩眼泛白，氣息全無；這一急，把個胡氏急得雙足亂頓，也是一聲兒一聲肉的大哭起來。

這時那邊的含芳小姐慢慢的清醒過來，孫太太把她抬進屋子去，這班人丟了孫小姐，都來救顧少椿；胡氏又去請了一位醫生來，從傍晚時分直救到半夜裏，才慢慢的轉過氣來。他第一聲便喊道：「快救孫家小姐！」他母親告訴他，孫家小姐已救活了；他便閉上眼，不說話了。從此顧少椿抱病在床，直病了一個多月，才慢慢的能坐起身來；那邊的含芳小姐，早已能夠走來了。

從此以後，她便把顧少椿深深的藏在心裏，聽人傳說顧少椿害病很重，她姊妹兩人便在閨房裏，對天點著香燭，替少椿禱告著，求皇天保佑他病體早早痊癒；後來又聽說他能起身了，便對她母親說：「顧家少爺爲我幾乎送去了性命，如今他害病在床，我們也得去看望他一回，免得叫人在背後批評我不懂得禮節。」

那孫太太聽女兒話說得有理，便也帶著她到顧家來；胡氏見著說了許多話，她母女兩人又到少椿床前去問候了一番。那少椿見含芳越發出落得俊俏了，心中不由得歡喜；祇是礙著他們兩位老太太面上，祇是四隻眼癡癡的望了一回，一句話也說不出來。

那含芳小姐見少椿兩粒眼珠在她臉上亂滾，祇羞得她低下脖子去，站在她母親背後。這裏孫太太和胡氏兩人退出屋來，背著含芳小姐，便提起他兩人的親事來；胡氏說：「我們這個，早已求過妳家了；如今祇請孫太太回去，背地裏問一聲妳家小姐，倘然小姐願意，我們便好做事了。」

那孫太太便告辭回去。

新滿清十三皇朝（二）王者盛世

(原書名：滿清十三皇朝 [貳] 盛世風雲)

作者：許嘯天
發行人：陳曉林
出版所：風雲時代出版股份有限公司
地址：10576台北市民生東路五段178號7樓之3
電話：(02) 2756-0949
傳真：(02) 2765-3799
執行主編：朱墨菲
美術設計：吳宗潔
業務總監：張瑋鳳

出版日期：2023年4月 新版一刷
ISBN：978-626-7153-89-5

風雲書網：http://www.eastbooks.com.tw
官方部落格：http://eastbooks.pixnet.net/blog
Facebook：http://www.facebook.com/h7560949
E-mail：h7560949@ms15.hinet.net
劃撥帳號：12043291
戶名：風雲時代出版股份有限公司

風雲發行所：33373桃園市龜山區公西村2鄰復興街304巷96號
電話：(03) 318-1378
傳真：(03) 318-1378
法律顧問：永然法律事務所 李永然律師
北辰著作權事務所 蕭雄淋律師

行政院新聞局局版台業字第3595號 營利事業統一編號22759935

定價：380元

國家圖書館出版品預行編目資料

新滿清十三皇朝. 二, 王者盛世 / 許嘯天著. -- 臺北市
: 風雲時代出版股份有限公司, 2023.01　面；　公分

ISBN 978-626-7153-89-5（平裝）

857.457　　112000123